与最聪明的人共同进化

CHEERS

HERE COMES EVERYBODY

Year of Wonders

奇迹之年

[澳] 杰拉尔丁·布鲁克斯 著
Geraldine Brooks
赵苏苏 译

浙江教育出版社·杭州

你了解席卷 1666 年英国的那场瘟疫吗?

扫码加入书架
领取阅读激励

- 人类百分之九十的鼠疫病例,都是由( )传播的。
  A. 空气
  B. 猫和狗
  C. 老鼠的血液
  D. 在染病老鼠身上吸血的跳蚤

扫码获取全部测试题及答案
了解小说背后更多的知识

- 在 1666 年,人们主要通过以下哪种手段有效阻断传染病的传播?( )
  A. 自我隔离
  B. 使用抗生素
  C. 苦修和禁欲
  D. 使用酒精和消毒液

- 1666 年爆发在英国的瘟疫是一场科学与愚昧的较量,在当时,科学界已经拥有哪项成就?( )
  A. 牛顿发现了万有引力定律
  B. 安东尼·列文虎克发现了细菌
  C. 罗伯特·虎克发明复式显微镜
  D. 法拉第发现了电磁感应现象

扫描左侧二维码查看本书更多测试题

主要人物关系图

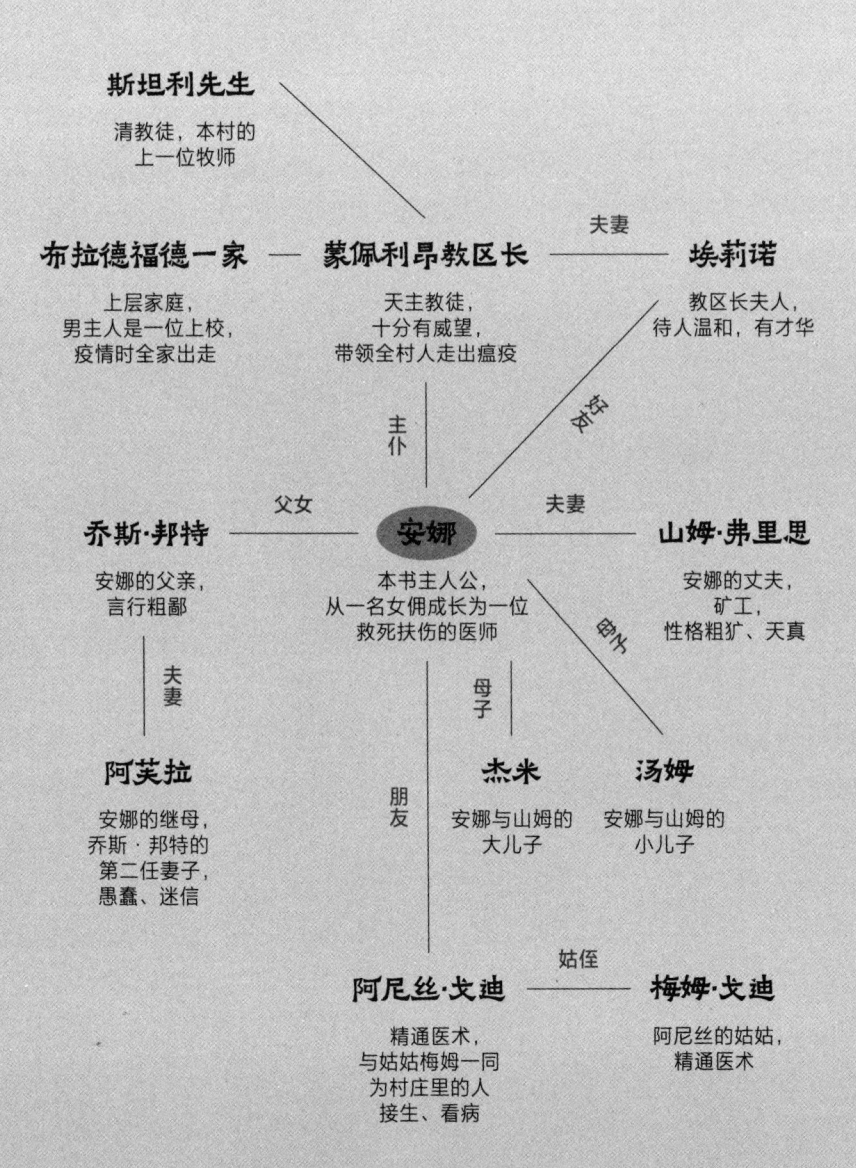

Year of Wonders

斯坦利先生
清教徒,本村的上一位牧师

布拉德福德一家
上层家庭,男主人是一位上校,疫情时全家出走

蒙佩利昂教区长
天主教徒,十分有威望,带领全村人走出瘟疫

——夫妻—— **埃莉诺**
教区长夫人,待人温和,有才华

乔斯·邦特
安娜的父亲,言行粗鄙

——父女—— **安娜**(主仆 / 好友)
本书主人公,从一名女佣成长为一位救死扶伤的医师

——夫妻—— **山姆·弗里思**
安娜的丈夫,矿工,性格粗犷、天真

阿芙拉
安娜的继母,乔斯·邦特的第二任妻子,愚蠢、迷信
(夫妻)

杰米
安娜与山姆的大儿子
(母子)

汤姆
安娜与山姆的小儿子
(母子)

阿尼丝·戈迪 ——姑侄—— **梅姆·戈迪**
精通医术,与姑姑梅姆一同为村庄里的人接生、看病 / 阿尼丝的姑姑,精通医术
(朋友)

Year
of Wonders
中文版序

拥抱共同的人性

感谢您选择了这本由我出色的中国作家朋友赵苏苏先生翻译的中文再版书——《奇迹之年》。

二十世纪九十年代初,当这个黑死病之村自我隔离的真实故事第一次激发我的想象力时,我万万没料到,短短三十年后,我们当中的很多人会亲历与一六六五到一六六六年间英格兰埃姆村所发生灾难同样的场景。

我为遥远的过去与当下有那么多的相似而感到震惊。我们看到了相似的关于科学与迷信的争论。在这部小说中,我们目睹了许许多多的人用自己的勇敢和善良对遭受苦难者承担起责任,也见到了有人可悲地借瘟疫之机,从中渔利。最令人不安的是,有些人旨在分裂大家,故意制造事端。

我希望这部小说能够让读者摒弃人性中黑暗的一面,拥抱人性中光辉的一面,这是我们必须做的,不仅要击败瘟疫,也要迎接那些我们这个美丽星球所面临的更为严峻的挑战。

让我们牢记吧,使我们团结在一起的信念永远强过彼此间的分歧。

杰拉尔丁·布鲁克斯
于美国马萨诸塞州西蒂斯伯里

Year
of Wonders
译者序

理性的光辉

公元一六六六年对英格兰来说,是多灾多难、大事频出的一年。大瘟疫、伦敦大火、皇家海军大败于荷兰舰队,这三大灾难让王政复辟不久的斯图亚特王朝笼罩在恐怖的阴云之中。吉利数字"六六",斯时斯地显然并不管用。英国桂冠诗人德莱顿索性在诗作中直呼这一年为"奇迹之年"。

这是这部小说的时代背景。

始于伦敦的大瘟疫惨绝人寰,死亡人数超过七万,占当时伦敦总人口的五分之一。墓地已经容纳不下倍增的尸体,群葬取代了单独的墓葬。民众的恐惧与绝望达到了空前的程度。

小说就是基于这一时期的一段真实历史事件写成的,讲述了奇迹之年中一个偏远小村庄里一段悲惨却很励志的奇话。

在英国的一个村庄，一箱从伦敦运来的布匹中隐藏的跳蚤把疾病传给了这个以铅矿开采和农耕畜牧为业的村庄，不断有人病死。当时的认知尚不足以知晓这个疾病是鼠疫，发端于病鼠，媒介是跳蚤——这些对现代人来说已为常识的事实。可这一疾病具有强大的传染性，这一点却是明确无误的。为了不把疫病外传至他处，在最初的混乱之后，村民们在教区长蒙佩利昂的号召下，切断了村庄与外界的来往，自行消化所有的危险与困难。在长达一整年的灾难当中，全村的人口被病魔夺去了三分之二。他们用自己的牺牲换来了临近地区的安全。这种舍己为人的主动自我封锁，成为英国历史上为人称道的一桩义举，堪称奇迹。

文明是相通的，用隔离来防止瘟疫扩散，自古以来便是人类的共识。我们中华民族也有类似的经验。根据睡虎地秦墓竹简上的记载，瘟疫发生时，百姓若发现身边人有染疫迹象，必须主动保持距离，并第一时间向官府报告，一旦被官方确诊，患者会被强制隔离，关进特殊的"疠迁所"，以便切断"疠"病的传染源。而《汉书·平帝纪》则记载："民疾疫者，舍空邸第，为置医药。"就是说，瘟疫发生，官方会专门腾出空余房舍来隔离患者，同时向灾民发放医药，提供医疗救治。明代李时珍甚至提出了蒸汽消毒法，这种方法直到清代仍在使用，清代贾山亭在《仙方合集·避瘟诸方》中总结道："天行时疫传染，凡患疫之家，将病人衣服于甑上蒸过，则一家不染。"

切断传染源和高温消毒这两种防止传染病扩散的操作，至今仍是防疫工作的标准程序，只不过火与蒸汽换成了酒精和消毒液。

扯远了，回到小说。一开始村民是在宗教信仰的感召下自愿隔离的，但是随着瘟疫的肆虐，人越死越多，村民们开始动摇，迷信也随之盛行，人性中黑暗的一面逐渐显现。限于那个时代的认知水平，瘟疫被称为"黑死病"，大多数人认为这是一场天谴，是上帝对人类罪行降下的惩罚，也是对人类信仰的一种考验。开始自我隔离前，心怀恐惧的村民们便已开始"猎巫"，迫害村中一对平时用与宗教无关的自然手段给人治病的姑侄。自我隔离后，瘟疫仍绵延不绝，有些人试图用苦修与禁欲来取悦上帝，他们用带铁钩的鞭子抽自己的身体，抽得鲜血淋漓。还有些人偷偷请来了神秘的符咒。一时间风声鹤唳，人人自危。

小说描写了女主人公安娜，一名地位卑微、毫无医学常识的女佣，与出身名门、心地善良且受过良好教育的教区长妻子埃莉诺一起，先是用草药为村民强身健体，预防疾病，减轻患者的痛苦，最后终于找到了疾病之源，通过焚烧污染物，切断了病毒传播链条。

这是一场科学与愚昧的较量。

而科学正是来源于当时的时代变革——伟大的启蒙运动。王政复辟一扫克伦威尔清教徒政权统治下人们严紧生活的阴霾，带来了热情与动荡，希望与不安。就是在这一时期，牛顿发现了万有引力，从此开启了现代科学的新篇章；为了促进自然科学的研究，查理二世创立了皇家学会；复式显微镜的发明和对细菌的发现，开始揭示疾病传染之谜。科学的黎明，其本质就是弘扬科学与理性，破除迷信与神秘主义。

科学还是迷信，这一点，作者通过女主人公安娜被石头绊了一下后产生的联想，清楚地表现了出来：

> 为什么我们所有的人，我思忖着，不论是布道坛上的教区长，还是农舍里傻乎乎的洛蒂，都试图把瘟疫归因于看不见的手？为什么瘟疫要么是上帝降下的对信仰的考验，要么是魔鬼在这个世界上制造的邪恶？我们坚信其中之一，将另一个斥为迷信。但也许两样都是假的呢？所谓半斤八两。也许瘟疫既不归属上帝，也不归属魔鬼，而仅仅是大自然中的一样东西，就像是我们脚趾头不小心绊上的石头。
> ……这时我忽然明白，我们所有的人都把太多的时间花在了思索这些我们最后也无法回答的问题上。我们总思考上帝，思考他为什么折腾我们，如果我们把思考这些事情的时间，拿一部分出来，多想想瘟疫是如何传播、如何毒害我们血液的，那么，我们离拯救自己的生命，可能就更近了一步。

这是全书的点睛之笔。正因为主人公秉持了这样的认识，她最终才得以超越自我。灾难之中，亲人一个个离她而去，可她却一如既往地给其他人送去慰藉，以此实现着自己的生命意义。所以，也不妨将整部小说看作安娜的成长史，一个女人的成长史。

安娜是个普通的农家女孩，童年饱受心理扭曲、不务正业的父亲的家庭暴力，她早早嫁人，丈夫山姆却横死于矿难。她靠给人做帮佣和饲养一栏羊抚养两个年幼的孩子，本以为一辈子就这样平淡无奇地度过，直到一个走南闯北的伦敦裁缝成了她的房客，带给她新的生活动力。但是瘟疫的魔爪恰恰第一个选中了这个名叫维卡斯的裁缝，安娜两个心爱的幼子也在瘟疫中丧生。她万念俱灰。

帮助教区长夫人埃莉诺照顾病人，给了安娜活下去的力量，使她觉得自己仍然有用。她们不是被动地忍受瘟疫的肆虐，而是积极想办法应对，研究草药，从古代的典籍中汲取知识，给临终者带去安慰，为患病者减轻痛苦。她们甚至冒着丢掉性命的危险，下到深深的矿井里，为病死者的遗孤夺回眼看就要丢失的矿产开采权。

这种悲天悯人的仁慈甚至给了她所憎恶的主人——乡绅布拉德福德上校一家。这家人为富不仁，是这个村庄唯一一家不肯响应教区长自我隔离的号召，而远遁牛津郡安全之处的自私鬼，他们甚至绝情地抛弃府第里工作了大半辈子的仆役。瘟疫消除后，上校夫人和女儿伊丽莎白潜回家来，只是因为上校夫人怀上了一个私生子。难产大出血之际,安娜毅然决然地为她接生;伊丽莎白动手溺死婴儿的当口,又是安娜抢下了婴儿,因为在她看来,这家人即便有再大的罪孽,婴儿也是无辜的。为了安抚唯恐丑闻外传的上校家大小姐伊丽莎白,安娜带着女婴远遁海外。

在新的穆斯林世界,安娜一面抚养这个女婴,以及她出走后生下的教区长蒙佩利昂的孩子,一面为当地妇女治病、接生,她也从中找到了自己的价值、自己的新生。主人公从一个不识之无、懵懵懂懂做女佣的村姑,到在灾难中丧失亲人而痛不欲生、迷茫困惑的怨妇,最后通过克服困难、治病救人,凤凰涅槃,终成正果,化身为悬壶济世的"活菩萨",但她皈依的是科学,放弃的是宗教信仰。她最后这样坦言道:

  我告诉艾哈迈德大人,我不能说自己仍然有信仰。也许,有的是希望。我俩达成一致,不妨暂且如此。

说到信仰,信仰坚定的教区长蒙佩利昂先生曾是安娜最为崇拜的对象。他把虔诚献给上帝,把关爱施于村民,身上充斥着英雄与圣徒的情结,占据着道德制高点,是一个神一般的存在。但是当美丽善良的教区长夫人埃莉诺死于暴力,安娜终于与万念俱灰的教区长有了肌肤之亲的时候,她却无意间发现,这位她所衷心崇敬的教区长竟然是个道貌岸然的人,一直在用一种极不人道的方式惩罚着自己妻子小姑娘时期的迷惑与失足。这是一个惊人的反转,戳破了宗教系统的虚伪面具。人无完人,即便如此"高尚"的教区长,心灵深处也有阴暗的一面。也许,这也是女主人公毅然出走的原因之一。斩断情丝,她的心灵才可以真正变得强大!

成长,一向是文学作品最有魅力的主题。作者认为,人物性格在重大事件中发生巨变,是可信且可能的。她本人在中东和非洲采访时,这种人格巨变的案例就屡见不鲜。她见到过厄立特里亚普普通通的村妇在独立战争中当起了基层指挥官,也见到过受到迫害的库尔德妇女带领全家人越过地雷重重的山卡。"这些妇女以前大都过着与外界隔绝的森严生活,直到战争或饥馑之类的危机突然把她们抛入动荡之中。这时,她们往往会一下子发现,自己不得不突破旧有的角色,承担起极具挑战性的新责任。"

当然,安娜实际上是作者依据启蒙运动理念,并按照自己的理想模式虚构出来的一个文学人物。历史上埃姆村的教区长确实有过一名女佣,并活过了大瘟疫。作者之所以把这个女佣选作小说女主角,赋予她种种人格魅力,是因为这样做,小说用第一人称叙述时,便既可保持一个普通村民的平凡视角,也较容易与做决策的上流阶层发生联系。这是一个精巧的设计。

小说中,作者用女性的细腻讲述来向读者展示这个世界,书中形象鲜活的人物也大都是女性。成长中的安娜,善良的埃莉诺,特立独行、敢爱敢恨而被当作女巫遭到杀害的美丽的阿尼丝,以及女主人公的继母、邪恶而迷信的阿芙拉,每一个都活灵活现，似乎能从书中跳出、呼吸、行走。她们共同构成了一幅生动的十七世纪英格兰乡村浮世绘，令人爱不释"卷"，欲罢不能。

小说中一个令人掩卷唏嘘的场景是愚昧的村民对被指控为女巫的戈迪姑侄动用私刑。善良遭遇暴力，美丽瞬间消失，化尘化土。让人不禁想起陆游的《卜算子·咏梅》："无意苦争春，一任群芳妒，零落成泥碾作尘，只有香如故。"

作者显然是反对暴力的，哪怕是以暴制暴。她在一次接受媒体采访时说："……二〇〇一年的'9·11'事件，一些本来一辈子都会平庸的普通人，展现出了自己的英雄品质。然而，令人悲哀的是，尔后在全球各处也出现了一种盲目复仇的渴望，出现了对穆斯林、对锡克教徒、对不同信仰族群的杀害。我想，这就是我在小说中描写的对戈迪姑侄动私刑所反映出来的人们那种总是责怪'其他人'的本能吧。爱、恨、恐惧。想要活下去，并看着自己的孩子们活下去。莫非，这一切，在二十一世纪一个美丽的秋天城市里，与在十七世纪那个偏远的村庄里，有何不同吗？我不这样认为。有一点我始终坚信不疑：人心依旧是同样的人心，不论随着时代的变迁，物质环境发生了多大变化。"

回归人性，呼吁理性。这也正是作者在书中竭力传达的。

译者序 理性的光辉

杰拉尔丁·布鲁克斯一九五五年生于澳大利亚悉尼，一九七九年从悉尼大学毕业后，在《悉尼先驱晨报》担任记者。一九八三年在美国哥伦比亚大学获得硕士学位，并开始为《华尔街日报》撰写文章。在长达十一年的驻外记者生涯中，她密切关注联合国、波黑、中东地区的国际动向，并对两伊战争、海湾战争、厄立特里亚独立战争、阿以和平进程等国际热点问题进行采访和报道，在战场上出生入死，甚至在非洲被关入过军政府的监狱。她凭着自己的勇敢与敬业多次获奖。在此期间，她创作了两部深受好评的非虚构文学：《欲望的九个部分：伊斯兰妇女的隐蔽世界》(*Nine Parts of Desire: The Hidden World of Islamic Women*)，该书是她根据自己在中东穆斯林妇女中的见闻写成，被译成了十七种文字；童年回忆《国外通信：从澳洲到世界的笔友旅程》(*Foreign Correspondence: A Penpal's Journey from Down Under to All Over*)。

布鲁克斯对文学的兴趣始于童年。她父亲是悉尼一家报社的校对员，母亲是电台播音员，家里并不富裕，却有大量书籍。从五岁起，每天晚上睡觉前父亲都给她念书，直到她九岁。妈妈则常和她打赌，看她能花多少时间背下莎士比亚剧作中的一首诗或一段台词。她小小年纪就开始与国外笔友通信，初步展露了自己的写作天赋。经历一段富有成就的战地记者生涯后，她开始写书。但是从记者向作家转型，并非一帆风顺。整整六个月，她楼上楼下走动，从地下室的厨房，走到阁楼间的书房，无从下笔。这时她的一个邻居，也是位作家，给了她一则至关重要的忠告："把屁股放在书房的椅子上，让它待在那儿别动。静静地坐着，你就写吧，这就是写作的必要条件，即便不是充分条件。"静下心来后，她文思泉涌，常有神来之笔。她开始形成自己独特的写作习惯，据她自己透露，她的小说一般是还没写到一半就设计结尾，推迟写作故事中最难写的部分，一旦最终着手这部分，便将情节推向高潮，故事结束。在北京与媒体的一次互动中，当记者问她是在幽静的环境中写作还是边听音乐边写作时，她幽默地回答："听着我头脑中的主人公说话。"而写作遇到困难时，她就对自己说："风没了，划桨吧。"

《奇迹之年》是布鲁克斯的第一部小说类文学作品，二〇〇一年刚刚问世便好评如潮。英国《卫报》称作者"把记者对细节的积累与自己天生的叙述才能完美地结合在了一起"。小说一举成功，初版仅在英国就售出了二十五万册。在澳大利亚，则成为澳大利亚政府推荐给全民阅读的年度佳作。素以苛刻著称的美国《人物》周刊称誉说："《奇迹之年》本身就是一个奇迹。"总之，布鲁克斯出手不凡，一炮打响，从此确立了她在文坛的地位。

美国《纽约时报书评》则说，除了生动的情节外，布鲁克斯"给了读者想从历史小说中得到的东西：瞥见那段陌生历史的同时，使我们得以看到自己的映象"。

不错，历史是当下的镜子。《奇迹之年》的价值在于，我们在书中不仅看到了人性，也照见了我们自己。二〇二〇年新冠大流行肆虐下的地球村，与三百五十多年前英格兰的埃姆小村何其相似，一样的恐慌，一样的善良互助，一样的勇敢者挺身而出，也有一样的怀疑与指责。但是正如作者在本书中文再版之际于中文版序中所说的，"使我们团结在一起的信念永远强过彼此间的分歧"。

除本小说外，布鲁克斯的另一部成功之作是历史小说《马奇》(March)，取材自十九世纪美国女作家路易莎·奥尔科特的文学经典《小妇人》，拎出其中在结尾时才露面的父亲马奇，描写他与二十年前深刻影响过他的女友的邂逅，展现了美国南北战争中的林林总总，揭示了那一时期的种族歧视，以及百姓特别是黑奴所遭受的巨大痛苦。该书荣获二〇〇六年度普利策文学奖。

作者的其他历史小说还有：以色列大卫王的故事《秘密的和弦》(The Secret Chord)、讲述犹太古籍神奇命运的《书之人》(People of the Book)、讲述十七世纪马萨诸塞州迷信盛行时期两个孩子努力探寻真理的真实故事《加勒布的路口》(Caleb's Crossing)以及讲述十九世纪一匹著名赛马的故事的《马》(Horse)。

布鲁克斯拥有澳大利亚和美国双重国籍，有时会与两个儿子居住在美国。布鲁克斯的丈夫托尼·霍维茨与她有着相似的经历，也是一位作家，也曾在《华尔街日报》担任战地记者，也曾荣获过普利策奖（一九九四年）。《奇迹之年》这本书就是题献给丈夫托尼的，"余之所成，皆尔之功"，浓浓情意尽在其中。正所谓琴瑟相合，伉俪情深。但是天妒英才，她这位志趣相投、相濡以沫的人生伴侣在新冠大流行之前突发急病去世，痛失挚爱，令人扼腕！

布鲁克斯曾应澳大利亚政府在中国举办的澳大利亚文学周之邀于二〇〇六年和二〇一七年两度来到中国。作为她成名作小说的中文译者，我两度都参与了接待：安排她在中国作家协会的长篇小说选刊编辑部与毕淑敏、叶广芩、徐坤、马丽华等知名中国女作家座谈，接受媒体采访；陪同她在西单图书大厦签名售书；在澳大利亚驻华使馆参加酒会；在北京大学与中澳学者、教授开研讨会；在韬奋书店与读者互动，并与乡土文学女作家梁鸿交流创作经验。不论在何种场合，布鲁克斯总是那么谦虚优雅。她看上去是个沉静的小女人，内心深处却孕育着火山般的情感与能量，否则，她怎么能写出如此动人心魄的小说来呢？

我的书架上有一本她签名的书，扉页上用遒劲的英文写着："感谢你，把我的作品翻译成中文的人。"

每当看到这本书，我便想起这位外柔内刚的天才女作家那略显羞涩的微笑。

赵苏苏
2022 年 10 月于北京

Year of Wonders
目 录

中文版序　　拥抱共同的人性
译者序　　　理性的光辉

● **一六六六年 秋**　　001
　苹果采摘时　　003

● **一六六五年 春**　　025
　疫起　　　　　027
　上天的诅咒　　055
　死鼠　　　　　075
　猎巫　　　　　092
　封村　　　　　109
　逃离与留守　　123
　加速死亡　　　143
　忘川之果　　　154

遍地的坟墓		181
采矿人自治会		216
鬼影憧憧		240
大焚烧		265
瘟疫消失了		291

一六六六年 秋　　299
苹果采摘时　　301

尾声　　341
海浪，海浪　　343

后记　真实的历史，艺术化的故事　　353

献给托尼
余之所成,皆尔之功

啊，停止你的肆虐吧，
当长满斑点的死神手持无法躲闪的毒标，
全副武装地穿过每一条街巷，
人们或迅即逃跑，或勇敢面对。

生者寥寥，葬丧频仍，
在这遭弃的地方炫示你的愤怒：
对那些仅有的几个重返故居者，
你搜寻出他们所居之处，施以判决。

——约翰·德莱顿[1]：《一六六六，奇迹之年》

---

[1] 约翰·德莱顿（John Dryden, 1631—1700），英国诗人、文学评论家和剧作家，被封为"桂冠诗人"。
　　　　　　　　　　——编者注

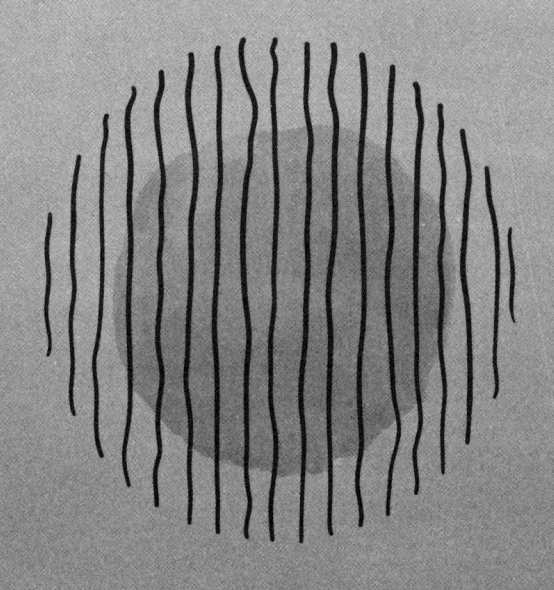

一六六六年
秋

如果说有什么东西是我无法再忍受的，
那就是烂苹果的气味。

苹果采摘时

我曾经喜欢这个季节。木柴堆在门口，木头汁液的芬芳让人想起森林。干草已经垛起，在下午的斜阳下金光灿灿。苹果被骨碌碌倒进地窖里的箱子。气味、景象和声音都在说这一年的年景不赖：当白雪到来时，宝宝们将无冻馁之忧。我曾经喜欢在一年当中的这个季节漫步于苹果园，喜欢那种足踩落果时感觉到的弹性，还有那烂苹果和湿木头所散发出的浓郁的甜味。而今年，干草垛却举目难寻，木柴堆也寥寥无几，对我来说，这两样都不重要了。

昨天他们送来了苹果，送到教区长①地窖的满满一车苹果。当然是摘晚了：我在不少果子上都看见棕褐色的霉斑。我就此与送货人聊了两句，可他告诉我，能得到这些苹果，我们

---

① 教区长，基督教会神职官员，对其教区居民进行宗教管辖，主持教堂宗教仪式，专职处理教会土地和房产的收入。——译者注（后文脚注如无特殊说明，则均为译者注）

就算是运气很不错了。我想，他的话是对的。采摘苹果的人已经没几个了。人手那么少，啥都干不成。而我们这些剩下的人，走起路来就像是半睡半醒。大家全都累坏了。

我拣了一个新鲜的好果子，把它切成片，切得像纸一般薄，端到蒙佩利昂教区长静静坐着的那个昏暗房间。教区长的手放在《圣经》上，书却没打开。他不再把书打开。我问他是否愿意让我给他读一段。他扭过头来，注视着我，我吃了一惊。这是这些天来他头一次看我。我都忘记他的眼睛可以做什么了——忘记当他在布道坛上向下凝视、逐一打量大家的时候，他的眼睛可以使我们做什么了。他的两只眼睛与以前一样，但是他的面孔却变得那么陌生，瘦而憔悴，每一道纹路都深如刀刻。三年前他来这里时，整个村子的人都笑他年轻，一想到要听这么一个"小嫩瓜"布道，人们都觉得滑稽。但若是他们此刻看见他，即便仍能记得怎么笑，他们也不会笑了。

"你读不了，安娜。"

"我当然读得了，教区长。蒙佩利昂夫人教过我。"

当我提到他妻子时，他蔫了，把头扭了过去。我立马后悔了。近些日子他没心思把头发扎起来，他那长长坠落的黑发遮挡住了面庞，所以我站的位置无法看到他的表情。但是他再次说话时，声音却很沉静。"她教你了？她教你了？"他喃喃道，"啊，那么也许有一天我要听你读一读，看她教得如何。不过今天就算了,谢谢你,安娜。今天就算了。好了,没你事了。"

主人要仆人退下,仆人是无权留下的。但是我却留了下来,把枕头弄鼓,放上一条披肩。他不会让我生火,他不会让我给他哪怕这么一丁点儿小小的舒适。最后,当我终于鼓捣完我假装干的事情后,我离开了他。

在厨房,我把带斑的苹果从桶里拣选出来,挑了两个,走出门,前往马厩。院子已有一个星期没扫了,散发着烂干草和马尿的气味。我不得不撩起裙子,以免沾上马粪。我还没走到一半,就听见他的马在厩房里转圈走动,屁股撞得厩房门砰砰响,还有蹄子刨地的声音。现在已经找不到一个既强壮又有技巧的人来驯养它了。

负责收拾院子的厩房伙计在马具室的地上睡觉。看见我来,他一下子跳了起来,用夸张的动作寻找他打瞌睡时从手中滑落的镰刀长柄。看见镰刀头仍陈放在他的工作台上,我不禁火冒三丈,要知道我早就让他把镰刀安好,而现在,梯牧草已黄,结了籽,毫无用处,不值得割了。我打算为此,为肮脏的院子,狠狠训斥他一顿,但是这张可怜的面孔又瘦又黄,满脸的憔悴,我只好把到嘴边的话又咽了回去。

我打开厩房门,尘埃在突然射进的阳光中闪烁。马儿停止了刨地,一只蹄子悬着,在不熟悉的光亮中频频眨眼。然后它直立起肌肉发达的后腿,前蹄在空中一阵乱捣,意思再明白不过:"如果你不是他,就出去。"虽然我不知道它最后一次刷洗是什么时候,可它的皮毛,凡是光线照到的地方,仍然像铜一样发光。当年蒙佩利昂先生骑着这匹马来到此地时,人们常谈到的是,好一匹雄驹,岂是牧师胯下之物。人们不喜欢听教区长叫它安忒洛斯①,因为一个老清教徒②说这名字是个异教偶像的。我斗胆向蒙佩利昂先生问及此事,他只是哈哈大笑,说即使清教徒也应该明白,异教徒也是上帝的孩子,他们的故事也是上帝创世的一部分。

我背靠马厩站在那里,轻声对骏马说:"啊,你整天憋屈在这地方,我真替你难过。我给你带了点好吃的。"我缓缓地把手伸进罩裙口袋,掏出一个苹果。它的大脑袋转过来一点儿,我可以看见它一只水汪汪的眼睛的眼白。我不住嘴地轻声唠叨着,就像我平时对受惊或受伤的孩子们那样。"你喜欢苹果,我知道你喜欢,那就来吧,把它吃掉。"它又开始刨地,但是不那么坚决了。慢慢地,它伸过来宽阔的脖颈,抽动着鼻孔嗅闻苹果的气味,嗅闻我的气味。当它一口叼走苹果时,嘴巴蹭在我手上,它的嘴巴像手套一样柔软,热乎乎的。我把手伸进口袋再掏第二个果子时,它甩了一下头,苹果汁喷溅。它直立起身体,怒冲冲地踢打空气,我知道时机已过。我把苹果扔在厩房地上,匆匆溜了出去,后背靠在关闭的门上,从脸上拭去马的口水。厩房伙计瞟了我一眼,继续默默安他的镰

---

① 安忒洛斯,希腊神话传说中的爱神。
② 清教徒,基督教改革派,要求清除英国国教中残余的天主教,他们信奉加尔文主义,主张简单、实在、上帝面前人人平等的信徒生活。

刀柄。

啊，我意识到，给这头可怜的牲口带来一点小小的快乐要比给它主人快乐更为容易。当我返回房子时，我听见教区长离开了他的椅子，踱来踱去。教区长宅邸的地板又旧又薄，根据木板的嘎吱声，我可以判断出他走到了哪儿。他走过来，又走过去，走过来，又走过去，走过来，又走过去。我多希望自己能把他劝下楼来，在花园里走走啊。但是有一回，我向他如此建议，他的那副表情，仿佛我提出的是一桩有如一路攀登白峰一般的艰难壮举。我去收他的盘子时，盘子里的苹果片一动未动，已经锈黄。明天，我要把苹果榨成汁。虽然我无法让他吃东西，但他有的时候会不加注意地喝杯子里的东西。任整整一地窖的水果都烂掉，这毫无益处。如果说有什么东西是我无法再忍受的，那就是烂苹果的气味。

白日已尽，当我离开教区长宅邸回家时，我宁愿穿越坡顶的果园，也不愿意冒着碰上人的风险走大路。大家一起经历了所有的事情之后，是不可能礼貌地道一声"晚上好"，就擦肩而过的。然而，我却没力气多聊。有时，并不经常，果园可以使我回想起往日那更美好的时光。那些快乐的记忆是瞬间即逝的东西，仿若梦中的映象，零零碎碎一闪，然后便被现实生活的悲伤浪潮推开。我说不出当我快活的时候，那究竟是一种什么样的感觉。但是有的时候，某些东西会像黑暗中蛾子的翅膀，轻而迅速地触一下感情所在的那个地方。

夏天夜晚在果园里，闭上眼睛，我可以听见孩子们稚嫩的声音：低语，欢笑，跑动的脚步声，还有沙沙的树叶摩擦的声音。在这个季节，我想到的是山姆——健壮的山姆·弗里思搂住我的腰，抱起我，把我放在一棵满是瘤节的老树的低矮弯曲的树枝上。那时我刚刚十五岁。"嫁给我吧。"他说。为什么不呢？父亲的农舍是个毫无乐趣可言的地方。父亲对酒杯的爱胜过了对孩子的爱，尽管他年复一年不断地生养孩子。对我的继母阿芙拉来说，我从来都首先是一双手，然后才是一个人，一个照料她婴儿的人。然而，那次却是她为我说了话，是她的话最终说服了父亲。在父亲眼里，我仍然只是个孩子，谈婚论嫁还太小。"睁开你的眼睛，老公，好好看看她吧，"阿芙拉说，"你是全村唯一一个瞎眼睛的男人。最好让她早点儿嫁给弗里思，这总比被某个登徒子过早地睡了强啊。"

山姆·弗里思是个采矿人，拥有一个不错的铅矿床，自己开采。他有一幢漂亮的小房子，他那过世的第一任妻子没有给他留下孩子。他没用多少时间就让我怀上了。三年里我生了两个儿子，那是幸福的三年。不得不说，现在很多人都太年轻了，不记得当年的情景，我们长大的那个年代，是不提倡你考虑何为幸福的。当年正是那些如今已经为数不多并受到重重压制的清教徒管理着这个村子。我们是在一个毫无装饰的教堂里听着他们的布道长大的，他们认为，安息日不集体敬拜、不敲钟、在酒馆里喝啤酒、在衣服上安花边、在五朔节①花柱上挂彩带、在街上放声笑，这些统统属于带有异教性质的行为。儿子带给我的快乐，以及山姆在生活中给我带来的快乐，就像初春的解冻一样来得那么突然，而这些快乐，也莫不带有异教性质。所以当一切又变得艰难和凄凉时，我并不感到惊讶。那个可怕的夜晚，我镇定地走到门口，火把冒着烟，人在喊叫，人们的脸黑黢黢的，在黑暗中看上去就像是没有脑袋。只要我让自己的思想在果园里多停留一会儿，就能回想起那个夜晚。我怀抱婴儿，站在门口，望着那些跳动的火把，望着那蜿蜒穿梭于树丛间、晃动着的光的长龙。"慢些走，"我轻声说，"慢些走，因为那不会是真的，除非我亲耳听他们说。"他们真的走得很慢，缓缓地爬上小山坡，仿佛那是一座高山。尽管他们来得那么慢，推推搡搡，拖拖拉拉，可最后还是来了。他们把个子最高大的那个——山姆的朋友，推到前面。他的靴子上沾满烂苹果。我怎么注意这个呢，真够逗的，但是我认为，我之所以往下看，是因为这样就不必看他的脸了。

用了四天才刨出山姆的尸体。他们没有把他送回家，而是直接送到了教堂司事那儿。他们试图不让我看到尸体，但是他们拦不住我。我要为他最后做件事。埃莉诺·蒙佩利昂明白这点。"告诉他们，就让她看看他吧。"她用她那温柔的嗓音对教

---

① 五朔节，欧洲传统民间节日，用以祭祀树神、谷物神、庆祝农业收获及春天的来临，每年5月1日举行。

区长说。她一开口，事情就搞定了。她很少向他要求什么。迈克尔·蒙佩利昂一点头，人们便让开一条路，健壮的汉子们靠到边上，让我走过去。

当然了，他的尸身破碎不全，但是我收殓了这些仅有的残骸。这是两年前的事了。从那以后，我收殓了许许多多具尸体，有那些我所爱之人的尸体，也有那些我仅仅是认识之人的尸体。但是山姆是头一个。我用他喜欢的肥皂给他洗身子，因为他总说这种肥皂有孩子的气味。可怜的傻山姆，他从没意识到，是孩子们身上有肥皂的气味。每天晚上他回家前，我都用它给孩子们洗澡。我用石楠花香皂给孩子们洗澡，这种香皂比我拿给他洗澡的胰子柔和得多。他的胰子糙硬而碱大，只有这样才能去掉他皮肤上的汗垢和污迹。他喜欢把脸埋在孩子们的头发里，嗅闻他们新鲜的香气，这最接近于他在空气新鲜的山坡上所嗅闻到的气息。他天一亮就下井，太阳落山再出来。一辈子生活在黑暗中，也死在了黑暗中。

现在，整天坐在黑暗中的是埃莉诺·蒙佩利昂的迈克尔，百叶窗全都关着。我试图伺候他，不过有时我觉得我只是在给那长长的死亡行列中的又一个人入殓。尽管如此，我仍然伺候他，我替她伺候他。我告诉自己，我是为她而这样做的。毕竟，我还能为什么而这样做呢？

最近夜里，我常打开自己小房子的房门，寂静是那么的凝重浓厚，就像一条毯子，落在我身上。在一天中所有的孤独时刻里，这一刻总是最为孤独。我承认，当我对人声的需求变得非常强烈时，有的时候我就会不管不顾，像个疯婆子似的，把自己心中想的大声发泄出来。我不喜欢这样，因为我担心，这个时候我与疯癫之间的界线细如蛛丝，而一个灵魂越过界线、进入悲哀潦倒之境，意味着什么，我是目睹过的。但是我这么一个一向以优雅为荣的人，现在却允许自己故意笨手笨脚了。我让自己的脚重重落下，我把炉具弄得咔咔响，我提水的时候，让桶链蹭在石头上，就是要听那刺耳的声响，刺穿压抑的寂静。

当我有块牛脂蜡烛时，我就读书，一直读到蜡烛燃尽。以前，蒙佩利昂夫人总是允许我从教区长宅邸拿走牛脂蜡烛，不过如今牛脂蜡烛已经很少有了，我真不知道没了它如何是好。因为沉浸于别人的思想中，是我所能找到的摆脱自己沉重记忆的最佳方法。还有那些从教区长宅邸带回的书卷，蒙佩利昂夫人曾经让我喜欢哪本就借哪本。没有了光亮以后，夜晚是漫长的，我的睡眠很差，当我在昏睡中伸手去摸孩子们热乎乎的小身体，却摸了个空时，我便会一下子惊醒。

早晨对我来说一般要比夜晚好得多，鸟儿在歌唱，家禽咯咯叫，还有那伴随着旭日一起到来的小小的希望。我现在养了一头奶牛，这是一桩不请自来的恩惠，早前若是有它，杰米或汤姆就可以喝它的奶了。去年冬天，我发现这头牛在路中间徘徊，骨瘦如柴，皮松松地垂挂在瘦骨嶙峋的身体上。它的大眼睛那么茫然那么无助地注视着我，我真觉得自己是在照一面镜子。邻居家的房子是空的，常春藤爬满了窗户，灰色的地衣结满了窗台。于是我把奶牛赶了进去，安顿下来，整个寒冷的冬天都用他们家的燕麦给它催肥——死人是不需要这些丰富食物的。它独自在此生下了小牛犊，没有叫喊。当我发现小牛犊的时候，它可能已经降生两个钟头了，它的脊背和两胁都已经干瘪，只是耳根还湿乎乎的。我帮助它喝下了第一口奶，我把手指伸进牛犊嘴里，就在它的口中，把喷涌的奶水从母牛的奶头挤到它那滑溜溜的舌头上。投桃报李，第二天晚上我窃取了一点儿原本属于它的黄色的浓厚初乳，配上鸡蛋和糖，烤了一块奶油馅饼，给蒙佩利昂先生送了去，他就像我的孩子似的，开心地吃着它。一想到埃莉诺若是看到这副场景会很欣慰，我也不由得高兴起来。小公牛犊现在还很羸弱，它的母亲用棕褐色的眼睛看着我，善意而充满耐心。我喜欢把头贴在它温暖的胁腹上，当泛着泡沫的乳汁流进桶里时，我呼吸着它皮毛的气味。我把桶拎到教区长宅邸，做成牛奶甜香酒，或教堂甜奶酪，或者撇出奶油，浇在一碟黑莓上——我觉着怎么最能勾起蒙佩利昂先生的食欲就怎么做。当桶里的奶足够满足我们小小的需要时，我就把母牛赶出去吃草。自从去年冬天，它一直在上膘，现在每一天我都担心它会卡住门框。

我拎着桶，从前门离开自己的小房子，因为我感觉早上的自己更有能力应付任何一个出门在外之人。我们全都住在高大的白峰的陡峭斜坡上。我们总是要么倾着身体吃力地上坡，要么就是脚跟朝后用力，以减缓快速下行的速度。有时我会想，住在一块不这么倾斜的土地上会是什么感觉，那里的人可以直着身子行走，眼睛对着平直的地平线。就连我们村子的主大街都是有斜度的，所以坡上之人比坡下之人站得高。

我们村庄的居住形状犹如一条细线，教堂是线轴，村子由东向西从线轴上展开。主大街有一些分岔，成为小路，拆成更细的线，通向磨坊、布拉德福德庄园、较大的农场，以及那些更加孤零零的带有小农舍的农田。当地人盖房子一向就地取材，所以我们的墙都是灰石头做的，屋顶上铺的是石楠茅草。村民们的房屋后头，道路的两侧，是整齐耕耘的田地和公共牧场，但是这些田地和牧场会因地势的陡然上升或下降而突然结束：我们北边那隐隐可见的山崖，全都是石头，它赫然标志着居住地的结束与荒原的开始，我们叫它界崖；而南边，是骤然深降的山谷。

近来，我们的大街呈现一种奇特的景象。我过去常常因它夏天的暴土扬尘和冬天的泥泞而抱憾不已，车辙里全都是雨水，一不留神踩进去，就像是踩在玻璃上，险象环生。可现在这儿既没了冰，也没了泥，也没有了尘土，因为道路上长满了草，只有一辆牛车在这鲜少使用的道路中央行驶，零零星星的路人踩平了路中央的野草。数百年来，这里的村民都不断把大自然赶出它的领地。不到一年，它又卷土重来了。在街道的正中心处，一枚丢在地上的胡桃裂了壳，裂壳之中，已经长出了一株幼苗，它想要生长，把路全然堵死。从它刚露苗头我就观望着，心想总会有人把它拔掉的。然而目前为止，还没有人这样做，现在它已经一米多高了。脚印证明，大家全都绕开它走。我诧异,这是不是因为麻木不仁,要么就是因为别人也都像我一样,满脑子全是死亡,所以不忍心去毁掉哪怕纤细如小苗者对生命的稚嫩追求。

我在前往教区长宅邸的途中没遇到任何人。于是我提着的心放了下来,我还没准备好面对我最不希望见到的那个人。我进了院门,回身插上门闩,这时我忽然听见身后有丝绸的窸窣声。我急忙转身,桶里的牛奶因此泼洒出来。伊丽莎白·布拉德福德怒容满面,几滴牛奶溅在了她长裙的茄色褶边上。"笨死吧你!"她怒气冲冲地说。于是我以这种方式,在一年后,与她狭路相逢了,她仍然是拉着脸,满身骄横之气。我行了个屈膝礼,尽管我不愿意这样,但是从小养成的习惯是难以改变的,我的身体行动着,可是我的心却坚决不想向这个女人显示我如此遵从。

她甚至不屑于打招呼,她就是这么个人。"蒙佩利昂在哪儿?"她发问,"房门我足足敲了一刻钟。他不会这么早就出去了吧?"

我不理会她的询问,刻意用一种油腔滑调的礼貌语气说:"布拉德福德小姐,太令人惊异了,又在村子里看到了您,真是意外的荣幸啊。您走得那么匆忙,走了那么久,我们甚至对您摆驾回宫都不抱希望了。"

伊丽莎白·布拉德福德是那么的骄傲自负,她的理解力又那么有限,所以她只听到了话,没听出来音儿。"一点儿不错,"她点点头,"家父家母非常明白,我们的离去会在此留下一道无法填补的沟壑。他们始终铭记着自己的责任。你也知道,就是因为这种责任感,他们才将我们全家从布拉德福德府搬出,以保证我们一家人的健康,这样我们就可以继续履行自己的责任了。蒙佩利昂一定向教区会众宣读家父的信了吧?"

"他宣读了。"我答道。但我并没有补充说,他利用这个机会做了一次我们所听到过的最具煽动性的布道。

"那么,他在哪儿呢?我已经等得够久了,我有急事。"

"布拉德福德小姐,我必须告诉您,现在教区长谁都不见。近来发生的那些事,以及他本人的丧亲之痛,把他弄垮了,此刻已无法承担教区的重任了。"

"啊,也许那只是就教民的日常管理而言。但是他并不知道我们全家回到了此地。你最好告诉他,我要求立刻与他谈话。"

看来没必要与这个女人多费唇舌。我不得不承认,我的心中充满了好奇,我倒想看看,布拉德福德一家归来的消息是否会唤醒蒙佩利昂先生,或者使他产生些许情绪波动的迹象。也许,慈悲所没能唤起的,愤怒却能唤起。也许他正需要这样一块"烙铁"来烫自己一下。

我从布拉德福德小姐身边走过,径直走在前面,去开教区长宅邸巨大的房门。我的这一举动,让她沉下了脸,她不习惯与下人共走一门。我看得出,她原以为我会走到厨房的院子,从厨房门进去,绕过来,打开前门,以她所习惯的礼仪迎她进去。是啊,布拉德福德一家出走期间,世道变了,她越早习惯这个新时代的种种不便,对她自己就越好。

她从我身边快步走过,独自走进客厅,摘下手套,不耐烦地用手套轻轻拍打着掌心。当她发现屋子里空荡荡的、以前的温馨荡然无存时,脸上流露出了惊讶的表情。我前往厨房。不论她的事情有多急,都得等蒙佩利昂先生吃过饭,因为我确定无疑地知道,教区长只肯吃一点点燕麦饼和腌野猪肉。几分钟后,我端着装有食物的托盘走过去时,布拉德福德小姐正来回踱步,几乎无法控制自己。我透过敞开的房门瞥了她一眼,她的头俯得低低的,双眉紧蹙,这副模样仿佛是有人从下方抓住她的脸,使劲儿往地上拽似的。上了楼,我用了一会儿工夫稳定自己的情绪,然后敲门。在我向教区长通报有客来访时,除了我该说该看的,我不想多说,也不想多看。

"进来吧。"他说。我进门时他站在窗前,百叶窗这一次竟打开了。他说话时背对着我。"埃莉诺要是看见她的花园变成了这个样子,会难过的。"他说。

一开始我不知道该如何回答。实话实说——是的,她确实会难过——这似乎只会加重蒙佩利昂先生的坏心情。而以否定相答呢，就言不由衷了。

"我觉得她会理解为什么如此，"我一面说，一面俯身将托盘里的碟子拿出来，一个个摆好，"即使咱们有足够的人手去做日常工作：拔除野草、剪掉枯枝，这也不是她的花园了。她想看的不是这个。要想使这个花园成为她的花园，就要让她能够看着一把小小的种子撒进赤裸的冬天，想象着几个月后，阳光普照、鲜花盛开的样子，仿佛她用繁花画就……"

当我直起身子时，他已转向了我，盯着我。我再次受到了巨大的震撼。

"你懂她！"他说，仿佛他刚刚想到这一点。

为了掩饰自己的窘困，我不假思索地说出一句我本希望能小心说出的话："布拉德福德小姐在客厅里。他们一家回到了庄园。她说她急着要与您谈话。"

接下来发生的事令我大吃一惊，惊得我差点儿摔掉手中的托盘。他哈哈大笑。这是一种自觉有趣的开怀大笑，这种笑声我已经很长时间没听过了，我几乎忘记了还有这样的声音。

"我知道。我看见她了，像一台攻城机似的砰砰砰砸房门。说实话，我原以为她打算把门给砸破呢。"

"我怎么回复她呢，教区长？"

"告诉她下地狱去吧。"

当他看到我的脸时，他再次大笑起来。我的眼睛准是瞪得像铃铛。他擦去脸上一滴笑出的眼泪，努力恢复沉静。"不，我明白，不能指望你去传递一个这样的口信。你爱怎么说就怎么说吧，但是要把这个意思转达给她，我不会见她，让她从这所房子里出去。"

仿佛有两个我在走下楼梯。其中一个是那个为布拉德福德家干活的胆怯姑娘，心怀畏惧，害怕他们那威严的模样和严厉的话语。另一个是安娜·弗里思，一个比许多勇士都面对过更多恐怖的女人。伊丽莎白·布拉德福德是个胆小鬼，她是胆小鬼的女儿。当我走进客厅，面对她凶神恶煞的表情时，我知道自己再没有什么可害怕的了。

"对不起，布拉德福德小姐，眼下教区长无法见您。"我尽量使自己的声音保持平和，但是随着她的嘴巴在那张愤怒的脸上活动起来，我发现自己想到的是母牛在咀嚼反刍食物，我觉得自己受到了蒙佩利昂先生刚才那阵奇特大笑的感染。这个时候，我所能做的就是保持镇定，继续说下去。"我告诉过您，眼下他不履行教区长的任何职责，他也不会走入社会，或接见任何人。"

"你竟敢嘲笑我,你这个傲慢无理的贱人!"布拉德福德小姐喊道,"他不会拒绝我,他不敢。闪开!"她向房门走去,但是我比她更快,拦住她的去路,就像一只牧羊犬制服一只任性的公羊。我们俩对峙了好一会儿。"啊,很好。"她说,然后从壁炉架上拿起手套,仿佛决意离开。我闪向一旁,意思是要送她至大门口,但是她却从我身边冲过去,踏上了通往蒙佩利昂先生房间的楼梯,就在这时,教区长本人出现在楼梯平台处。

"布拉德福德小姐,"他说,"请您站在那里,不要动。"他的声音很低,但是话语中的命令口吻却阻止了她。他一改几个月来的佝偻,高大笔直地站在那里。他瘦了,但是现在,当他站在那里时,终于又生气勃勃了,我可以看出,消瘦并没摧毁他,反而使他的面孔别有特质。以前有一度,他不说话的时候,你会觉得他的面孔看起来并不英俊,只有那一对深陷的灰色眼睛,永远在力图表现着什么。而现在呢,凹陷的面颊引起你对这两只眼睛的注意,以至于你不得不紧盯着它们。

他说:"我宅邸中的人员执行我的命令时,您不得侮慢。请您允许弗里思太太送您出门。"

"您不能这么做!"布拉德福德小姐答道,她的语气却像是一个想玩游戏而受到阻挠的孩子。教区长站在半截楼梯的上方,所以她不得不像个恳求者似的仰视他。"家母需要您……"

他冷冷地打断她:"亲爱的布拉德福德小姐,过去的一年中,这里的许多人都有需求,您和您的家人本可以满足他们的需求,但是你们却没有……留在这里。请令堂大人谅解,希望她能容忍我现在的不能前往,就像您一家人厚颜无耻地容忍自己这么长时间以来的缺席一样。"

布拉德福德小姐脸红了,她的面孔就像是一个大红拼图。突然之间,她竟然令人惊异地哭了起来:"我爸爸不再……我爸爸并没……是我妈妈。我妈妈病得非常厉害。她担心自己……她认为自己会死掉。牛津的外科医生信誓旦旦地说是肿瘤,现在无疑了……求求您了,蒙佩利昂神父,她神经错乱了,一个劲儿说要见您。所以我们才回到这里,您就安慰安慰她,帮助她面对死亡吧。"

他沉默了好一会儿,我确信他接下去说的话就是要我找出他的大衣和帽子,以便他能去庄园。当他说话时,他的脸色满是哀伤,这种脸色我见得太多了,但是他的声音却陌生而生硬。

"如果令堂大人在走过了一段令人不快、没有尽头的漫长旅程后,要我去给她一种天主教信徒式的赦罪,那么就让她直接去与上帝告解吧,请上帝宽恕她的所作所为。但是恐怕她会像我们这里的许多人一样,发现上帝是个糟糕的聆听者。"说罢,他转身上楼,回到自己房间,随手关上了房门。

伊丽莎白·布拉德福德伸出一只手支撑着自己,她紧抓着楼梯扶手，直到指节骨都从皮肤下凸显出来。她在哆嗦，她的肩膀随着她努力压抑却压抑不住的抽泣而颤抖。我本能地走到她跟前。虽然多年来我一直讨厌她，她也看不起我，但此刻她却像个孩子似的蜷进我怀里。我本打算送她出门，但是她的状况如此糟糕，我不忍心就这么把她赶走，尽管教区长的意思明明白白，是要她走的。我不由自主地把她带到厨房，扶她坐到长凳上。她坐在那里，哭得那么忘情，以至于把她那当手帕用的小花边都哭湿了。我递过去一块抹布，令我大吃一惊的是，她竟一把夺过，擤鼻涕，粗俗而无拘束，犹如一个淘气包。我给她倒了杯水，她大口地喝着。"我刚才说我们一家回来了，可事实上回来的只是我和我妈，还有我们自己的仆人。我不知道自己怎样才能帮助她，她伤心得厉害。爸爸自从得知她的真实情况后，就再不见她了。妈妈没有肿瘤，但是她这个年纪，她有的那个东西，也会要了她的命。爸爸说他才不管呢，他对她一直都那么冷酷，但是现在，他对她的恶毒变本加厉。他说的话难听极了……他骂自己的妻子是婊子……"说到这儿她终于住了口。她说出了本来没想说的话，说出了不该说的话。她猛地站起身，仿佛长凳突然变成了炉架，把她高贵的屁股烫出了泡，她挺起肩膀，把擤过鼻涕的抹布递还给我，喝干杯子里的水，一个谢字都没说。"你不必送了。"她说，然后看都不看我一眼地擦着我走过。我没有跟随她，但是从橡木门发出的砰然声响中我知道，她走了。

直到她出去之后，我才有工夫惊讶蒙佩利昂先生对她说的话。他的心已变得比我原以为的更为黑暗，我为他担心，我不知道自己怎样才能给他宽慰。然而，我还是脚步尽可能轻地上了楼，在他门外谛听。屋里静无声息。我轻轻敲了敲门，见没有回答，便推开了房门。他抱头坐着，那本《圣经》与平时一样，在他身边，合拢着。我突然清晰地记起，去年冬天那段最艰难的日子里的一个傍晚，他也是这么坐着。有所不同的是，当时埃莉诺坐在他身边，她在轻声读着《诗篇》里的内容。我仿佛仍听得见那低低的吟读声，非常轻柔，那么抚慰人心，只有她翻书页时的沙沙声将其打断。我没有征求他同意，便拿起《圣经》，翻到我所熟悉的一段：

>我的灵魂，请向上主赞颂，
>请你不要忘记他的恩宠。
>是他赦免了你的各种愆尤，
>是他治愈了你的一切病苦，
>是他叫你的性命在死亡中得到保全……①

他从椅子上站起，拿过我手中的《圣经》。他的声音很低，但却尖利。"读得很好，安娜。我知道我的埃莉诺作为一个好老师，会在好学生名单里写上你的名字。可你为什么不选这个？"他翻了几页，开始朗诵：

>你的妻子住在你的内室，

---

① 译文引自《圣经》（思高版），如无特殊说明，本书相关译文均引自该版本。——编者注

像一株葡萄树结实累累；
你的子女绕着你的桌椅，
相似橄榄树的枝叶茂密……

他抬起头，注视着我，然后缓缓地，故意地，张开了自己的手。书从他手中滑落，我本能地冲上前去接它，但是他却抓住了我胳膊，随着一声沉闷的声响，《圣经》掉在了地上。

我俩站在那里，面对着面，他抓我小臂的手越抓越紧，直到我以为他会把它捏断。"教区长。"我说，努力控制住自己的声音。听到这话，他松开我的胳膊，仿佛这胳膊是一块烫人的烙铁，他把手插进自己的头发里。我的小臂上留下了一道抓痕，阵阵疼痛。我感觉到泪水在眼眶中聚集，我扭转过身，这样他就看不见我的眼睛了。我并没有请求他允许就走了。

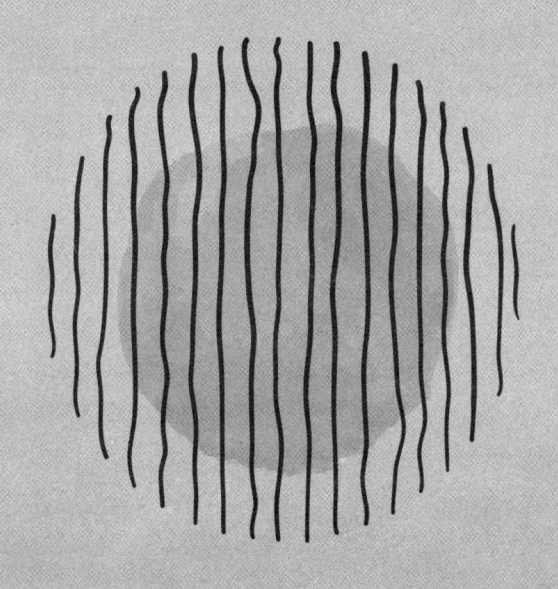

一六六五年
春

这一天，来教堂的人全都向上帝发誓，
我们将留下，不逃跑，
无论会有什么降临在我们身上。

疫起

山姆死于矿难的那年冬天,是我有生以来最为艰难的季节。于是,第二年春天,当乔治·维卡斯来敲我家大门请求租房时,我认为是上帝派他来的。后来,人们却常常说,派他来的是魔鬼。

是小杰米跑来报的信,他满面通红,异常兴奋,脚步跟跟跄跄,话语结结巴巴:"有个人,妈妈,门口有个人。"

我从院子里出来时,乔治·维卡斯迅速摘下头上的帽子,恭敬地低下头。他完全不同于那些把你当作家畜市场上的牛肉一般上下打量的男人。你若是个十八岁的小寡妇,你便会逐渐习惯这种打量,对以这种方式打量你的男人们厉害起来。

"借问一下,弗里思太太,我在教区长家听说,您家有一间房可以出租。"

他说，他是个游方裁缝，他身上那身做工精细、式样朴素的衣服则告诉我，他的手艺不错。尽管他从坎特伯雷一路长途跋涉至此，可他依然是那么干净整洁。我想，这一点最打动我。他刚刚在我的裁缝邻居亚历山大·哈德菲尔德那儿敲定了一份工作，哈德菲尔德最近订单多得忙不过来。他看上去很腼腆，说话轻声细语，不过当他告诉我他打算以每周六便士的租金租下我家阁楼间时，我就非接纳他不可了，哪怕他吵闹得像个醉汉，或者肮脏得像头母猪。我极为怀念山姆活着时那些来自矿产的收入，因为，我还在给汤姆哺乳，除了一栏羊的菲薄收入外，我只是靠每天上午在教区长家干活和在布拉德福德府需要人手时打打零工来增加点儿小钱。维卡斯先生的六便士对我家意义重大。但是一周结束后，却是我想付钱给他了，因为乔治·维卡斯重新把欢笑带进了我家。后来，当我可以思索的时候，我很高兴自己能够回想起那年春天和夏天里，杰米欢笑的日子。

我外出干活的时候，马丁家的闺女会替我照看婴儿和杰米。她是个正派的女孩，对孩子们非常尽心，但她却有着清教徒的思想和行为举止，认为这种欢笑与快乐是不虔诚的。杰米不喜欢她的不苟言笑，所以当他看见我回家时，总是非常高兴，他会跑到门口，抱住我的腿。但是维卡斯先生到来的那一天，杰米却没跑到门口迎我。我听见壁炉处传来他高亢的笑声，当时我觉得很奇怪，简·马丁是怎么了，竟然放下架子，和小杰米做起游戏了？我进了门，只见简正像平时那样紧闭着嘴唇，搅着汤，一脸怒气。维卡斯先生手脚着地，趴在地上满屋爬,杰米骑在他背上,快乐地尖叫。

"杰米!快从维卡斯先生身上下来!"我喊道。但是维卡斯先生只是笑着向后一甩他那一头金发的脑袋,咴咴地叫了起来。"我是他的马,弗里思太太,希望您不反对。他是一名非常出色的骑手,几乎不用鞭子抽我。"我第二天回家,发现杰米打扮得像个小丑,浑身上下的行头都是维卡斯先生篮子里的碎布头做成的。尔后的一天,他俩从椅子上扔下一袋袋燕麦,忙着搭建一幢藏身的房子。

我试图让乔治·维卡斯知道我是多么看重他的善意,但是他立刻对我的感谢表示推辞。"啊,他是多好的一个小男孩啊。他父亲一定会为他感到无比骄傲的。"于是我努力用改善伙食来报答他,这种伙食若不是为了他,我是不会烹饪的,他对我的厨艺大加赞赏。当时附近的几个村镇还没有裁缝,哈德菲尔德先生有大量多余的活分给他的这名新助手。维卡斯先生常常缝纫到深夜,坐在火边穿针走线,燃尽整根蜡烛。有时,我不太累的时候,就在壁炉边干些家务,陪他一会儿,他会给我讲述他旅居之地的大量见闻,以此回报我。别看他年轻,却见多识广,他的描述能力也很强。与村里大多数人一样,我去过的最远之处就是十多公里外的市场镇,我从没机会去比那儿更远的地方。离我们最近的城市切斯特菲尔德,路途两倍于此,我从没有过前往那里的理由。维卡斯先生了解伦敦和约克这样的大城市,了解普利茅斯热闹的港口生活,以及坎特伯雷那变幻无穷的朝圣买卖。我很喜欢听他讲这些地方的事,以及那里的人的生活方式。

这是一种我和山姆从未有过的夜晚,山姆是靠我来获取他所关心的那个小小世界的信息的。他只喜欢听他从小就认识的那些村民们的事,他们日常生活中的鸡毛蒜皮。所以我给他讲的新闻都是什么马丁·海菲尔德家添了一头小牛犊啦,什么汉密尔顿寡妇要剪羊毛啦,之类的事。他心满意足地坐着,精疲力竭,他那高大的身躯从那张他一坐进去就显得过小的椅子中胀出。我总是唠叨那些我所听到的关于村民们的事,以及孩子们做了些什么,他让自己沐浴在我的喋喋不休中,不管我说什么,他都似笑非笑地注视着我。我的话全都说完后,他脸上的微笑就会扩大,向我伸过手来。他的手很大,满是裂纹,生着劈裂变黑的指甲。他的做爱方式是速战速决,翻江倒海,一阵痉挛,然后睡觉。完事之后,我常常躺在他沉重的胳膊下面,无法入眠,努力想象着他那模糊不清的心灵深处。山姆的世界是地下十米深处,挖矿工具交错的迷宫,潮湿而黑暗。他知道如何用水火法来破碎石灰岩;他知道一盘铅的当前市价;他知道谁的矿床有可能等不到来年就会竭尽,知道界崖那里谁在谁的矿井口刻下了自己的标记。由于他知道爱情意味着什么,他也就知道了他爱我,我给他生了两个大胖小子,他就更加爱我了。他的一生被局限在了这些事情里。

维卡斯先生却似乎从来都没被局限过。他进入我们家,便一道带来了广阔的世界。他出生在金德斯考特附近一个名叫皮克里尔的村子,但被送到普利茅斯学裁缝,在这个港口城市,他见到了一些曾在东方旅行过的丝绸商，甚至与来自敌国荷兰的织花边匠人交了朋友。他可以讲这样的故事：关于巴巴里①水手，他们有黄铜色的脸庞，头裹厚厚的深蓝色头巾；关于穆斯林商人，他们有四个老婆，全都蒙着面纱，走起路来只用一只眼睛从盖头底下往外窥。学徒结束后，英国由于国王查理二世的归来与复辟使得百业兴盛，他去了伦敦。在那儿，他给朝臣的仆人们缝纫制服，干得挺不错。但是这个城市终于还是令他厌倦了。

"伦敦是属于非常年轻之人和非常富有之人的，"他说，"其他人无法长期在那儿过得滋润。"我微微一笑，说他刚二十七八岁，在我看来还很年轻，完全能够躲开劫匪，也经得起在啤酒馆里泡至深夜。

"也许您说得对，太太，"他说道，"可我厌倦了这样的生活，抬头一看，看到的只是街对面发黑的墙壁；侧耳一听，听到的只有车轮的隆隆声。我渴望空间，渴望新鲜空气。你简直无法相信自己在伦敦呼吸的是空气，因为煤火把烟灰和硫黄散得哪儿哪儿都是，弄脏了水，甚至把宫殿都弄得肮脏不堪，成了黑乎乎的大怪物。这个城市就像一个肥胖的大汉，非要穿自己小时候的紧身上衣。那么多的人跑来这里找工作，以至于十一二个人挤住在一间不比咱们现在所坐之处更大的房间里。可怜的人们试图尽可能多地增加自己的居住与贮藏空间，于是

---

① 巴巴里，指北非的中部及西部沿海地区。

私搭乱建，畸形的增建部分要么横穿弄堂小道，要么晃晃悠悠地高耸在腐朽的屋顶之上，你都会奇怪这屋顶是怎么禁得住这份重量的。排水槽和流水孔随处乱安，以至雨都停了很久之后，还会有水滴到你身上，把你弄得湿漉漉的。"

他说，他也和那些绅士老爷们打不起交道，他们预订一批家仆制服，却要他等上一两年才结款。"我可以告诉您，那时我甚至觉得能拿到钱就算很走运了。"他补充道，他的一些同事被拖欠债务的老爷们弄得一贫如洗。

当他弄清我毫无清教徒倾向时，便向我讲起了国王流亡归来后他所目睹的这座城市中的一些淫荡作乐之事。一开始，我觉得这些故事就像他手中的布，准是他技巧高超地攒出来的，于是一天晚上我向他提出了自己的怀疑，当时我俩就伴坐着，他坐在地上，两条长腿交叉着，上面铺着他在缝纫的亚麻布，我坐在桌边，手油乎乎的，我拍出一个个燕麦饼，把它们挂成一串，在火前烘焙。

"不，太太。如果说有什么不准确的地方，那就是我在尽量淡化，因为我不想冒犯您。"

我闻言大笑，告诉他，我并不是那么一本正经、听不得真相的人，我其实渴望知道世界上的事情都是怎么回事。我不该这么逼他，或者也许是我给他倒的第二杯家酿啤酒起了作用，他讲起了关于国王微服逛妓院的故事，结果国王的口袋在妓院里让人掏了个干净。我听后大笑,说希望是那个妓女拿了国王的钱,她伺候了国王,也伺候了许多别的人,这钱当然是归她的。我的话使维卡斯先生大为惊异。

"您不指责她选择了一种淫荡堕落的谋生方式吗?"他诘问道,并假作严厉地扬起眉毛。

"也许我会指责的,"我答道,"但是在我指责之前,我想知道在您向我描述的那个艰难世界里,她有什么可选择。如果你掉进一个污水沟,你首先关心的是自己是否会淹死,而不是自己身上有多臭。"也许我的评论太过坦率,他接下来讲述了国王最宠爱的诗人罗切斯特伯爵[①]的诗作,这首诗确实让我震惊,以至于他朗诵的诗句,我如今仍然记得很大一部分。维卡斯先生是一位出色的模仿者。在给我念诗之前,他先把自己诚实坦率的面孔滑稽地变换成浮华的讥笑嘴脸,又把自己彬彬有礼的声音改变成颐指气使的喊叫。

他才念了一半,我便不想再让他继续念下去,双手捂住耳朵,说了一声"请原谅",就一溜烟儿跑掉了。要知道,虽然我确实不喜欢评判他人的是非,可那些贵族和缙绅们是那么高贵,我们是如此卑微,而让他这么一讲,我们反而成了天使,这一点我是无法苟同的。事后,我躺在自己房间里,孩子们睡

---

① 罗切斯特二世(1647—1680),英国宫廷诗人,查理二世的宠臣,风流才子,浪荡子的代名词。

在身边的小床上,我很后悔自己的失态。我渴望了解那些我从未奢望能亲眼见到的地方和人物,现在我担心自己在维卡斯先生眼里成了一个假正经,他将不再与我畅所欲言了。

第二天,这个可怜人当然看上去像是蔫了,他担心自己彻底得罪了我。于是我告诉他,我们的教区长曾亲口说过,知识本身并不邪恶,只是人使用它的方式有可能危及灵魂。我说我很感激他让我了解了我们国家最高层的内幕,如果还能听到其他类似的诗篇,我就更感激他了,须知,陛下所有的忠实臣民不都是要努力效仿自己的国王吗?于是此事我们一笑了之。随着春天变成夏天,我们俩的关系也更为融洽了。

哈德菲尔德先生从伦敦订购了一箱布,东西运来时引起了巨大轰动。一向都是如此,大城市来了货,村里许多人都有兴趣看看城里现在究竟流行什么颜色、什么图案。由于货物在运输途中的最后一程放在了一个敞篷马车里,淋了雨,湿乎乎的,哈德菲尔德先生便让维卡斯先生把货物弄干,于是他在我家院子里扯起绳子,把布挂上去晾,这样一来就给了所有人充分的机会来观看、品评。杰米也借此机会玩起了游戏,在摆动着的布之间跑来跑去,假装自己是一名正在比武的骑士。

伦敦布匹刚刚运来那几天,维卡斯先生正忙于赶订单,所以当我下班回家,发现一件细羊毛长裙叠放在我房间的小床上时,确实吃了一惊。它是金绿色的,那种洒着点点阳光的叶子的颜色,款式极为保守,但却剪裁精细,赏心悦目,围腰上还镶着热那亚花边。我从没有穿过如此精美的衣物——即使结婚时我穿的那件向朋友借的长裙都没它漂亮。山姆死后，我便一直穿一件无形无状的粗哔叽罩衫，这件罩衫没有任何装饰，是那种清教徒的黑色。我本打算就这样维持下去了，因为我既不想也不喜欢打扮自己。然而我还是拿起这件柔软的长裙在身上比划，从窗口走过，激动得像个小姑娘，试图从窗玻璃上看一眼自己的映象。但我在玻璃中看到的却是站在我身后的维卡斯先生，长裙从我手中掉落，被人撞见自己这么放肆地自我陶醉，我羞愧得无地自容。但是他的脸上却绽开了他特有的坦诚笑容，当他一眼瞥见我的窘态时，便谦恭地垂下了眼睛。

"请原谅我，可我一看这布料，就立刻想到了您，因为这种绿色和您眼睛的颜色恰好相配。"

我觉得自己脸红了，知道自己脸红而心里发慌，这使得我的面颊和喉咙也更加发热。"好先生，您对我太好了，但是我不能接受您的这件长裙。您是我的房客，我很高兴自己有您这么一位好房客。可您必须知道，男人和女人同住一栋房子，这是很危险的，我担心我们俩走得太近，超出了朋友……"

"我希望我们能够超出。"他轻声打断我，他此刻的表情是认真的，他的眼睛直视我的眼睛。在他的注视下，我再次满面通红，不知道该如何回答他。他的脸也红彤彤的，我很好奇，他脸上的颜色是否也是因为害羞。但是接下去，他朝我迈了一步，身体有点儿摇晃，不得不伸手扶墙，稳住自己。这一情景使我不禁心头涌起一阵小小的愤怒，心想他准是一直自斟自酌喝啤酒来着，我做好准备，以防他会像山姆死后我不时需要对付的那些满身酒气的蠢汉一样。但是维卡斯先生并没有动手动脚，他的一只手举到额头上，揉了揉，好像那里很痛。"无论如何，收下这件长裙吧，"他轻声道，"因为我只是想感谢您料理了一个舒适的家，欢迎了一个陌生人。"

"先生，谢谢您，可我认为这样做不妥。"我一面说着，一面叠起长裙，递给他。

他说："明早您去教区长家的时候，何不征求一下他的意见呢？如果您的牧师认为这样做无害，不就没关系了吗？"

我觉得他的话有些道理，就答应了。虽说我不一定非得问教区长——因为我无法就这样一件事向他启齿，可我知道蒙佩利昂夫人会给我良好的建议的。我惊奇地发现，我内心仍然有女人的欲望，想穿这件长裙。

"您何不试上一试呢？要知道，一名匠人很想了解自己的手艺如何，假如明早您知道了自己不该接受这件礼物，那么至少，您总得让我看看我做出了什么，这样也算是对我辛苦的一点儿报答，好满足我作为手艺人的骄傲啊。"

我心中诧异着，过于痛快地接受他的建议，这合适吗？我站在门口，抚摸着柔软的衣料，把长裙穿到身上的好奇心，压过了我那合不合适的担忧。我挥手示意维卡斯先生下楼等我,然后脱掉粗糙的罩衫。几个月来我头一次注意到,我的内衣有多脏,上面斑斑点点,不是汗碱就是奶渍。把这件新衣服穿在这些不洁净的东西上面,似乎不妥,于是我把内衣也全脱掉,站立了好一会儿,观看自己的身体。辛苦的劳作和贫乏的冬天,已经剥夺了我生汤姆后所剩无几的脂肪。山姆喜欢的是我的丰满。我好奇维卡斯先生喜欢我什么。这一想法触动了我,以至于我皮肤发红,喉头发紧。我拿起绿色长裙,它柔软地滑过我赤裸的肌肤。我的身体感觉到一阵很长时间都没有过的活力,我非常明白,这是身上的长裙带给我的感觉。我一动,裙子就跟着摆动,我体验到一种想要与它一起舞动的冲动,我想再次像个姑娘般地跳舞。

维卡斯先生背对着楼梯,在炉边烤手。当他听见楼梯上的脚步声时,他转过身,屏住了呼吸,脸上绽开一抹赞许的微笑。我飞快地转了个圈,让裙子围着自己旋动。他鼓掌,然后张开双手。"太太,我要给您做一打这样的裙子,来展示您的美丽!"随后,他声音中的戏谑口吻消失了,声音低了下来,变得嘶哑,"希望您能觉得我值得在所有的事情上都为您效劳。"他穿过房间,双手揽住我的腰,温柔地把我拉向他,亲吻我。要不是他的皮肤蹭在我脸上时那么烫,烫得我向后避开的话,我真不知道随后会发生什么。

"可您在发烧!"我喊道,像一个母亲一样,伸手摸他的额头。于是时机错过了,不论是好还是坏。

"不错,"他边说边放开了我,又揉起了太阳穴,"今天一整天我都感觉浑身发冷,现在更厉害了,脑瓜仁儿怦怦跳,我觉得痛极了,从骨头里头往外痛。"

"我扶您上床吧,"我温柔地说,"再给您拿杯凉啤酒。至于那些事,等明天您好了,咱们再说。"

我不知道维卡斯先生怎么睡过的那一宿,反正我睡得很不踏实,各种念头和我并不太想它出现的那种重新觉醒的感觉,在我头脑里翻江倒海,弄得我心里乱糟糟的。我在黑暗中躺了很久,谛听着身边孩子们那轻微、柔软、动物般的呼吸。我闭着眼睛,回想着维卡斯先生双手温柔地放在我的腰际,然后抓紧,我回想着当时的感觉。我就像一个一整天都忘记吃东西的人,直到别人煎锅里的香味让自己想起来饿极了。我在黑暗中伸出手,攥住汤姆稚嫩的小拳头,我意识到,尽管我喜欢孩子小手的触摸,但是我的身体却还渴望着另外一种触摸,有力而坚决的触摸。

早上,没等鸡叫我就起了床,以便在维卡斯先生从他阁楼间下来之前,干完家务活。我不希望过早见到他,我需要一些个人空间,来反省自己的欲望。我丢下乱躺着睡在那里的两个孩子,小汤姆像壳中的核桃仁似的蜷着身子,杰米的细胳膊在小床上一字伸开。他们身上散发着好闻的气味,热乎乎地躺在那里。他俩的头上都覆盖着他们父亲那种纤细的金发,在昏暗的晨曦中闪着光。我的浓密黑发与他们的浅色卷发要多不一样有多不一样,但他们小脸上的五官,人人都说长得像我,而不像他们的父亲。我把脸贴在他们脖子上,嗅闻那酵母般的气味。上帝警告我们对任何凡尘之物的爱都不可超过对他老人家的爱,可他老人家却在一个母亲的心中植入了一份对自己孩子的刻骨铭心的情感,我想不通,这样一来,他老人家还怎么考验我们。

在楼下,我扇燃余火,重新烧起壁炉,然后去井边打这一天的水。回来后,在火上坐上一大壶,等水不再冰凉,我倒了一盆洗脸,又打了些水擦拭砾石地面。趁石头地晾干之际,我披上围巾,把肉汤和面包端到逐渐亮起来的院子里,眺望着天边变成玫瑰色,雾气从包围着我们村庄的两条小河中升起。我们的村庄景色优美,这天早上,空气中浓浓地散发着夏季沃土的芳香。这是一个适合思考新开端的早晨,我望着一只草原石鹆拖着一条虫子去喂幼雏,不禁思忖着,自己是否也该找个帮手,来帮我抚养孩子。

山姆留给我这幢房子和一栏羊,但是那天他们刚把他的尸体弄出矿井,就在他的井架上刻下了他们的标记。[1] 当天我就

---

[1] 根据当地的采矿法,一个铅矿三个星期出不了规定数量的矿石,其他采矿人就可以在其井架刻上自己的标记,表明自己有意开采此矿;六个星期出不了矿石,那人便可刻上第二个标记;而九个星期出不了矿石,该矿的采矿权便易手给刻标记的那个人。

告诉他们，不必等着再刻，因为无论是三个星期，六个星期，还是九个星期，我既不会自己去加固坍塌的井壁，也不会找别人去加固。现在乔纳斯·豪拥有了这个矿，他是个好人，是山姆的朋友，他觉得自己骗了我，尽管我并不知道他为什么会这么想。要知道，当地的法律老早以前就规定得清清楚楚，任何采矿人，当别人在其井架上刻三回标记，他还采不出一盘铅时，便无权保留该采矿权。所以他的行为很难算是不厚道。他说我的孩子一成年，他就把我的孩子和他的孩子一起培养成采矿人。虽然我对这一承诺表示了感谢，可我的感谢并非发自真心，因为我坚决希望，自己的孩子不会过那种啮齿动物般的生活，凿岩石，担心水，担心火，担心塌方。但是裁缝这一行却另当别论，我倒是很愿意让孩子们学一学这门手艺。此外，乔治·维卡斯还是个好男人，极为善解人意。我喜欢他陪伴我。我当然没有躲避他的抚摸。当年我嫁山姆，比现在理由少得多。况且话说回来，我不再是十五岁了，选择也不再会像当年那样明确、有余地。

吃过早饭，我在灌木丛中给维卡斯先生摸出两个鸡蛋，也给杰米摸出一个。我的鸡不听话，从不在窝里下蛋。然后我返回屋，揉好明天烤面包用的面团，再把面团放在壁炉边的一个钵里，盖上盖子发酵。我决定把剩下的家务活留到下午再干，我返回楼上给汤姆喂奶，这样，一会儿简·马丁来照看他时，就会发现他吃得饱饱的了。正如我所希望的，我抱起他时，他几乎没怎么动，只是长长地看了我一眼，算是打招呼，然后闭上眼睛，开始了他心满意足的吸吮。

由于起得早,我来到教区长宅邸时,还未到七点钟,然而埃莉诺·蒙佩利昂已经在花园里了,她的身边摞着高高的一堆剪枝。蒙佩利昂夫人与大多数淑女不同,她不怕干活脏了手,而且她喜欢在自己的花园里干活。她脸上经常能看到一道道泥土,脏得像个打杂女工,这是她掘土和拔草时,粗心地把松散的几绺头发往后撩而造成的。

二十五岁的埃莉诺·蒙佩利昂具有孩子般的柔弱秀美。她洁白得有如珍珠,一头金色秀发仿若一轮光环,秀发薄薄的,甚至可以看见她太阳穴上的血管跳动。就连她的眼睛都是浅色的,是那种发白的蓝色,就像冬天的天空。第一次见到她时,她使我想起了一团蒲公英,那么轻柔,一口气就能吹跑,但这是在我了解她之前。这个柔弱的身体配的是一颗坚强的心,这颗心能够极为热情,具有充沛的能量来作决定和干事情。有的时候,仿佛这个灵魂错装在了这具纤细的身体里,要知道,她把自己发挥到了极限,甚至超过了极限,并且常常因此而生病。她身上有某种东西,她不能也不愿意看见这个世界所希望划定的种种区别——弱者与强者的区别,女人与男人的区别,苦力与老爷的区别。

这天早晨,花园中散发着薰衣草那浓郁的芬芳。在她的巧手之下,到了今天,植物的颜色和布局看来都发生了变化,紧挨着蓝蒙蒙毋忘我的是繁茂的午夜飞燕草,然后又渐变为淡粉色的锦葵。每扇窗户底下都摆放着一盆盆茉莉和石竹,所以整栋房子都飘荡着好闻的花香。蒙佩利昂夫人称这个花园为她的小伊甸园,我相信上帝并非不喜欢她的这一声称,因为这如锦的繁花,竟会这么好、这么茁壮地在山这一侧度过了冬季,这远远超出了基于常识的预料。

这天早上,我发现她跪在地上,正为雏菊剪掉凋谢的花朵。"早上好,安娜,"她看到我时说,"你知道这普普通通的小花有退烧功效吗?你是个母亲,不妨学点儿药草方面的知识,因为谁也说不好什么时候你家孩子的健康就靠它了。"蒙佩利昂夫人一有机会就向我灌输知识,总的来说,我也是个很愿意学习的学生。当她发现我对知识如饥似渴时,她便开始像给自己心爱的花坛施牛粪一样,不遗余力地把知识灌输给我。

我时刻准备好接受她教给我的一切。我一向喜欢高雅的语言。我小时候的一大乐事就是去教堂,这并不是因为我极为虔诚,而是因为我渴望听祈祷文那优美的词语。"上帝的羔羊""忧患之子""圣言加圣体"。我会沉浸在这些抑扬顿挫的词语中。就连当时的清教徒老牧师斯坦利公开批评圣徒连祷,或者公开批评罗马天主教徒那种把玛利亚奉为神明的祈祷文时,我都念念不忘他贬斥中所提及的词汇:"幽谷百合""神秘的玫瑰""海之星""我是主的使女""愿照你的话成就于我吧"。一旦我意识到自己可以记住礼拜仪式中的精彩片段,我便每个礼拜天都努力这样做,就像一名农夫渐渐堆起稻草垛一样,积累着我的收获。有的时候,如果我可以从继母的眼皮底下溜走,我就在教堂墓地徘徊,努力抄下墓碑上所刻字体的形状。当我知道死者的姓名时,就把这些刻出的形状与我推断它们所代表的发音配在一起。我用一截削尖的木棍作笔，把一块平坦的土地当书写板。

有一回，父亲乔斯·邦特把一车劈柴送到教区长宅邸，正好碰上我干这个。我看到他，吓了一跳，手中的小树棍一下子断了，戳伤了手掌。他是个寡言少语的人，说出来的话大都是骂人的粗口。我并不指望他理解我对这些东西的渴求，这些东西在他眼里肯定是无用的奇技淫巧。我前面说过他贪杯好饮，我还应该补充，酒杯却并不喜爱他，把他弄成了一个暴戾恣睢的家伙。这天，我缩着脑袋，等着他的老拳落下。他是一个健壮的大汉，动不动便拳脚相加——常常毫无缘由。但是这一回他却并没有因为我逃避家务而揍我，只是低头看了看我试着写出的字母，用他那脏兮兮的拳头蹭了一下满是胡茬的面颊，走开了。

后来，当其他几个村童就此事奚落我时，我才知道，父亲那天其实还在采矿人酒馆得意扬扬地吹嘘了我一番呢，说他要是有钱供我上学就好了。这只是信口说说而已，他不必去兑现它，因为我们这一带的村子里根本就没有学校，就连男孩子都上不了学。但是这个消息却还是让我心里热乎乎的，把村童们的取笑抛诸脑后，要知道，我从未打父亲口中听到过一句赞誉之词，得知他认为我聪明，我便开始想，也许我真的聪明。这以后，我更加公开地这样做了，一边干活一边低声背诵《诗篇》里的片段，或者背诵礼拜日布道中的句子。我背诵它们，纯粹是觉着好听，但却赢得了不该得到的虔诚奉献的名声。就是因为有了这一名声,才使得我被推荐到教区长家干活,从而又开启了我所渴望的真正的知识大门。

来到教区长家的一年中,埃莉诺·蒙佩利昂教会了我许多字,尽管我写起来还不大行,但我却可以不太费力地阅读她藏书中的几乎任何一本了。大多数的下午,她都顺道来我家,汤姆在睡觉,她布置功课让我做,而她自己则继续去完成她的访贫问苦。返程途中,她会再来我家,看我功课做得如何,给我解释我不懂的地方。我常常这样学着学着,就停下来发出欢笑,这是出于对学习的纯粹的快乐。她会和我一起笑,因为就像我喜欢学一样,她也喜欢教。

有的时候,我会因自己的快乐而感到内疚,因为我认为我能得到蒙佩利昂夫人如此多的关注,是因为她一直未能怀上孩子。当她与迈克尔·蒙佩利昂来到此地时,那么的年轻,新婚燕尔,整个村子都在观望,都在等待。几个月过去了,然后是几个季度,可蒙佩利昂夫人的腰肢依然纤细得像小姑娘。我们整个教区的人都因她不孕而受益,因为她给那些在自己拥挤的农舍里没有得到足够母爱的孩子们以母爱,关心那些有希望但却缺少机会的年轻人,为遇到麻烦的人出主意,探视病人,做尽种种好事,以至于所有的民众,不分阶层,都离不开她。

然而她的药草知识我却一点儿都不想学,一位牧师夫人掌握这门知识是一回事,而一名像我这样的小寡妇掌握它就是另一回事了。我知道,在公众心目中,寡妇非常容易变成女巫,这里面的首要原因通常是寡妇爱鼓捣些治病的东西。我还是小姑娘的时候，我们村子里曾经闹过一次女巫恐慌，那个被指控为女巫的梅姆·戈迪是个能干的女人，所有的人都去她那儿找药剂和泥敷剂，请她帮助孕妇分娩。那是一个庄稼歉收的灾年，许多妇女小产。有一对奇怪的孪生胎儿死产了，两个死婴的胸骨竟然连在一起，于是许多人开始嘀咕起了魔鬼行径，大家的目光便转向了寡妇梅姆，嚷嚷着说她是巫婆。当时的牧师斯坦利先生当仁不让，亲自对指控进行调查，他独自把梅姆带到野外，在那儿待了好几个钟头，庄重地予以测试。我不知道他究竟给了她什么样的测试，但是事后，他宣布，他认为她与邪恶全无关系，并且谴责了那些指控她的男男女女。但是他也申斥了梅姆，因为梅姆曾告诉大伙她的茶、香粉和草药可以预防疾病，从而蔑视了上帝。斯坦利先生相信，疾病是上帝降下来考验和惩罚那些他将拯救的灵魂的。如果我们一味躲避，就会错过上帝希望我们得到的教训，它的代价就是死后受折磨。

虽然现在没人敢嘀咕老梅姆是巫婆了，可有些人仍然用白眼看她那年轻的侄女阿尼丝。阿尼丝与老梅姆住在一起，帮助她做些接生的事，还干些栽培、弄干药草和调制药剂的活。我继母就是一个对她怀有成见的人。继母阿芙拉那简单的脑袋瓜中装满了迷信，一心相信天象、符咒或魔药。她对阿尼丝怀有一种又怕又敬，也许还有几分嫉妒的复杂心情。我还在父亲的农舍时，阿尼丝带着治疗烂眼病的药膏来到我家，那时我们家的几个小孩子全都得了这种病。我惊奇地发现，阿芙拉偷偷把一把像十字架般大张着的剪子藏在椅子的坐垫底下，她请阿尼丝坐这把椅子。阿尼丝走后,我为此而责怪她。但是她对我的指责毫不当回事,然后她让我看她挂在孩子们小床上方的镇巫石,以及她塞进门柱子里的小盐瓶。

"你爱怎么说就怎么说,安娜。这丫头片子走起路来如此骄傲,哪儿像个可怜的孤儿啊,"继母发表见解,"瞧她那副德行,就跟比我们谁都懂得多似的。"我说,没错,她确实比我们懂得多。她不是很会行医吗,咱们大家不是也从中受益了吗?阿尼丝刚才不是带来了能比我们更快治好孩子们烂眼睛的药膏吗?继母阿芙拉对于我的这番话报之以鬼脸。

"你也看得到,男人们不论老少,全都对她嗅来嗅去,就跟她是条发情期的母狗似的。你愿意把那叫行医就那么叫好了,反正我认为她在她那个小窝棚里可不只是酿造香甜酒。"我指出,阿尼丝这么一个身材窈窕、面目姣好的年轻女子,男人们很难不对她着迷,特别是这个女孩子又没有父兄来提醒男人们的眼睛该往哪儿放。阿芙拉听闻此话怒形于色,我觉得自己快捅到她心底里对阿尼丝怀有妒恨的老根了。

阿芙拉既不漂亮也不机智,年过二十六岁还没有好男人向她求婚,只好凑合嫁给我嗜酒如命的父亲。他俩挺般配,因为都是一路人,要求不高。阿芙拉几乎与我父亲一样贪杯,他俩把自己一半的生命都用在了醉酒发情上。但是我认为,阿芙拉的内心深处,从没停止过渴望像阿尼丝那样拥有一种女人的力量。否则怎么解释她对一个刚刚施善于她和她孩子的人所怀有的恶意呢？不错，阿尼丝桀骜不驯，不在乎这个警惕的村庄中的种种习俗，可其他一些行为不轨的人却没有像她这样引来如此多的非议。阿芙拉散布迷信的流言蜚语，许多村民都爱听，为此，我有时候真替阿尼丝担心。

我趁蒙佩利昂夫人大谈芸香与春黄菊的药效之际，赶紧动手拔蓟草，因为这是一项费力气的活，若是任由蒙佩利昂夫人长时间弯腰拔草，她会头晕目眩。拔完蓟草，我前往厨房，开始这一天的真正工作，在擦拭木器和端送锡镴器皿的忙碌中，一上午的时间过去了。有些人以为女佣的工作是最乏味的苦活，可我却发现并非如此。在教区长宅邸和在布拉德福德庄园的大府第里，我在摆弄精美东西的过程中找到了极大乐趣。如果你曾在一个家徒四壁的农舍中长大，用木勺从粗糙的盘子里舀饭吃，那么当你的手泡在一个满是肥皂沫的桶里，手底下是滑溜溜的细瓷杯子，或者当你给书皮涂蜂蜡而闻到那阵阵的书香气的时候，你就会体验到无数微小而难以言传的快乐。此外，这些简单的工作只占用你的手，你的心则可以沿着各种有趣的路径自由驰骋。有的时候，在我给蒙佩利昂家的大马士革波形花纹的柜子抛光时，我就会研究它那精致的镶嵌，思忖着那个制作了它的远方工匠，努力想象他顶着骄阳，在一个陌生神明的庇护之下，过的是一种什么样的生活。维卡斯先生有一块绚丽的布料，他称其为大马士革锦缎，我不禁突发奇想，是否那匹布与这个柜子曾摆在同一个集市，经历同样的长途跋涉，从沙漠一路来到这个潮湿的山麓。脑海中的维卡斯先生打断了我的冥思，我想起自己还没向蒙佩利昂夫人请教维卡斯送我裙子的事。但是这时我意识到，已经快到中午了，汤姆一定饿坏了，哭着要奶吃。于是我匆匆离开教区长宅邸，心想，那件长裙以及收下它是否合适的问题，不妨回头再请教蒙佩利昂夫人吧。

但是这"回头"却再也没有了。因为我来到自己的小房子时，里面安静得如同维卡斯先生没来我家之前一样。屋里没有欢声笑语，而在厨房里，我只发现简·马丁耷拉着苦瓜脸，在用一截竹芋沾着水哄逗汤姆，而杰米呢，则静静的，独自在壁炉边玩耍，用木柴搭塔，因此把木柴散布得哪儿哪儿都是。维卡斯先生的缝纫台和我早上离开时一样，线和衣样整齐地摞在那里，自昨晚起就没动过。我给他留的两个鸡蛋仍然摆放在篮子里。汤姆一看见我，便在简·马丁的怀里扭动起来，像只小鸟似的大张开没长牙的嘴巴。我接过他，给他喂奶，然后打听维卡斯先生。

"说真的，我没见到他。他大概一大早就去哈德菲尔德那儿了吧。"简·马丁说。

我说："可他的早饭一口都没吃。"简·马丁耸耸肩。她用自己的方式清楚地表示，她不喜欢这个家里住着一位男性房客，不过由于维卡斯先生是教区长蒙佩利昂介绍来的，她只好对此不作声罢了。

"他在床上，妈妈，"杰米可怜巴巴地说，"我上楼找他，可他却朝我喊:'走开。'"

维卡斯先生准是病了,我这样推测。虽然我急于去照顾他,可我得先给汤姆喂完奶。汤姆一吃饱肚子,我就提了一罐凉水,切了一片面包,上楼前往维卡斯先生的阁楼间。我刚把一只脚踩在阁楼间的梯子上,就听见了呻吟声。惊慌之中,我连敲门都没顾上,就推开了通往这个低矮空间的门。

我惊得差点儿把手中的水罐扔掉。我面前的小床上,昨晚还那么年轻英俊的面孔不见了。乔治·维卡斯先生躺在那里,脑袋上生了一个肿块,大得有如新出生的小猪崽,大肿块拖累他的脑袋歪向一边。这是一个黄紫色的大肉块,闪着光,一下下地跳动着。他的脸,由于这个赘生物,侧对着我,脸色绯红,或者更确切地说,疙疙瘩瘩,那些疙瘩的形状就像是一圈圈的玫瑰花瓣在皮肤底下盛开。他的金发失去了光泽,湿乎乎的一团,贴在头上,枕头被汗浸透。阁楼里有一种甜腻腻的刺鼻气味,一股好似烂苹果的气息。

他喃喃道:"水。"我把杯子放到他干渴的嘴上,他贪婪地喝着,由于用力而疼痛,他的脸变了形。他一直喝着,只是在一阵寒战和打喷嚏震动他身体时,他才停一会儿。我倒了一杯又一杯,直到水罐倒干。他喘息着说:"谢谢您!现在,我求您离开这儿,以免沾上这肮脏的传染病。"

我说:"不,我必须看到您舒服些。"

"太太,现在除了牧师,谁都没用。请您把蒙佩利昂请来,如果他还敢来看我的话。"

"别这样说!"我责备他,"烧会退去的,您很快就会好起来。"

"不,太太,我知道这恶病的症状。为了您可爱的孩子们,赶紧离开这儿吧。"

听完这话,我真的走了,不过只是回到我自己的房间,去拿毯子和枕头——前者是用来温暖他颤抖的身体,后者是用来替换他可怕的脑袋底下那个湿透了的旧枕头。我再次进入阁楼间时他在呻吟。我试图扶起他的脑袋换枕头,他惨叫一声,因为加剧了那个大疖子的疼痛。随后,这紫色的大脓包一下子崩裂了,像豆荚般裂开,黏糊糊的脓液夹杂着点点的死肉碎片喷溅出来。那种烂苹果般令人恶心的甜腻气息消失了,代之以恶臭,那种放了一个星期的死鱼的恶臭。我急忙擦去这个可怜人脸上和肩上的污物,捂住他渗血的伤口,我被熏得透不过气来。

"看在上帝的分上,安娜,"他那嘶哑的喉咙用尽力气,嗓音劈裂得像个孩子,他鼓起了我不知道的一种力量,说出仅比耳语响亮一点儿的声音,"离开这儿!你救不了我!当心你自己!"

他这么虚弱,我担心这种声嘶力竭的震动会要了他的命,于是我拿起那一塌糊涂的寝具,离开了他。在楼下,迎接我的是两张恐惧的面孔,杰米大睁着眼睛,一副不明白的神色,简脸色惨白,一脸会意的畏惧。她已经脱去了围裙,准备下班走人了,我出现时她正手握门柄。我说:"拜托了,你再照看会儿孩子,我去请教区长,维卡斯先生的情况怕是很严重。"听到我这番话,她绞着双手,我看得出,小姑娘的恐惧之心在与她清教徒的正直感做斗争。我并没等着看究竟哪一方获胜,便匆匆从她身边走过,边走边把寝具扔到门外的院子里。

我一路奔跑,光顾着低头看路,所以没看见教区长骑着他的安武洛斯从附近的哈瑟希奇办完事往回走。但是他却看见了我,掉转马头,来到我身边。

"天哪,安娜,究竟出了什么事?"他一面喊着,一面翻身下马,伸手扶住气喘吁吁的我。我上气不接下气地讲述了维卡斯先生的严重状况。教区长满脸关切地说:"确实是太不幸了。"他不再多言,把我扶上马背,自己也重新上马。

这天他的这种男子汉气概对我来说是那么的生动。我可以记起他是多么自然地承担起责任,安抚我,然后又安抚可怜的维卡斯先生;他是如何不知疲倦地整个下午守在维卡斯先生床边,然后第二天再度跑来,先是为拯救此人的身体而努力,然后,这一目标显然失败了,他又极力拯救此人的灵魂。维卡斯先生嘟囔,说胡话,咆哮,咒骂,疼得哭喊。他所说的话大都令人听不明白。但是时不时地,他会停止在小床上翻滚,睁大眼睛,用刺耳的声音说:"全都烧掉!全都烧掉!看在上帝的分上,烧掉!"到了第二天夜里,他已经停止了折腾,只是目光呆滞地躺在那里,处于一种无声的挣扎之中。他的嘴上结了一层硬痂,我每个钟头都往他嘴唇上滴些水,给他擦拭;他总是看着我,当他试图表达感谢时,他的额头因为用力而出现皱纹。随着夜越来越深,他显然是越来越不行了。蒙佩利昂先生不肯离开他,甚至天快亮的时候,维卡斯先生陷入一种断断续续的睡眠,呼吸短促而不均匀,蒙佩利昂先生仍不肯走。晨曦透过阁楼间的窗户,是紫罗兰色的,百灵鸟在歌唱。我愿意这样想,这动听的声音穿过他混沌的神志,来到他内心深处的某个地方,也许会给他带来某种程度的安慰。

他紧抓着被单死去。我轻轻地一一掰开他的指头,弄直他长而软的手指。这是一双漂亮的手,除了终生操针磨出茧子的地方外,其余的地方都是那么柔软。回想起在壁炉的光亮中这双手曾多么灵巧地活动,泪水溢出了我的眼睛。我告诉自己,我是为这技艺的流失而哭泣,这些已经获得了如此高技艺的手指将再也无法制作一件美丽的衣物了。事实上,我认为我是在为另一种东西的流失而哭泣,我在奇怪,为什么我一直等到接近死亡的时刻,才感觉到这双手的触摸。

我把这双手交叠在乔治·维卡斯先生胸前,蒙佩利昂先生把自己的手放在它们上面，说要做最后的祷告。我记得教区长的手那么大，大得令我惊讶——不是牧师那种秀气的小白手，而像是劳动人民那种结实的手。我不明白他的手怎么会是这样。据我所知，他出身于教士家庭，不久前还在剑桥读书呢。蒙佩利昂先生与维卡斯先生年龄相仿，也才二十八岁。然而这个年轻人，仔细观看的话，额头上满是抬头纹，眼角上也布满鱼尾纹——这表明这张脸不断动来动去，经常皱眉沉思，或者和人在一起时经常大笑。我说过，这张面孔并不英俊，不过我这话的意思是，人们注意到的不是他的面孔，而是他的声音。一旦他开口说话，发出的声音会迫使你把自己的全部思想都集中在这些话语上，而不是集中在这个发出话语的人身上。这是一种充满了光明与黑暗的声音。光明，是因为它不仅微光闪烁，而且也炫目耀眼。黑暗，是因为它不仅挟带着寒冷和恐惧，而且也给人以安宁与荫蔽。

教区长的目光转向我，用极为温柔的耳语对我说话，这耳语就像是一块舒适的披巾，降落在我的悲伤之上。他感谢我通宵的协助。我做了我所能做的：病人发烧时给他冷敷，寒战时给他热敷；喷洒净水来清洁小病房臭烘烘的空气；端走一盆盆胆汁和尿，拿走浸满汗水的衣物。

我说："一个人客死异乡，没有亲人哀悼，这真的很痛苦。"

"死亡永远是痛苦的，无论死于何处。早夭则更甚。"他开始祈祷，声音缓慢，仿佛是从记忆中搜寻词句：

> 我的疮痍溃烂流脓,
> 我悲伤得身已佝偻,
> 终日行动满怀忧愁。
> 我遭难时,我的友朋都袖手旁观,
> 我的亲人都站得很远……①

"知道《诗篇》里的这一篇吗,安娜?"

我摇摇头。

"是的,它并不讨喜,也并不广为吟唱。可你却并没有远离维卡斯先生站着,你没有袖手旁观。我认为,乔治·维卡斯先生在你家中幸福地度过了人生的最后几个星期。你应该为你和你两个儿子所能给予他的快乐,特别是,为你所表现出的慈悲,感到慰藉。"

他说他要把尸体扛下楼去,这样,上了年纪的教堂司事就得以更容易地收走它。乔治·维卡斯个子很高,体重近九十公斤,但是蒙佩利昂先生毫不费力地将其抱起,软绵绵的尸体在他肩头晃荡着,他下了阁楼梯子。在楼下,他把乔治·维卡斯轻轻放在一张床单上,温存得有如一个父亲安放自己熟睡的宝宝。

---

① 引自《旧约全书·诗篇》第三十八篇。

上天的诅咒

教堂司事早早来收乔治·维卡斯的尸体。由于没有亲属,他的葬礼将简单而匆促。"越早越好,呃,太太,"老汉一面将尸体拖到他的马车上,一面说,"没必要拖延。反正他也来不及给自己缝条裹尸布了。"

由于忙了一宿,蒙佩利昂先生让我上午不用去他家。"歇歇吧。"他说,他在门口的晨曦中逗留了片刻。安忒洛斯被整宿拴在院子里,它把泥土踩成一个个没了草的坑。我点头答应,可我休息不了多一会儿,布拉德福德府便要我下午去服务一个宴会。在此之前,我得把自己家的房子上上下下都擦洗一遍,然后再考虑考虑如何处理维卡斯先生的传染。教区长似乎看透了我的心思,他抬脚认镫时又停了下来,轻轻拍了拍马,转回身朝我走来,压低声音道:"维卡斯先生的东西,你应该听他的。"我的表情一定是颇显困惑,因为我一时没明白他指的是什么,"他说把一切都烧掉,这可能有道理。"

我仍跪在阁楼间擦拭磨损的地板时,第一个维卡斯先生的主顾就来敲门了。我还没开门,就知道来者是阿尼丝·戈迪。阿尼丝非常擅长做药草和药膏,她知道怎样从植物里提取香料油,她自己抹的香料油是那么清淡好闻,就像夏季的水果和鲜花,她时常是人未到,香味先至。尽管村里人大都对她抱有成见,可我却一向钦佩她。她脑筋快,嘴上也跟劲,随时可以用机智诙谐的斥责来回敬别人的冒犯，要是换了我们大多数人，只有在被侮辱后好长时间，才能想起这样的反驳。不管人们如何肆意玷污她的人品，不管女人们在她面前如何穷打扮自己，只要是遇到女人生孩子都很难少得了她。她在产房里平静而和蔼，完全不同于在街头时的张扬。如遇难产，她会熟练地用手把孩子弄出来，这一招，对她姑姑来说已逐渐成为不可或缺的依靠了。我喜欢她的另一个原因是，她不在乎别人的闲言碎语，特别是在我们这么一个小地方，这确实需要相当的勇气。

她来找维卡斯先生，取她定做的长裙。当我告诉她维卡斯先生所发生的事情时，她一脸的难过。然后，不出所料，她责备我："你为什么不找我和我姑姑，而去找蒙佩利昂？对乔治来说，一服好冲剂要比牧师空洞的唠叨管用得多。"

我已习惯了阿尼丝的惊人之举，可这一回她在一句话中竟然爆出了两个惊世骇俗的观点，是创纪录的。我首先震惊的是她公然亵渎神明，其次震惊的则是她提到维卡斯先生时的那种亲昵口吻，我还从没对他以教名相称过呢。他俩究竟亲密到了何种程度，她竟然如此称呼他？当我们遍寻他放活计的篮子，找到他给她做的那件长裙时，我的疑心愈加加重了。我小时候，清教徒在此掌权的那些年代里，我们外衣的颜色只有被称作"萨德色"的黑色，或者被称作"枯树叶"的深褐色。自从王政复辟[①]，明快些的色彩逐渐回到了大多数服装上，但是

---

① 王政复辟：1660 年，流亡法国斯图亚特王朝的查理二世返英即位的事件。

长期养成的习惯却仍在约束着我们大多数人的选择。可阿尼丝却并非如此。她定做了一条大红色的长裙,这条裙子的颜色是那么鲜艳,几乎刺伤了我的眼睛。我从没见过维卡斯先生缝制它,我感到诧异,他是不是故意不让我看见,以防我对它发表评论。这件长裙已经做好,只是尚未锁边,阿尼丝说,她今早来此就是想最后再试一下,让他给做些调整。她把长裙举起来比画时,我看到领口开得很低,不禁浮想联翩。我想象着她,身材修长苗条,秀美的金发滚滚下垂,琥珀色的眼睛半闭着,维卡斯先生跪在她脚前,长长的手指头从褶边上轻触她脚踝,然后在柔软的布料下运动,熟练的手顺着芳香的皮肤,上移,缓缓上移……没几秒钟,我的脸就红得像这件可恶的长裙一样了。

"维卡斯先生让我烧掉他所有的东西,以防传染。"我说,并使劲咽了口唾沫,以舒缓发紧的喉咙。

"你不能这么做!"她喊道,从她的惊慌中,我预见到,应对维卡斯先生所有的主顾时我都将会遇到同样的困难。如果如此熟悉疾病的阿尼丝在这一问题上尚且如此,那么其他人可能就更加难以说服了。这儿的人大都不富裕,没人愿意浪费。每个向维卡斯先生付了定金的人,都想要到他所做的衣服,尽管有蒙佩利昂先生的嘱咐,可我却无权扣住不给他们。阿尼丝腋下夹着叠起来的裙子走了。随着时间一点点过去,维卡斯先生的死讯以这里特有的方式传播开来,不断有他的主顾找上门来向我索要他做的衣服。我所能做的只是把他半昏迷中所说的话转达给他们。没一个人想把自己的衣服付之于火,哪怕是一堆裁剪的布料都不行。最后,我只烧掉了他自己的布。然后,随着煤火即将燃尽,我终于鼓起勇气,将那件他给我做的长裙扔进了壁炉,金绿色的布料被猩红的火焰切割,吞没。

前往布拉德福德府是一段长长的上坡路,这天下午启程去那儿干活时,我感觉从没这么累过。然而,我并没有直接前往,而是向东,朝戈迪家的小房子走去。我无法把阿尼丝的"乔治"或她的大红长裙赶出自己的脑海。一般来讲,我不是个爱嚼舌头的人,我并不关心谁在什么样的情况下和谁睡了。既然维卡斯先生已死,那么这和我,和任何人,就几乎没什么关系了。然而,尽管如此,可我还是极想知道他与阿尼丝之间究竟是怎么回事,我是想要弄清他对我的真心程度。

戈迪家的小房子在村东口外边,经过铁匠工场,在大大的赖利农场边上有一个孤零零的农舍。这是一个小小的住处,仅仅是一间房子摞在另一间房子上,建造得那么差,茅草放荡地罩住整个房顶,就像是一顶被歪着戴在额头上的帽子。农舍费力地建造在坡地上,迎着从荒原刮来的冬季寒风,蹲伏在那里。它宣告自己的存在方式是,真身未现气味先至。这气味有时是甜腻腻的,令人恶心,有时则辛辣刺鼻,汤药和甜酒的气味从农舍里浓郁地飘出。在里面,小小房间的房梁很低。光线永远是昏暗的,以保护正在晾干的植物的药效。在一年中的这个季节，戈迪姑侄在切夏季的药草，房梁上挂满一串串东西，人一进门便不得不低低弯下腰。我每次来此都感到奇怪，个子高挑的阿尼丝怎么能在如此憋屈的地方生活，她肯定无法站直。戈迪家总是烧着火熬汤药，由于老旧的烟囱抽烟性能极差，所以屋里充满了烟味，墙壁也被烟灰熏黑了。然而，烟火的气味至少还是好闻的，因为戈迪家总是用迷迭香当柴烧，她们说，生病的村民来此求医时会无意间带来疾病，而迷迭香可以净化空气，防止传染。

我敲门，无人应答，于是我绕过戈迪家百草园的石墙。从我记事起，这个百草园就是我们村子的一部分。我总以为是梅姆创建的它，但是有一回，当我向阿尼丝这样说起时，她嘲笑我无知。

"任何傻瓜都看得出来，这个百草园在我姑姑最初想到种草药的时候，就已经有年头了。"那回她边说边用手抚着一棵树墙般的李子树的树枝，我看得出，这株躯干上满是木结和木瘤的果树一定很古老。"我们甚至不知道最早在此铺设这些苗圃的那个聪明女人的名字，但是这个百草园在我们来此照料之前就很繁茂了，即便我们不在了，它还将繁茂下去。在一长串料理过它的女人的名单中，我和姑姑只是最近的两个。"

石墙庇护着大量的植物。它们当中，我能叫上名字的不到十分之一。许多药草已被收割，暴露出那精心修造的砌着石头边的苗圃，它们按照一个只有阿尼丝和她姑姑才明白的方案播的种。阿尼丝此刻正跪在一丛绿油油的茎秆之间。每一根高高的茎秆上都长着一簇花蕾，这些花蕾将绽放成墨蓝色的花朵。她在刨它们的根。当我从长满荒草的小径上走来时，她站起身，掸掉手上的泥土。

"多好看的植物啊！"我说。

"不仅好看，还有疗效，"她答道，"人们管它叫狼毒草，它不仅能毒那些可怜的畜生，你要是吃了它的一小片根茎，到不了晚上就会一命呜呼。"

"那你干吗要把它种在这呢？"我的样子一定很震惊，因为她笑起我来。

"不是给你当晚饭吃的！把它磨碎后和上油，就会成为一种非常好的对付关节痛的油膏，隆冬季节村里会有很多人关节痛。你不是来这夸赞我的蓝花的吧？"她说，"进屋去吧，和我喝一杯。"

我们俩走进小房子，她把手中那簇根茎放在堆满东西的工作台上，在桶里洗了洗手，说："请坐，安娜·弗里思。我也需要坐下来，否则，这么站着我脖子会受不了。"她从一把摇摇晃晃的椅子上轰走一只灰色的公猫，给自己也拉过一个凳子。我很庆幸，阿尼丝是独自一人。假如是老梅姆独自在百草园里干活，那么我就不得不说明来意，而假如她姑姑现在也坐在我们旁边，那么我就很难提起那件事，以及我心中的疑惑了。事实上，我几乎不知道怎样开启这样一个敏感的话题。虽然我们同岁，可我和阿尼丝并不是从小一起长大的。她生长在黑峰附近的一个村子里，她母亲早早就过世了，之后她被送到了姑妈这儿。当时她大约十岁。我还记得她到来那天的情景，她笔直而高挺地坐在一个敞篷马车上，村里所有的人都出来看她。我记得那么清楚，因为她回视所有的注视，对人们的指指点点毫不畏缩。那时我是个害羞的孩子，我记得自己在想，要是换了我，我会藏到麻布底下去，痛哭流涕的。

她递给我一杯气味浓烈的饮料，也给自己倒了一杯。我打量杯子里的东西，里面装的是一种不太好看的淡绿色的液体，上面的泡沫颜色更浅些。阿尼丝说："荨麻啤酒。它有补血功能。每个女人都应该天天喝它。"

我端起杯子时，不由尴尬地记起，小时候自己如何与其他孩子们一起嘲笑阿尼丝，她常常停在路边或田间，揪下新鲜的叶子，当场吃下去。我羞愧地回想起，我们如何奚落她，高喊："母牛！母牛！吃草的母牛！"阿尼丝只是哈哈大笑，逐一看着我们。"至少我的鼻子不像你那样满是鼻涕，梅格·贝利。我的皮肤不像你那样长满水泡，杰弗里·贝恩。"她把我们的缺点尽数说了一遍，她站在那里，比和她同龄的孩子都高，浑身上下，从光亮的头顶到精美结实的指甲尖，都是那么健康。没多久，我怀上第一个孩子后，曾谦逊地登门求教，请她指点我应该采摘和吃些什么绿色植物，才能滋补我自己和我所怀的胎儿。一开始,这些东西的味道我不习惯,但是我很快就从中受益了。

然而,荨麻啤酒我还是头一回喝。我呷了一口,味道柔和,并不难喝,而它却有助于我疲惫的身体恢复精力。我缓慢地把杯子放在嘴边,以便推迟挑起那尴尬的话题。我大可不必如此为难。"我猜,你想知道我是否和乔治睡觉了。"阿尼丝说道,她的口吻是那么从容,仿佛是在说:"我猜,你需要来点儿蓍草叶。"杯子在我手中颤抖,绿色的液体泼溅到泥土地面上。阿尼丝发出一声短促的笑声。"我当然睡了。他那么年轻,那么英俊,他身上的欲望压都压不住。"我几乎不知道如何看这事,但是阿尼丝的眼睛里却燃起自觉有趣的光亮,她看着我。"喝干它,你会觉得好受些。这对我俩来说无所谓,只不过是饥饿的旅行者的一顿餐饭罢了。"

她倾身向前,搅动浸泡在炉火边上一个大黑壶里的某种树叶。"他对你的动机可就不一样了。如果你是为这个而难过,那就放宽心吧。他想娶你为妻,安娜·弗里思,我告诉他,如果他能追到你,你俩会是很好的一对。因为我看出,自从山姆·弗里思过世后,你有点儿变了。我觉得你喜欢独来独往,没有男人管束。我告诉他,你的两个儿子是他追你的最好机会。因为你不像我,你有他们要照料,你决不会只为自己而活着。"

我试图想象他俩躺在一起,讨论这样的事情。"可为什么,"我脱口而出,"既然你俩都那样了,你自己干吗不嫁他?"

"啊,安娜,安娜!"她朝我摇着头,像对待一个呆头呆脑的小孩般微笑着。我觉得自己脸红了。我感到困惑,我究竟说了什么让她感到如此好笑。她想必是察觉到了我的不安,因为她停止了微笑,拿过我手中的杯子,严肃地看着我。

"我为什么要嫁人?我天生就不是任何男人的奴婢。我有自己的工作,我喜爱这份工作。我有自己的家——我承认,它不算什么,可它足够为我遮风挡雨。但更重要的是,我拥有女人很少能说自己有的东西:自由。我不会轻易放弃它。此外,"她说,她长睫毛下的眼睛狡黠地瞟了我一眼,"有的时候一个女人需要喝点儿荨麻啤酒来使自己醒过来,而有的时候她却需要一杯缬草茶让自己平静。百草园里何必只栽一种植物呢?"

我迟疑地微微一笑,仿佛要表明自己明白了这个笑话,因为我心中忽然想到,我需要她的真知灼见,而不想让她觉得我是个木呆呆的傻丫头。她起身要去做自己的工作了,于是我离开了这里,现在的我比来的时候更为困惑。她是个与众不同的人,阿尼丝·戈迪,我不得不承认我佩服她的率真,她不让自己的生活被别人的习俗左右。我,此刻,正送上门去,今天一整个下午我将让我所讨厌的人来左右我自己。我拖着沉重的步伐走过赖利树林的边缘,向布拉德福德府行进。这天艳阳高照,树木把浓重的阴影投在小路上,一暗一明,一暗一明,一暗一明,我就是被教导这样看世界的。曾在此掌权的清教徒们声称，所有的行为和思想都只能是非黑即白：要么是虔诚正确的，要么是魔鬼般邪恶。但是阿尼丝·戈迪打破了这样的见解。无疑，她广行善事：在许多方面，我们村庄的福祉更多地依赖她和她姑妈的工作，而不是依赖教区长的工作。然而，用我们的宗教来估量，她的通奸和不敬神明却给她打上了罪人的烙印。

当我抵达树林那戛然而止的边界，开始绕过赖利农场金色的庄稼地时，我仍在对上述问题不得其解。人们一整天都在此挥着长柄镰刀割庄稼——八公顷二十个人。在赖利农场土地上耕作的汉考克家有六个强壮的儿子，所以收割季节他们需要的帮工比其他农场少得多。汉考克太太和她的儿媳们疲倦地跟随在她们的男人后面，紧跟着把松散的麦秸打成捆，麦捆在阳光下闪闪发光。这天下午我用阿尼丝的眼睛来看她们：她们就像耕地的马被束缚在铧式犁上一样，被束缚在自己的男人身上。

大儿媳莉布·汉考克从小就是我亲密无间的朋友，当她直起腰歇息片刻时，她手搭凉棚，认出顺着庄稼地边上走来的人是我。她朝我挥手，然后对婆婆说了一声，放下手里的活，穿过庄稼地，朝我走来。

她朝我喊道："和我坐一小会儿，安娜！反正我也需要歇会儿。"

我并不着急去布拉德福德府,于是便同她一起走到长满青草的田边。她欣慰地一屁股坐下,闭上眼睛,闭了好一会儿。我揉捏她的肩膀,随着我的按摩,她发出愉快满足的呜呜声。

她说:"你的房客真不幸。他好像人不错。"

我说:"是啊,他对我家孩子特别好。"

莉布向后仰起脑袋,怪怪地看了我一眼。

"当然了,对我也特别好,"我补充道,"对所有人都非常好。"

"我婆婆曾有意说合他跟内尔。"她说。汉考克家唯一的闺女内尔被她众多的哥哥们看得死死的,我们常常打趣说,她休想嫁人,因为谁也不敢冒险去看她长啥样。而在这会儿提到维卡斯先生,尽管很悲伤,可我还是不由得笑了起来。

"这个村里有哪个女人没想过和这个男人同床共枕?"

我说过,我和莉布很亲密——我俩曾经相互吐露少女的秘密。大概就是因为这一习惯,致使我随后向她进行了一番忏悔,交代了自己的欲念,这一点我有权向她吐露;然后我又向她吐露了我无权向她吐露的消息:我刚刚听说的阿尼丝与我房客上床的事。

"喂，莉布，"我最后说，同时不情愿地站起身，准备继续赶路，"今晚千万别在汉考克家唠叨我跟你说的事啊。"

她闻言哈哈大笑，戏谑地推了我肩膀一把。"得了，就跟我会当着汉考克家老妈妈和一屋子男人谈论骚事似的！你也知道我们家是咋回事。汉考克家餐桌上唯一能谈论的交配，便是公羊与母羊交配！"

我俩都笑了，然后彼此亲吻，各奔各的活计去了。

在农田的边上，灌木篱笆枝叶茂盛，郁郁葱葱，黑莓开始饱满变红。一群群肥羊在饱食茂盛的青草，它们的羊毛被阳光染成了金色。然而，尽管一切都那么美，可这段行程的最后几百米却总是令我不快，即使在我不这么疲劳的时候也是如此。我讨厌布拉德福德家的每一个人，我特别害怕上校。我讨厌自己这种不由自主的胆怯。

人们都说亨利·布拉德福德上校曾是一位有勇有谋的军人，极为英勇地指挥着他的士兵。也许他军事上的成就使得他骄横，或者也许这样一个人就不应该退役，来过乡村绅士的平静生活。不管怎么说，从他在这个家庭中的所作所为来看，丝毫看不出什么领导才能。他似乎从藐视妻子之中得到了一份刚愎的快乐。她是一个富有但却门第低微的家庭的女儿，一个单调无味的美女，她的容貌曾挑起了上校短暂的迷恋，可这份迷恋只持续到他把她的嫁妆纳入囊中。从那以后，他便从不放过任何一个机会来贬低她的亲戚，或挤兑她的理解力。而她呢，尽管仍然很美，但被长年如此对待之后，变得十分脆弱。她胆小而神经质，不断为丈夫下一步会挑她什么错而苦恼，从而也弄得她的下人时刻紧张不安。她总是对家里的日常家务发出改来改去的指示，以至于最简单的工作也变得十分费力。布拉德福德家的少爷是个不知羞耻的浪子、夸夸其谈的醉汉，幸好他大多数时间都待在伦敦。极少的时候，他会回到府上，那时我便尽量找借口谢绝去那儿干活，实在推不掉时，便努力不让他看见我，确保自己不会被诱骗得与他单独在一起。正如我前面说过的，布拉德福德小姐是一个骄横乖戾的年轻女子，她所表现出的唯一一点善良就是对她那不幸福母亲的关心。她父亲不在的时候，她似乎还能够平定母亲的紧张，抚平母亲的火气，我们在那儿干活时也不必担心听到激烈的长篇抨击了。但是上校回来的时候，上至布拉德福德夫人和她女儿，下至最底层的洗碗女工，都紧张得像等待被靴子踢的家犬。

布拉德福德府上有一群数量不算少的仆役，所以只有在举行规模比较大的宴会或有重要客人需要招待时，我才参与餐桌服务。府里有一个巨大的房间，在里面设宴显得非常气派。两张巨大的高背木椅从墙边拉到桌子两端，它们的深色橡木被擦拭得闪着黑黝黝的光亮。秋叶飘落，肥猪刚刚宰好，新腌制的猪肋肉的香气在府里飘荡，极为浓郁。但是到了夏末，咸肉早已吃尽，只有几许淡淡的烟熏香味遗留在蜂蜡和薰衣草的气息底下。银餐具在柔和的光亮下闪着光，大高脚杯中的加纳利甜酒甚至温暖了布拉德福德一家人冰冷的面孔。当然没有人会想到要告诉我,我伺候的客人都会是谁,所以在今天宴会上的十几个人中,我至少愉快地看到了蒙佩利昂夫妇友好的面孔。

由于有埃莉诺·蒙佩利昂出席宴会,上校的虚荣心得到了满足。这天下午埃莉诺身穿一件式样简单的米黄色丝绸长裙,显得高雅脱俗,几粒精美的珍珠在她浅淡的头发中闪闪发光。但是相比于她的淡雅美丽,布拉德福德上校更为看重她殷实的身世。她出身于一个在本郡有着最多土地的古老家族,据说,为了选蒙佩利昂为夫,她断然拒绝了一个能使她成为公爵夫人的求婚者。布拉德福德上校绝对无法想明白这样一个选择究竟是图什么。但是后来,关于她的传说太多了,他被弄糊涂了。他只知道,与她来往,可以抬高自己的地位,而对他来说,这才是至关重要的。当我俯身端走坐在上校左侧的埃莉诺·蒙佩利昂的汤盘时,她轻轻地碰了一下右侧这位绅士的前臂,打断他喋喋不休的空谈。她脸上挂着凝重的微笑,转向我:"我希望你经历了那个可怕的夜晚之后,感觉还好,安娜。"我听见上校手中的黄油刀当啷一声掉在了盘子里,以及他吱溜一声的吸气。我看着手中的盘子,不敢冒险朝上校的方向瞥视。"我很好。谢谢您,夫人。"我迅速地喃喃道,溜向前去收下一个盘子。我担心若是我再给她机会,她会继续与我交谈,引得布拉德福德上校惊讶致死。

在这个府里,我已学会一心专注于自己的工作,让那些大都是鸡毛蒜皮之事的谈话像远处灌木丛中叽叽喳喳的鸟叫般,对我不起作用。在这张大桌子旁,很少有谁说话是面向全体的。大多数人都与邻座者互相空泛地寒暄,结果就是混成一片的低声喁喁,偶尔插进布拉德福德小姐矫揉造作的苦笑声。当我端着那些吃光肉的浅盘离开这个房间时,情况就是这样。但是当我端着甜食返回时,所有的蜡烛都在渐浓的暮色中点亮了,只有蒙佩利昂夫人旁边的另一个伦敦青年在侃侃而谈。他是那种我们在自己的小村中很少看见的绅士,他的假发又大又繁复,使得他那张施了白粉的瘦削面孔好像消失在了这些弯弯曲曲的浓密圈圈下面。他的右颊上贴着一颗美人痣。我敢说,不论布拉德福德府的哪个仆人伺候他化妆,贴这种时髦的玩意儿时都会为难,因为随着这个年轻人咀嚼食物,这个号称美人痣的饰片也一下下令人分心地呼扇。我刚见到他时,觉得他十分荒唐,但是现在他却一脸严肃,他说话的时候,两只手从白蛾子般的花边袖口伸出,不停地挥动着,在餐桌上投下长长的阴影。而朝向他的那些面孔则皆惨白而惊恐。

"路上的情景你们绝对没见过。无数人骑在马背上,坐在马车里,车上堆满了行李。不打诳语,每一个有能力离开伦敦的人,都在这样做,或计划这样做。穷人们也纷纷在城外的汉普斯特德荒野上支起了帐篷。人走路的时候——如果他必须走路的话,就走在道路的最中央,以躲开从民居溢出的传染。那些必须途经较穷的教区的人,脸上都戴着填了草药的口罩,口罩的样子活像是大鸟的喙。人们像醉汉一样穿过街道,忽左忽右迂回行进,以避免经过其他行人时离得太近。你不敢乘出租马车,因为说不定刚刚在里面坐过的那个人呼出的空气会让你传染。"随后他压低声音,环视了所有的人一番,似乎要尽享自己的话语所获得的注意,"人们说,濒死者的尖叫随处可闻,他们被孤零零地锁在房子里,房子上画着红色的十字。女巫法球全都在转动,确有传闻,国王计划把宫廷迁到牛津去。至于我自己嘛,我认为没必要逗留。这座城市清空得太快了,已经没有什么值得打交道的上流社会了。在那里很少能看见一个戴假发的绅士,或一个施粉的贵妇了,因为财富和身份并不能抵御瘟疫。"

瘟疫,这个词就像一块铁砧般落在了银餐具的叮当作响声中。原本明亮的房间暗了下来,仿佛有谁一下子吹熄了所有的蜡烛。我攥紧手中端着的浅盘,以免脱手掉落,我一动不动地站着,直到确信自己站稳。我鼓起勇气,试图稳住自己的呼吸。这辈子我见过很多人被疾病夺去生命,有许许多多热病比瘟疫更能致死。乔治·维卡斯一年多没去伦敦了,他怎么会染上了那个城市的瘟疫呢?

布拉德福德上校清了清嗓子:"好了,罗伯特!别吓着女士们。她们接下去就会因为害怕传染而躲着你了!"

"绝非说笑,先生,就在伦敦北边支起的栅栏处,我碰上了一群愤怒的暴民,挥舞着锄头和草叉,不让任何从伦敦来的人进入他们村的客栈。那地方太差劲了,即使是在最凄苦的夜晚,我也不会住在那儿,于是我乐得骑马前行。但是用不了多久,作为一个伦敦人,当然,这已经不是一个值得拥有的身份了,我们当中将会有太多的人为自己编造乡居生活的历史,请注意。你们很快就会知道，近些年我的主要居住地不是威斯敏斯特，而是韦特万。"

此话刚落，人群中出现了一阵小小的骚动，因为这个年轻人所嘲笑的小镇比他现在正受到款待的村庄大得多。"啊，逃出来很不错吧？"上校说，他用这话来弥补尴尬，"这儿空气新鲜，没有讨厌的传染。"

我注意到，餐桌那一头的蒙佩利昂夫妇在交换着意味深长的眼神。我努力稳住发抖的双手，放下端着的甜食，退入墙边的阴影。伦敦青年继续说："简直难以置信，有一些人明明能够轻易离开，却仍留在城里。拉迪森勋爵，您应该认识这位大人吧，他就一直在说，他认为留下来'树立一个榜样'是他的责任。什么榜样？无非是悲惨地死去，我敢保证。"

"想想你在说些什么。"蒙佩利昂先生插话道。他的声音厚重、响亮、庄严，切断了布拉德福德一家人轻快的笑声。布拉德福德上校朝他扬起眉毛，仿佛要谴责这无礼的发言。布拉德福德夫人则把自己吃吃的笑改成了咳嗽。蒙佩利昂先生继续说："假如这种疾病一出现，那些有能力逃跑的人便会跑掉，那么这些瘟疫的种子就会跟随他们在这片土地上四处散播，直到干净的地方也被感染，传染范围将会成千倍扩大。如果上帝认为应该降下这个灾难，那么我认为，每个人在自己所在的地方勇敢地面对它，抑制它的邪恶，这便是他老人家的意愿。"

上校傲慢地说："哦？假如上帝降下一头狮子，来撕您的肉，您也要一动不动地站在那里喽？我看不会。我看您会像任何明智的人一样，逃离危险的。"

"您的类推非常出色，先生！"蒙佩利昂先生说，他的声音中出现了那种他在布道时所使用的命令口吻，"咱们就来探讨一下吧。我肯定会站在那里面对狮子，因为逃跑只会引起狮子追赶，并把它引得离需要我保护的无辜者们的居住地更近。"

提到无辜者时，杰米的小脸在我脑海中闪现。假如这个年轻的伦敦人所言不谬，那可如何是好？杰米曾与乔治·维卡斯先生那么亲近。在他发病的前一天，杰米还往他背上爬，还在他身边转来转去呢。

蒙佩利昂先生讲的话引起一片沉默，伦敦青年打破了这一沉默："啊，先生，这是非常勇敢的声明。但是我必须告诉您，那些最了解这一疾病的人——内科医生和兼任外科医师的理发师，带头逃离了城市。如今你咳嗽了没人给你拔火罐，痛风了也没人给你放血，不管你是否有一镑金币付费。这使我得出结论，医生已经给我们开出了一个再清楚不过的处方：对付瘟疫的最佳方法就是远远逃离它。就我个人而言，我打算虔诚地遵照这个处方行事。"

蒙佩利昂先生说："您说'虔诚地'，可我认为您的选词很不准确，因为如果一个人说'虔诚地'，那么他就必须想到上帝有力量使人在危险中获得安全，或者让危险追赶上你，无论你跑得多远多快。"

"确实，先生。许多相信这一点的人现在都变成了腐尸，装在马车上，穿过街巷，送去群葬。"布拉德福德小姐手摸额头，炫耀地佯装出一副要昏厥的样子，而她那热切的眼睛则证明这是假的。伦敦青年转向她，看出她想了解那令人毛骨悚然的详情，便继续说："有个人到坟场去找自己的亲戚，结果没找到，我听他讲了那里的情况。他说，尸体就那么径直倒进坑里去，比对待死狗还不如。一层尸体，几锹土，然后从上面又滚进去更多尸体。死人就这样一层层地躺着，就像那边的甜食。"他指着我刚才放在桌上的那块多层的蛋糕。我看到蒙佩利昂夫妇畏缩了，但是伦敦青年却对自己的机智得意地笑了起来，然后敏锐地转向教区长。

"您知道什么人会最迅速地遵循医嘱逃离城市吗，先生？嘿，竟然是圣公会①的牧师们，跟您一样的牧师。就因为这个，伦敦的许多布道坛都被不从国教者乘虚而入了。"

迈克尔·蒙佩利昂低下了头，然后审视着自己的双手。"如果您说的是真的，先生，那么我确实为此感到遗憾。我要说，假如情况确实如此，那么只有少数人是我们的教友。"他

---

① 圣公会，亨利八世起英国的国家教会，17世纪清教徒运动兴起，政府镇压圣公会，但1660年圣公会又恢复国家教会地位。

叹了口气,然后看着自己的妻子说:"也许这些牧师们相信,上帝现在正在为这个城市布道,对他老人家雷鸣般的声音,他们自己那小小的帮腔还有何必要呢?"

　　这天晚上月亮很圆,幸好是这样,否则我肯定会在一脚深一脚浅的回家的路上掉进坑里。尽管精疲力竭,可我还是几乎在奔跑,不顾蓟草划伤脚踝,石楠扯住裙子。当马丁家姑娘从炉边的昏睡中沉重地站起时,我对着她几乎说不出话来。我扔掉斗篷,跑上楼梯。一方银色的月光笼罩着两个小小的身体。两个孩子都呼吸均匀。杰米的一只胳膊搂着弟弟。我胆战心惊地伸出手摸他的额头,手指掠过他柔软的皮肤,凉凉的。

　　"谢谢您,"我说,"啊,谢谢您,上帝!"

死鼠

乔治·维卡斯死后几个星期，接踵而来的是我所能记起的最美丽的九月天气。有些人把这片山坡地视为荒凉的乡村，我可以看出为什么会如此：大地完全被采矿人毁坏了，他们的井架就像是荒原上的绞刑架，他们的废料堆就像满是杂草的鼹鼠丘，打破了淡紫色的石楠植物那浪潮般的滚滚起伏。这不是一个鲜艳的地方。这里唯一明快的色彩是绿色，我们的绿色有各种各样的色调：丝绒般翠绿的苔藓；闪着亮光、纠缠盘绕的常青藤；在春天，金绿色的稚嫩新草。至于其他的色彩，则是由各种各样的灰色拼凑而成的。露出地面的石灰石是发白的灰色，我们用来盖房子的砾石是温暖些的黄灰色。这儿的天空也是灰色的，云彩就像是鸽子的胸脯，那么低矮地飘浮在山巅，有的时候你会觉得一伸手就能插进那柔软的羽毛中去。

但是这一年秋季的几个星期却沐浴在过度充沛的阳光之中，这种情况是很少见的。几乎每一天都晴空万里，温暖、干燥依旧，丝毫没有霜冻将至的意思。杰米和汤姆没有生病，我大大松了口气，过上了一段犹如表演的日子。杰米因为失去了好朋友维卡斯先生，变得垂头丧气。事实上，他爸爸死的时候他都没这么难过，因为杰米醒着的时候山姆大都是在井下，父子俩很少在一起。维卡斯先生住在我们家的短短几个月里，已成为这个家庭中不可或缺的伴侣。他的去世留下了一个空缺，我决心填补这个空缺。我不遗余力地把简单的家务活变成某种游戏，这样杰米就不会有那么强烈的失落感了。

傍晚，我要弄清楚是否每一只母羊都和自己的羊羔在一起，是否有被石楠绊住或掉进洞坑里的。所以每天下午，我检查羊群时，就带上杰米和汤姆，我们一路闲逛，时时停下来，发掘每一块石头或每一个树洞能够讲述的故事。在我们的故事中，一排沿着一根断落树枝生长的木耳，可以成为通往仙女凉亭的阶梯，而一个橡子壳，则会是一群小林姬鼠聚餐时留下的杯子。

我家的羊群很小，只有二十一只母羊。自从我嫁给山姆，我的原则就是哪只母羊产羔困难，就宰了吃肉，结果便是产羔季节，小羊很容易生下来。今年，春天的时候曾产下很多羊羔，所以这天我并没想到会碰上母羊生产。但我们却撞上了，幸运的是，它侧卧着，在一棵花楸树的树荫下喘气，这棵花楸树那正在变红的叶子似乎与此时的炎热不太合拍。母羊伸着舌头，它在用力。我放下汤姆，把他放在一块三叶草草地上。我跪下来，把手伸进产道，试图拉拽，此时杰米就站在我身后。我可以摸到羊羔那鼓鼓的鼻子和一根硬硬的蹄子，可我无法把自己的手指全伸进去，抓住它。

"妈妈，要我帮忙吗？"杰米说。我看着他小小的手指头，便说好啊，让他坐在我前面。母羊的屁股在我俩前面张开，就像一朵怒放的大花。他毫不费力地将自己的小手伸进那又滑又湿的体内，当他摸到那倒胎位的羊羔的球状膝盖时，惊呼了起来。我用脚后跟顶着母羊，我俩一起拉拽，他使出自己的小小气力，紧抓住羊羔的膝盖，而我则用力拉蹄子。只听扑哧一声，一团湿漉漉的毛球突然飞了出来，我俩都仰倒在了草地上。这是一只漂亮的羊羔，小却很结实，真是一份出乎意料的礼物。母羊很年轻，以前没生产过。我高兴地看它站起身，舔去羊羔脸上的胎膜。紧接着，小羊羔朝妈妈打了一个大喷嚏。我俩都笑了，杰米的眼睛圆圆的，充满了骄傲和喜悦。

母羊舔着羊羔毛上残留的黄色液囊，我们丢下它们，从田野漫步到小溪潺潺的矮树林，洗去手上和衣服上的血迹和羊粪。溪水在层层页岩上汨汨流淌，欢快歌唱。由于天气暖和，我们一番用力之后感觉很热，于是我扒掉杰米的衣服，让他赤身戏水，而我则洗净他的罩衫和自己的围裙，把它们搭在灌丛上晾干。我已经解开围腰，松开帽子上的带子，脱下袜子。我撩起裙子，找了一块平整的大石头，坐下来给汤姆哺乳，任杰米涉水时细流轻拂我的脚趾头。我抚摸着汤姆头上那柔软的细发，望着杰米在凉凉的水中嬉戏。他最近已经到了这样的年龄——当母亲看着自己的宝宝时，发现他不再是宝宝，而是一个健全的孩子了。他的曲线已变成优美的长线条：肥嘟嘟的小腿伸展成为柔韧的肢体，圆乎乎的肚皮收拢成笔直站立的身躯。一张突然之间各种表情都具备的面孔，从那起皱的下巴和鼓鼓囊囊的面颊中悄然脱颖而出。我喜欢看杰米的新样子：光滑的皮肤，线条优美的脖子，翘起的脑袋上覆盖着一头金发。他永远好奇地注视着他世界中的某些新奇迹。

他不停地从一块石头跳到另一块石头上，在追逐飞来飞去的绿蜻蜓，同时疯狂地挥着胳膊以保持脚下的平衡。我观望之际，一只蜻蜓落在了我旁边的一根树枝上。它那亮晶晶的翅膀在阳光下发出彩虹般的光彩，就像我们教堂的窗玻璃。我把手指轻轻放在树枝上，可以感到它扇动翅膀时在快速地颤动，可以听见它振翅时发出的轻微的嗡嗡声。随后它飞开了，猛扑向一只过路的黄蜂。蜻蜓的腿虽然看上去像线一样脆弱，却能像铁夹子一般抓住黄蜂。仍在搏斗着的时候，蜻蜓那强有力的嘴巴就已经咬住了黄蜂，把它活吞了下去。就这样，我懒懒地想，一次降生，一次死亡，两次都是不期而遇。

我向后仰靠在小溪的堤岸上，闭上眼睛。我一定是打了一会儿盹，否则的话，我肯定会听到靴子走过树林的声音。事实上，我睁开眼睛，他刚好从手中翻开的书上抬起视线，我俩的目光相遇时，他几乎已走到了我跟前。我慌忙起身，手忙脚乱地拉下自己的紧身背心。汤姆张着他粉红色的嘴巴，由于进食被打断而愤怒地号叫。

教区长举起一只手，和蔼地微笑着："他完全有理由抗议我的打扰。不要慌张，安娜。对不起，我吓到你了，可我全然沉浸在了我的书里，沉浸在这美丽的天气里，没意识到树林里还有别人。"

教区长的突然出现让我太意外，太不知所措了，以至于说不出一句有礼貌的话来回答他。更令我吃惊的是，他并没有继续走开，而是就近找了块石头坐下，脱下自己的靴子，于是他的脚也可以拨弄细流了。他双手伸进清亮的水中，捧起凉凉的溪水，往自己脸上泼，然后用手指头捋过他那长长的黑发。他朝斑驳的阳光扬起脸，闭上了眼睛。

他轻声说："在这样的日子里多容易感觉到上帝的仁慈啊！有的时候我纳闷，为什么我们把自己关在教堂里。毕竟，有什么人造的东西能够像这个地方一样，令人想起神明？"

我仍然愚蠢地沉默着，无法让自己的心安静下来，去思考如何回答。汤姆继续高声哭叫。蒙佩利昂先生看着在我怀中扭动的孩子，然后伸出手来要抱他。我惊异地把孩子递了过去，使我更为惊异的是，蒙佩利昂先生抱他抱得那么熟练，他把孩子紧贴在自己肩膀上，坚定地拍着他的脊背。汤姆几乎是立刻就停止了哭闹，嗝出了一大口奶。蒙佩利昂先生哈哈大笑："我照料我小妹妹们时学会的，一个既不是母亲又不是奶妈的人，必须这么抱宝宝，竖着，这样宝宝就不再寻找奶头了。"闻听此言，我的样子一定十分惊愕，因为蒙佩利昂先生看了我一眼，又笑了起来。"你准以为牧师的生活全然是站在高高的布道坛上，满嘴崇高词汇。"他把头倾向下游杰米所在之处，这个孩子正头也不抬地用树棍搭建一座拦溪坝，根本没注意到教区长的出现。"我们大家全都始于赤裸裸的孩子，玩泥巴。"

说罢，他将汤姆递还给我，站起身，向下游的杰米走去。走到一半的时候，他的脚踩在了一块生满滑溜溜苔藓的石头上,身体失去了平衡,双臂疯狂挥舞。当他试图恢复平衡时,杰米在水里跳起来,以一个三岁孩子的那种狂野粗鲁的欢快,大笑起来。我皱起眉头,瞪着杰米,但是蒙佩利昂先生的脑袋向后一仰,与他一起大笑,他水花四溅地蹚过他俩之间几米的距离,伸出双手,一把抓起我那大呼小叫的小男孩,把他高举在空中。他俩这么打闹了好一会儿,然后蒙佩利昂先生转向我和汤姆,重新坐到我们近旁的堤岸上。他叹息一声,再次闭上眼睛,嘴角扬起淡淡的微笑。

"我真替那些住在城里的人难过,他们不知道热爱这一切——这湿草的芬芳,还有这日复一日的奇迹。我打搅你的时候读到的正是这些。你想听听书中的一些话语吗?"

我点点头,他拿起自己的书。"这是希波的奥古斯丁①写下的,他是很早以前非洲巴巴里海岸的一位僧侣,神学造诣极高。他在书中问自己,当我们谈论奇迹时,我们是什么意思。"

现在,我只能记起他朗读的只言片语。但我却记住了他的声音是如何与溪流的节奏融在一起,使得那些字词成为持久的音乐。"想一想日夜的变化……叶落和来年春天重新叶满枝头,种子那无穷的力量……然后给我找一个第一次看见和体验这些事情的人吧,与他,我们还能够交谈——对于这些奇

---

① 希波的奥古斯丁(354—430),生于罗马帝国统治的北非努米底亚王国(现位于阿尔及利亚),担任希波主教,是著名的思想家和神学界的奇才,著有《上帝之城》和《忏悔录》等著作。

迹，他会震惊，会被感动。"

他停止朗诵时我感到很遗憾，若不是由于对他的敬畏而说不出话来，我会请求他继续读下去的。要知道，尽管我每天都在他家干活，可我仅仅能同他的夫人轻松沟通。这绝不是说他态度严厉，而是因为他似乎常常忙于大事，根本不会注意到家里的鸡毛蒜皮。我尽力做到上班下班、干好自己的工作，别分他的心，我可以比较骄傲地说他一直很少有理由注意到我。于是我就这么哑哑地干坐着，沉思冥想，他一定是把我恍惚的样子当成了心不在焉或厌烦无聊，因为他突然站起身，拿起靴子，说打搅我够久的了，他必须去干自己的事情了。

听到这话，我才发现自己用极小的声音极为诚挚地感谢他如此体贴地与我分享这些伟大思想。"我觉得太了不起了，一位大思想家竟然也这样深思土壤、季节之类的普通事物。"

他善意地微笑道："我太太对我说起过你的悟性。她认为你的悟性非同一般，我看，她所言不谬。"他道了声再见，转身向教区长宅邸走去。我和孩子们又逗留了一会儿，心中想到，奥古斯丁所相信的，也正是我们这位牧师所相信的，好奇怪呀，我们的布道坛上竟然有这么一位心胸开阔、心地善良的人。

最后，我喊上杰米，也踏上了回家之路。一路上，杰米不断像只燕子似的奔跑冲撞，扑上去采摘开花较晚的乱蓬蓬的犬蔷薇。快到家时，他让我在门口等一会儿，自己跑进了房子。

"闭上眼睛，妈妈！"他兴奋地喊道。我顺从地等待着，双手捂着脸，不知道他在搞什么把戏。我听见他咚咚咚地爬上楼梯，他一着急就会四肢并用，像只小狗。过了一会儿，我听见楼上的窗户吱呀一声打开了。

"好了，妈妈。喏！向上看！"我仰起头，睁开眼睛，发现自己沐浴在天鹅绒般的蔷薇花瓣雨中。这柔软芬芳的花雨拂过我的面颊。我拽下帽子，摇散一头长发，让花瓣落在缠结的头发上。小汤姆快乐地咯咯笑着，用他的两个小胖拳头击打着这粉色与淡黄色的明亮瀑布。杰米把身子探出我上方的窗台，把最后几个花瓣从被单的一角抖搂出来。

我充满感激之情地朝他抬头微笑，想道："这一刻就是我的奇迹。"

我们暂缓痛苦的奇异日子就这样过去了，蜜蜂嗡嗡飞进盛满蜂蜜的蜂巢，蜂蜜散发着石楠的香味，在这些工作排得满满的下午，我在忙着为那远未到来的冬天做准备。苹果园里架起了梯子，到处都支起了三脚架，就等着哪一天冷得可以杀猪了。虽然我们自己家没养猪，可我却总帮助邻居哈德菲尔德家杀猪，以换取些咸肉和猪头肉香肠。亚历山大·哈德菲尔德是个穷讲究的人，他宁愿裁剪布料也不愿意砍肉和骨头，哪怕穿的是一套二等的衣服，他也不愿意在任何户外活动中弄脏。于是玛丽第一任丈夫的长子便常常出任屠夫。乔纳森·库珀与他过世的父亲一样，是个高大的小伙子，干起活来手脚麻利，在此期间，他的小弟弟爱德华与杰米一起跑来跑去，想方设法逃避我们吩咐他们去干的小差事。每当我们让他们俩去拿一束柴，使大锅保持沸腾，他们俩便消失在劈柴垛后面，快乐地号叫着玩起了某种他们自己发明的新游戏。玛丽终于停止冲洗做肠衣的内脏，去看他俩在搞啥鬼。她返回时一只手揪着爱德华的耳朵，另一只手则尽可能地往前伸，手里提溜着一根绳子，上面挂着一个又黑又亮的东西。她走到近处，我才看出，是只死耗子，一具惨兮兮的小尸体，湿漉漉的，眼睛里流着黏黏的液体，嘴巴上沾着鲜红鲜红的血。杰米驯服地跟在她身后，手里拖着一只同样的耗子。玛丽把自己拎着的那只扔进火里，在她的催促下，杰米才不情愿地把他那只也扔了进去。

"你能相信吗，安娜，他们两个在玩这些令人作呕的玩意儿，就跟那是宠物似的。劈柴垛里好像全是这种东西。还好，全都是死的。"由于我们不能停下手里的活，玛丽就喊亚历山大去收拾那些死老鼠，想到她老公穷讲究，杀猪时搭把手都不肯，却得收拾血淋淋的腐尸，我俩不禁哑然失笑。不知怎么的，看到他去干活，我们手中的活似乎也不那么累了，我们在与逐渐暗下来的光亮赛跑，要趁天黑之前把肥肉熬成油，把每一扇猪肉都抹上盐。这向来都是又累又烦的工作，但是我让自己一心去想香喷喷的咸肉在我的漏勺里咝咝作响，我还想到此后的几个星期杰米会吃得多香。

当天空终于阴云密布时，几乎算是一种宽慰。蒙蒙的细雨似乎使眼睛感觉宁静，它也刷洗了风景。但是炎热后的潮湿却带来了我记忆中最为猖獗的跳蚤。说来也怪，各种咬人的害虫都会发现某人合口味，而一点儿都不喜欢另一个人的血。在我的房子里，跳蚤猛吸我稚嫩的孩子们的血，在他们身上留下令人发狂的累累叮痕。我烧掉了所有铺床的稻草，然后去戈迪家要止痒药膏。我怀着几分希望，希望还是阿尼丝独自在家，因为我很想和她再聊聊，弄清她是怎么就弄明白了这个世界的。我认为她可以教我许多，教我作为一个女人怎样在这个世界上独自过活，怎样理解自己的状况，甚至在这样的状况中怎样过得如鱼得水，就像她看上去的那样。她曾很坦率地暗示过，她有许多情人，我发现自己一心想知道她是怎么把他们摆平的，以及她对他们究竟是什么性质的感情。

所以，当我在门口碰到老梅姆时，我挺失望的，她的披巾说明她正要出门，她那急匆匆的样子使我想到有人等着她去接生，不过那人是谁我却想不出来，因为我所认识的怀孕妇女都没有在一个月之内要临盆的。

"啊，我本可以让你少跑这一趟，安娜，我要去哈德菲尔德家。小爱德华·库珀在发烧，我给他送药去。"我转身与她一起往回走，并对这一消息感到焦虑不安。尽管梅姆上了年纪，破帽子底下露出的细头发雪白如银，可她却腰杆笔直，柔韧得像一根绿色的玉米秆,她以男人般的劲头行走着。当我们匆匆赶往哈德菲尔德家时,我不得不加大自己的步伐,才能跟上她。我们抵达那幢房子时,只见一匹陌生的花斑马被拴在水槽旁的柱子上。玛丽在门口迎接我们,一脸的焦虑,似乎,还有几分尴尬。"谢谢你,实在谢谢你来我家,梅姆,可是哈德菲尔德先生让人到贝克韦尔请来了兼作外科医师的理发师,他现在就在爱德华跟前。你在这种事情上的智慧,我们当然全都极为敬佩,可哈德菲尔德先生说看病的事抠门儿不得,当然了,爱德华的父亲——愿上帝保佑他,给我留下的钱确实有能力支付这样的开销。"

梅姆撇撇嘴。她看不上那些兼作外科医师的理发师,比他们看不上她这种狡猾的女人,程度更甚。然而,梅姆倾全力帮助村民,只收几个便士的小钱,村民拿不出现金时,她就相应地收些村民拿得起的实物;而兼作外科医师的理发师呢,不把先令哗啦啦地装进口袋里,便身不动膀不摇。梅姆冷冷地鞠了个躬,转身离去。但是我很好奇,便留在门口徘徊,直到玛丽招呼我跟她进去。我预料兼作外科医师的理发师是不屑在拥挤的楼上房间治病的,果不其然,他已让人把孩子弄到了楼下。哈德菲尔德先生已经清理出了裁缝台,小爱德华被赤身裸体地放在上面。一开始,我看不见孩子,因为外科医师高大的身躯挡了个严严实实,但是当他迈向一边去拿他的包时,我倒吸一口凉气。可怜的孩子身上布满了蠕动着的蚂蟥,它们的吸血器官扎进他幼嫩的胳膊和脖子,在它们美餐的时候,它们那圆滚滚、黏糊糊的露在外面的部分,则轻轻拍打,扭来扭去。我想到，幸好爱德华烧得昏了过去，不知道发生在自己身上的事。玛丽握着孩子那软弱的手，脸上的每一道皱纹中都是担心。哈德菲尔德先生站在外科医师旁边，对他说的每一句话都恭顺地点着头。

"他是一个小孩子，所以我们没必要吸太多血来恢复他的体液平衡。"外科医师对抓着爱德华双肩的哈德菲尔德先生说。当他觉得时间差不多了，便要来了醋，倒在吸足血的蚂蟥身上，于是它们扭动得更厉害了，在躲避醋的刺激时，松开了嘴。随着一连串娴熟的拖曳，他把蚂蟥一一捏走，随后便鲜血淋漓，他用哈德菲尔德先生给他的碎亚麻布把血止住。他将蚂蟥逐一在一杯水中涮洗，然后将扭动不已的小东西扔进一个皮袋子。"假如这孩子天黑前还无好转，那么你们就必须给他清腹禁食了。我给你们开点儿酊剂，这能让他泻肚。"他收拾自己包的时候，玛丽和她丈夫对他千恩万谢。我跟在他后面走到街上，当我们走出哈德菲尔德夫妇的听力范围时，我鼓起勇气提出了那个折磨着我的问题。

"请问，先生，这孩子的发烧，会是瘟疫吗？"

这人轻蔑地挥了一下戴着手套的手，甚至没扭头看我。"不可能，"他说，"托老天爷的福，本郡已经二十年没发生过瘟疫了。再说孩子的身体上也没有瘟疫的症状。仅仅是发高烧而已，如果他父母按我说的做，他会保命的。"

他的一只脚已经踩进马镫,他是那么不耐烦地要走。当他的肥屁股坐上马鞍时,马鞍的皮革嘎吱作响。"可是,先生,"我继续说,也不知道怎么就走上前去了,"如果这里已经二十年没闹瘟疫,那么或许您也就从没见过可以赖以正确判断这孩子状况的病例了。"

"愚昧的女人!"他一面说,一面小心地转动着他的马,把一块下雨时形成的泥扬了起来,溅在了我裙子上,"你是说我不懂自己的行当?"他抖动缰绳,要不是我抓着马笼头,他本会一路跑开。

"脖子上的肿块和身体上的红圈不算是瘟疫的症状吗?"我喊道。

他骤然勒住马,头一回直视我的面孔。"你在哪儿见过这些东西?"他问。

"在我房客的身上,上一个月圆的时候他下的葬。"我答道。

"你住的离哈德菲尔德家很近吗?"

"就在隔壁。"

闻听此话,他画了个十字。"那么上帝保佑你和这个村子吧,"他说,"告诉你的邻居别再找我了。"然后他纵马离去,沿着道路一路狂奔,当他转过采矿人酒馆的急弯时,差点儿撞上马丁·米勒拉干草的马车。

小爱德华·库珀在太阳落山前死去了,他的哥哥乔纳森第二天也病倒了。两天之后,亚历山大·哈德菲尔德也一病不起。一星期后,玛丽·哈德菲尔德第二次成了寡妇,她的两个儿子埋在了教堂墓地他们故去的父亲旁边。我没有去那儿参加他们的葬礼,因为这个时候,我要哀悼自己的亲人。

我的汤姆像所有的婴儿那样,静静地死去,没有抱怨。婴儿与我们在一起的时间太短了,所以他们似乎只是软弱无力地坚守着生命。我常常纳闷,是不是因为天堂的记忆仍存在于婴儿的心中,所以他们离开人世时并不像我们这些不再确切知道自己灵魂去往何处的成年人那样恐惧。我想,这一定是上帝对他们的仁慈,也是对我们的仁慈,因为他老人家让那么多的婴儿与我们一起短暂地待了一段时间。

他的发烧很突然,是在快到晌午的时候,当时我正在教区长宅邸干活。简·马丁立刻让人去喊我,这一点我很是感激。她带着杰米去了她妈妈家,这样我就可以集中精力照料汤姆了。他哭了一会儿,当他试图吃奶时,却没力气吃了。然后他就这么躺在我怀里,睁大眼睛望着我,不时地哭上一两声。不久,他的目光变得不集中,变得疏远了,最后,他终于闭上了眼睛，喘起气来。我坐在壁炉旁，抱着他，惊异自己有多久没注意到这个小身体的成长，现在他已经比我的整个怀抱都长了，曾几何时，他才刚刚填满我的一个臂弯。我低声说："你很快就会和你爸爸在一起了，他仍能够那样抱你。你在他强壮的怀抱中会很舒适。"莉布·汉考克来了，带来了新鲜的农家奶酪，可我吃不下，她说着安慰我的话，但是这些话在我头脑中模糊成了胡言乱语。下午，我继母接替了莉布。她的话我倒是记得，因为刺伤了我。

"安娜，你就是个傻瓜。"

我惊异地抬起头，这天头一回把自己的目光拽离汤姆的小脸。她那其貌不扬的模糊面容映入我泪眼婆娑的眼帘，我看出，她说这句话是想故意激怒我。

"你为什么让自己这么爱一个婴儿呢？我不是提醒过你吗，千万不要让自己这样！"这是真的。阿芙拉曾目睹自己的三个亲生骨肉不到一周岁就埋入土中，一个是发烧烧死的，一个是拉肚子拉死的，还有一个，是个结实的胖小子，好好的在床上就停止了呼吸，任何症状都没有。我与她一起经历了这些死亡，她竟没掉一滴眼泪，这使我感到惊异。

"在孩子还未能走路、未成长起来之前就爱他，这是愚蠢的，只会带来不幸。现在你明白了吧，现在你明白了吧……"

看到我的眼泪涌了上来,她的声音不再那么教训人。她伸出一只手,拍我的肩膀,但我一耸肩,把她的手耸开。"上帝把您造得硬心肠,继母!"我说,"您可以为此感谢他老人家。他却没对我这般仁慈,因为我爱汤姆,从我伸手摸到他脑袋那一刻起就爱他,那时他还湿淋淋的,浑身是血……"

然后我又哭了起来,说不下去了。但是即使在说这番话的时候,我也知道,一点儿不假,在我与他一起的这段短暂的日子里,担心失去他的恐惧,每时每刻都与我对他的爱并肩而行。阿芙拉递给我一块巫石,喃喃地对它嘟囔了一些奇怪的词语。"你必须把它挂在他身上,以防恶魔抓走他的灵魂。"我从她手中接过这块巫石,拿在手里,直到她离开我的农舍。然后,我把它扔进了火里。

不一会儿,门前的庭院里再次传来脚步声,我暗自咒骂,因为我知道,我与汤姆在一起的时间,正在飞快地逝去,这种时间我不想与别人分享。但是根据那轻轻的敲门声和轻声的问候,我知道,是埃莉诺·蒙佩利昂。我喊她进来,随着几声轻轻的脚步,她跪在了我们身边,把我们揽入她怀中。她并没有责备我的悲痛,而是与我一起难过,这平息了我的哭泣和愤怒。后来,她把椅子拉到窗边,给我朗诵上帝对小孩子的爱的话语,直到光线太暗才结束。我就像一个婴儿听摇篮曲一样地听她念,并不注意其中的意思,只是从那声音中获取安慰。若不是我告诉她我要抱汤姆上床睡觉了,我想她会待上一个通宵。

我抱着他上了楼梯，把他放在我们的小床上。他就以我把他放下的这个姿势躺着，双臂软软地向外摊开着。我在他身边躺下，紧紧抱住他。我自己骗自己，夜里他就会醒来，像往常一样，高声哭着要奶吃。有一度，他那微弱的脉搏加快，他那小小的心脏怦怦剧跳。但是接近午夜时，心脏的律动变得断断续续，越来越弱，最终时有时无，逐渐消失。我告诉他我爱他，决不会忘记他，然后我抱住我死去的孩子，哭啊哭，直到我终于最后一次怀抱着他睡着了。

　　当我醒来时，光亮穿过窗户泻入。床是湿的，我的耳朵里听见一种狂野的号叫。汤姆的小身体，生命之血已从他喉咙和内脏中泄出。我紧抱着他的地方，衣服被浸得一塌糊涂。我把他从血淋淋的小床上敛起，跑到街上。邻居们全都站在那里，他们的面孔转向我，充满了悲伤与恐惧。有些人的眼睛里含着泪水。但是那号叫的声音却是我自己发出的。

猎巫

我小时候，父亲有时会讲他少年时当见习水手的事。一般是在我们表现不好时，他才给我们讲这些故事，以便吓唬我们，好让我们老实听话。他讲鞭刑，以及随后的盐水，把一个刚被鞭笞过的人从桅杆上解下，浸泡在一桶蜇人的盐水中。他说，最残忍的水手长会把鞭子一遍遍抽在同一个地方，那地方的皮肤已经撕开了长长的口子。他说，技术最高者，鞭鞭准确，直到打烂肌肉，露出骨头。

瘟疫的残忍也是同理。它的打击一遍又一遍落在新产生的哀伤上，以至于你还没哀悼完一个你所爱的人，另一个又病倒在你怀里。杰米正在痛哭自己的弟弟，他的眼泪便突然变成患病发热的抽泣。我快乐的小男孩热爱自己的生命，奋力要抓住它。埃莉诺·蒙佩利昂从一开始就在我身边，她温柔的声音是那些黑暗悲伤的日夜里我记得最清楚的东西。

"安娜，我必须告诉你，迈克尔陪守维卡斯先生的病床时，就怀疑那是瘟疫了。你也知道，他从剑桥大学毕业不久。他立刻给同学写信，让他们询问在剑桥教书的最著名的医生，以便找到现今所知的最新的预防和治疗方法。就在今天，他得到了些回音。"她从口袋里掏出信，打开，一行行地指给我看。我在她肩膀后面细看，尽可能弄懂其中的意思，因为我很少读到手写字体，尽管这封信字迹非常工整，可我很难看得懂。"来信的是蒙佩利昂先生的一位好友,你看他用了大量篇幅表示问候,表达关心,并希望蒙佩利昂先生对此地这一疾病性质的猜想是误判。可是在这儿,最后部分,他终于得出了结论,声称博学的医生们将巨大的信心投入到寻找与瘟疫搏斗的新方法中。"这么说,即使依据最权威的见解,本着最良好的意愿,我可怜孩子那遭罪的治疗,到头来可能也仅仅是延长他的痛苦而已。

维卡斯先生的疖肿生在脖子处,杰米的疖肿却生在腋下,疼痛使他凄惨地哭叫不已,他总把自己细小的胳膊高高伸展着,以免压痛自己。我已经尝试过海盐和黑麦粉敷剂,我把它们与鸡蛋黄一起搅成糊糊,用一块软皮子绑在疖肿处。但是肿块依然我行我素,继续生长,从胡桃大小长到了鹅蛋一般,仍不破裂。蒙佩利昂先生的朋友详细地开出了剑桥大学医学院的一个处方,在蒙佩利昂夫人的帮助下,我又试了这个。它是将大洋葱挖个洞,填进一个无花果、一些切碎的芸香和少许威尼斯糖浆,然后烤干。太幸运了,我想到,干无花果和威尼斯糖浆这两样东西,梅姆都有,所谓威尼斯糖浆,就是掺有大量稀有配料的蜂蜜,它制作起来费力费时。

我将洋葱一个个烤干,不过用洋葱挤压肿起的地方时,是很难受的,弄得我儿子尖叫,打滚,浑身是汗。对自己的亲生孩子施以痛苦,这是世界上最难下手之事,即使你相信自己这么做是在救他。我哭着给他贴敷这可恶的药剂,然后我搂着他,摇晃他,尽可能地安慰他,用他最喜欢的歌和故事来分他的心，还绞尽脑汁编了许多故事。

"很久很久以前，有个小男孩，"深夜时分我轻声给他讲，我感觉到需要不停地说话来驱散这寂静的黑暗，"他是个很乖很乖的孩子，但却非常穷，一辈子都住在一间黑暗的屋子里，不分昼夜地做苦工，直到他非常非常累。这个房间只有一扇门，可小男孩却没从这扇门出去过，也不知道门外边是什么。由于他不了解，所以他怕这扇门，虽然他渴望知道房子外面是啥样，可他却从没想过伸出手去，转动门柄，亲眼看上一看。但是有一天，一个快乐的天使出现在小男孩面前，她对他说：'到时候了。你一直很乖，你活干得也很好。现在你可以放下手里的工作，跟我走了。'她打开门，门外是小男孩平生第一次见到的最为美丽的花园。花园里阳光明媚，有许多孩子，欢笑着，游戏着。他们拉着小男孩的手，带他看这个新家的所有奇迹。于是他住了下来，在金色的阳光中游戏，再没有什么能够伤害他了。"杰米的眼皮忽闪了一下，朝我无力地微笑。我亲吻他，低语道："别害怕，亲爱的，别害怕。"

早上，阿尼丝送来一瓶香酒，她说这是用小白菊的尖和一点点苦艾，放在加糖的白葡萄酒里熬成的。正如她和她姑妈送药时总要做的那样，她把手轻轻放在杰米身上，然后才让他喝下去，并轻声嘟囔着："愿七方之灵指导它发挥效能。愿我世世代代最为古老的祖母开心高兴。善哉，心愿若斯。"她还带来一剂散发着薄荷香气的降温膏，她问我她是否可以把它抹在孩子身上，给他降降温。她坐到地上，背靠着墙，抬起膝盖，把孩子的小小身体放在腿上,让他的脑袋枕在她的膝盖上,他的两脚跨在她臀部。她的涂抹既温柔又有节奏,双手抚过他的额头,顺着身体和四肢,一路长长地捏摸下来。她一边给他涂抹、按摩,一边轻声唱道:"两位天使来自东方。一个带着火,一个带着霜。出来吧,火!进去吧,霜!天下母亲之温柔幽灵皆佑护于你。"杰米一直在折腾,一直在抽泣,但是当她对他哼唱时,他安静了下来。他目不转睛地注视着她的眼睛,在她的摩挲下,他慢慢不出声了。

阿尼丝轻轻地拍着杰米,给他唱歌,直到他睡实。我把杰米从她腿上抱起,放在小床上时,他的皮肤不再那么青灰,摸上去也凉多了。我诚挚地感谢她缓解了杰米的痛苦。通常在这种情况下,她都是耸耸肩,用一句粗口,来拒绝对方的谢意或赞扬,但是这天早上,她对我却很温柔,握住我伸过去的手。"你是个好母亲,安娜·弗里思,"她严肃地看着我,"你的怀里不会永远空着。当前路看上去凄凉时,记住我这句话。"

现在我看出,阿尼丝非常明白,她的治疗只能给我儿子带来短暂的缓解。时间一个小时一个小时地过去了,随着药酒和降温膏药性的减弱,热度又起来了,到了下午时分,他说起了胡话。"妈妈,汤姆在叫你!"他一面用他那小小的沙哑嗓音急切地低声说,一面使劲挥着他那只好胳膊,仿佛在召唤我。

"我在这儿,亲爱的。告诉汤姆我就在这儿。"我试图说话不带哭腔,但是一提到汤姆,我胀痛的乳房便开始分泌乳汁,直到把胸衣弄湿。

埃莉诺·蒙佩利昂给杰米带来一个用绸子包着的小包，上面还穿着一根丝带。她说："这里面有一服缓释剂，是教区长剑桥的朋友寄来的，他说把它挂在患者的左胸，你瞧，就是他的心脏处。"

"可里面是什么呢？"我充满希望地问。

"啊，里面的东西，我确实问了，我并没觉得那是啥好东西……不过给他寄东西的人是一位德高望重的内科医生，他说，这种药剂佛罗伦萨的医生们普遍认为不错，而佛罗伦萨的医生对瘟疫是非常有经验的。"

"可这究竟是什么呢？"我再次问道。

"里面装着一只干蟾蜍。"她说。我哭了，我知道她一片好意，而我是情不自禁。

蒙佩利昂夫人还带来了食物，不过我一点儿都吃不下。她坐在我身边，握着我的手，低声说着她认为我听得进去的任何话语。当时我一心沉浸在自己的伤心事里，所以事后才知道，她陪了我好几个钟头，离开我家后，又去隔壁看玛丽·哈德菲尔德，玛丽的母亲来安慰悲痛欲绝的女儿，现在自己却病倒了。从那里出来后，她继续前往街对面的西德尔家，那里躺着三个病人；从西德尔家，她又去了霍克斯沃思家，他们家怀孕的简与丈夫迈克尔躺在一起，都卧病不起。

杰米受了五天罪，最后上帝终于认为该将他带走了。他死的那天，身上遍布那种奇怪的圆圈：一圈圈鲜艳的红色斑痕就在他薄薄的皮肤底下泛起。随着时间一点点流逝，圆圈变成紫色，然后又变成紫黑色，最后结成硬痂。似乎，他人还在呼吸，身体里的肉就已经开始死掉，那正在坏死的肉从他逐渐衰弱的身体中往外拱，破裂。蒙佩利昂夫妇听说了瘟疫的新症状后，他们俩都来了。杰米躺在壁炉前临时支起的小床上，我生了一小炉火来抵御夜晚的寒冷。我坐在小床的床头，把腿给杰米当枕头，抚摸着他的额头。教区长跪在坚硬的石头地上，开始祈祷。他妻子静静地离开椅子，也跪在了他身边。我听着那仿佛来自遥远之处的祈祷词。

"全能的上帝，无比仁慈的在天之父，请您侧耳聆听我们的祈求，垂目看看您悲惨的子民吧。瞧，我们哭着要求您怜悯。请您切莫松开您的手，切莫用您的死亡之箭把这年幼的孩子射入他的坟墓。把您的愤怒天使召回去吧，可怕的瘟疫现已降在我们中间，别让这孩子在它的沉重打击下丧生……"壁炉中的火焰将温暖的光亮投在这对夫妇身上，他们的头，一个黑发一个金发，低低地躬在一起。直到祈祷结束时，埃莉诺·蒙佩利昂才抬起眼睛，看着我。我摇摇头，泪水顺着面颊流下，她知道自己丈夫的祈求未起作用。

我无法详细描述之后的几天。我知道，教堂司事来取杰米的尸体时，我拼命阻挠他，发了疯似的大哭，试图扯开包着杰米的亚麻布，因为我担心他无法透过它呼吸。我知道，我去了教堂好几次。我看见杰米与汤姆并排躺在地上，后来我又看见玛丽·哈德菲尔德的母亲、西德尔的三个孩子，以及简·霍克斯沃思的丈夫，在那之后，又是她那早产后一天就死掉的儿子。我与莉布·汉考克站在一起，看着她丈夫下葬，悲痛之中，我们的手紧紧攥在了一起。但是我无法告诉您在教堂或在墓地的人们都说了些什么，我只记得一句："生，寄也；死，归也。"我觉得这句祷词确切地描述了我们当下的悲惨境况。

没过一两天，我竭力再次干起了自己的工作，不过我的双手干起活来是与心分开的，我无法告诉您那两个星期中我所干的任何一件工作，因为那些日日夜夜都是溜过去的。仿佛一团浓雾笼罩住了我和我身边的一切，我摸索着干活，干完一件，再干一件，什么也看不清楚。没活干的时候，我就把大量的时间打发在教堂墓地。不，并不像您以为的，守着我儿子们的坟墓。我没勇气置身于我所爱的死者中间。我只是在教堂后面寂静的小树林里徘徊，这儿是早年老坟的所在地。这是一处起起伏伏的地方，地面隆起，又落下，形成一个个长满青草的坟丘，野蔷薇一派蓬勃，风吹雨打的坟墓上满是发红的蔷薇果，坟墓的记号几乎难以辨识了。这是我可以置身其中的地方。它们标志着那些我不认识之人的丧亲之痛，他们的痛苦我未曾分担。在这儿，我听不见教堂司事的铁锹那节奏分明的唰唰声和砰砰声，看不见那敞开的坑穴又接纳了一具邻居的尸体。

在这些老旧坟墓中间,高高地竖立着一个巨大的石头做成的十字架,上面的文字,是先民们用古老的方式巧妙雕刻上去的,在我们不记得的久远年代,他们曾在这些小山上行走。据说此碑是从白峰峰顶附近,经由远僻小径运到这里的。现在它就像一个不安的外来者,赫然耸立在我们所建的墓碑之上。我常常倚着这个十字架,把前额抵在它那饱经风霜的粗糙石头表体上。记忆中只言片语的祈祷词在我脑海中时而出现,时而消失,不断被困惑的思绪所打断。"看,上主的婢女。"① 为什么我就不是死神殿堂里许许多多亡灵中的一员?我丈夫死了,而我没死。我的房客死了,我也没死。我的邻居们死了,我还没死。我的孩子们——我的两个儿子!我的眼睛酸酸的。我把脸紧贴在石头上,嗅闻着它的气息,凉爽,苔藓味,给人以安慰。"愿照你的话成就于我吧。"我用手指摸索着十字架两边的碑文,想象着那双刻下这碑文的技艺高超之手。我希望自己能与这位很久很久以前的工匠交谈。我想知道他们那时候是如何对付上帝降给他们的东西的。十字架上刻着天使,但也刻着我不知道的生灵。蒙佩利昂夫人有一回曾告诉我,这个十字架属于基督教刚刚传到不列颠的那个时代,它不得不与立石和血祭等古老方式相竞争。我木呆呆地思忖着,那个刻它的工匠是否想到了要击败其他更为古老的石碑。他制作它是出于一种艰难却确定的信仰,还是出于一个人所做出的姿态,试图安抚上帝?这个上帝想要的似乎并不是《圣经》里所要求的爱与敬畏,而是我们那无穷无尽的过度痛苦。"照你的话。"为什么上

---

① 引自《新约·路加福音》第一章。

帝的话总是如此严厉呢?

要不是因为我的几只羊在荒原迷了路,我想,我会一直这样下去,悲痛困惑而不能自拔。那是杰米死后的第三周。我一直没心思放羊,有些羊就自己出去,寻找早就应该由我赶它们去吃的更肥美的水草。那天下午,天阴得像锅盖,空气中弥漫着初雪的肃杀气味,我别无选择,只得将它们找回来,尽管跋涉上山似乎远非我体力所能及。我沿着荒原边上的一道狭沟,追踪着羊粪——我希望是它们的,祈祷着能找到它们,趁天黑之前把它们平安带回家。这时,我忽然听见矿井附近传来可怕的喊叫声。大约六年前,由于发洪水,这个矿井成了泽国。

只见十一二个人围成一圈,推推搡搡,跟跟跄跄,那阵势像是刚在采矿人酒馆喝过酒。莉布·汉考克是他们中的一个,在酒的作用下跌跌撞撞,我非常清楚,她这人根本就喝不得酒。人群中央的地上,是梅姆·戈迪,她那两条衰老的胳膊被一根破绳子绑在前面。布拉德·汉密尔顿跪在她胸口上,而布拉德的女儿费丝,抓着老妇人稀疏的白发,用一根山楂树枝划她面颊。"我要你的血,巫婆!"她喊着,而梅姆则呻吟着,试图把被捆的双手抬到脸前挡开划刺。"你的血会驱走我妈妈身体里的病。"人群中,汉密尔顿家的长子裘德抱着母亲。费丝在梅姆那因被划破而流血的面颊上抹抹手,摇摇晃晃站起身,把血涂在母亲脖子上因瘟疫疖肿而隆起悸动的地方。

我朝他们跑去,出溜着下了陡峭的沟壁,松动的石块在我身边纷纷滚落,这时玛丽·哈德菲尔德突然从人群中冲出,扑在可怜的梅姆身边,她那张因愤怒而扭曲的脸,凑到老妇人脸前。"你害死了我全家,女巫!"梅姆扭动着,试图摇头否认。"我听见了,你因为我们给爱德华请了医师而诅咒我们!我听见你走出我家门时说的话了!你恶毒地把瘟疫降给了我老公、我妈妈,还有我的两个儿子!"

"玛丽·哈德菲尔德!"我高喊,努力使自己的声音高过乱糟糟的醉话声。当我气喘吁吁地往里挤,挤进人群时,几张面孔转向了我。"梅姆·戈迪并没有这样!你为什么要这么说?那个江湖郎中在你家时,我就在你家门口,和梅姆在一起。梅姆离开你家的时候一声都没吭。还不如说是那个医师的蚂蟥和泻药加速了你家爱德华的死亡,你就别诬陷这个好人了!"

"你干吗要替她说话,安娜·弗里思?你自己的孩子不也是因为她的诅咒而烂在了地底下吗?你应该帮助我们。你要是只会碍事,那就赶紧走!"

一个醉醺醺的声音喊道:"把她扔水里去!那样咱们就可以看出她是不是巫婆了!"

"好!"另一个人高声附和。他们马上拖起被打得了无生气的梅姆,向被水淹了的矿井口走去。她那旧旧的、补了又补的胸衣撕裂开来,露出一只干瘪的乳房,上面满是青紫的伤痕。这个矿井很宽,我能看见那滑溜溜的石头一直向下通往黑暗。

"你们扔她进去,就是谋杀!"我喊道,试图挤到布拉德·汉密尔顿前面,他似乎是他们当中最明白的一个。但是当我抓住他胳膊时,我看到他的面孔由于酒精和悲痛而变了形,这时我想起,这天他刚刚埋葬了他的儿子约翰。他把我往边上一甩,我一下子没站住,重重摔倒,脑袋磕在了石灰石上。我试图爬起来,只觉得天旋地转,眼前一片黑。

我清醒过来时,玛丽·哈德菲尔德在哭:"她沉下去了!她沉下去了!她不是女巫!上帝宽恕我们,我们杀了她!"她先拉住一个男人,然后又拉住另一个,试图把他们拖到矿坑口。裘德抓着那根原本捆着梅姆的破旧绳子,瞪着它,仿佛希望在它的断裂处找到什么答案似的。我挣扎着站起身,往黑洞洞的矿井里张望,然而我看到的只是自己那变了形的倒影,只见我血淋淋的愤怒面孔从水面向我回视。我看出没人想有所作为,便推开众人,跳到井口上方,寻找第一根井筒内横木。但是当我的靴子踩在横木上时,朽烂的木头塌裂了,掉了下去,我悬在井口好一会儿,才有人伸手把我拉了回来,一开始我没认出这人是谁。

原来是阿尼丝·戈迪。她一路从村里跑上坡,上气不接下气,她什么话都没说。显然有人告诉了她正在发生的事,因为她已经把一根新绳子拴在腰际。她把绳子另一端抛到旧绞盘上，在井架上固定了一下，然后径直滑下那黏糊糊的黑暗矿井。其他人原本已给她让开一条路，现在又涌上前来，往矿井里张望。其中一个人摇摇晃晃地撞在我身上，他那醉汉的重量把我压得跪在了石头地上。我使尽吃奶的力气，用胳膊肘顶他肋骨，把他向后推，然后我擦去流入眼睛中的血，也使劲往矿井里看。我只能分辨出阿尼丝的头发，在黑乎乎的水的映衬下闪着光。一阵响亮的泼溅声，然后她开始往上攀爬，她姑姑那软弱的身体绑在她背上。幸好，许多井筒内横木仍够结实，承受得了这一重量，她快到顶上的时候，我和玛丽·哈德菲尔德伸手抓住她胳膊，把她拉上最后一米。

我和玛丽把梅姆放在地上，阿尼丝像几分钟前施虐者们所做的那样，挤压她胸脯。黑色的水从她嘴里涌出。老妇人没有呼吸。"她死了！"玛丽哭道，骚乱的人群开始哀号。阿尼丝根本不理会他们，而是跪在梅姆身体旁边，用自己的嘴对在姑姑嘴上，往里吹气。我跪在她旁边，数着。吹过第三次后，阿尼丝停了一会儿。梅姆的胸脯有起伏了。她喷出水来，呻吟着，睁开了眼睛。我所感觉到的宽慰只持续了一小会儿，因为莉布疯狂地喊道："阿尼丝·戈迪让死人复活！巫婆就是她！抓住她啊！"

"莉布！"我一面喊叫，一面头晕目眩地从梅姆身边站起，抓住莉布的两条胳膊，"别犯傻！我们当中谁没有把自己的嘴对在出生时不呼吸的羊羔嘴上过？"

"你给我闭嘴,安娜·弗里思!"莉布·汉考克喊道,一面甩开我的双手,一面向我跨上一步,凑近我的脸,"你亲口告诉我的,这个女巫与那个把瘟疫带到这儿来的魔鬼的子孙交配过!你不知道维卡斯是男巫吗?她就是他的女人!"

"莉布!"我喊道,抓住她的双肩,摇晃她,"不要诋毁死者!可怜的维卡斯先生不是和你丈夫一样,都躺在了坟墓里吗?"她的眼睛呆滞而陌生,仇恨地看着我。

那些扭动着的嘴巴里喊出来的是"婊子"、"贱人"和"淫妇",暴徒们涌向跪在姑姑身边的阿尼丝,扑到她身上,抓她的肉。只有玛丽·哈德菲尔德向后退,她一脸的内疚。我一把推开莉布,试图挤到阿尼丝跟前。一股强风已从北向南席卷大地,这是一种令人发狂、震耳欲聋的飓风,我们称之为"加百列猎犬"[①]。阿尼丝非常强壮,与众人对打,我试图帮她,拽住其中一个,然后又拽住另一个,想把他们拖开,直到我的头再次开始眩晕。这时尤丽丝·戈登尖叫起来。

"我在她眼睛里看不见我的影子!女巫的标志!女巫的标志!她用巫术勾引我丈夫跟她睡觉!"听到这话,约翰·戈登像被魔鬼附体了似的向阿尼丝猛攻。我抓住他胳膊,想把他拉开,但是这时,从太阳穴处流出的血淌得我满脸都是,我感觉

---

① 加百列猎犬:邪恶和死亡的象征,预示着一些灾难,比如战争或瘟疫。——编者注

到脑袋里面怦怦直跳,我知道自己的力量制止不住他的疯狂。"必须去叫蒙佩利昂。"这是我最后想到的,我转身想跑,有人给了我一拳,我被打倒在地。

我呻吟着,试图爬起来,但是四肢不听话。我看见绳索套住阿尼丝的脖子,我知道他们打算用她自己的绳子吊死她,拿井架作绞架。接下去发生的事情却出乎我意料,只见阿尼丝停止了挣扎,站直身体,显得那么高挑。她的帽子已经脱落,卷曲的湿头发像奇怪的金蛇般披散下来,一缕鲜血从口中淌出。

"没错,"她说,她的嗓音深沉而诡谲,"我是魔鬼的傀儡,动手吧,用我的命来向他复仇!"那些抓着她的人向后退了一点儿,画着十字以及另一种对付强大魔法的更为古老的符号。

"阿尼丝!"我呻吟着,"不许这么说!你知道不是这样的!"

她看着躺在地上的我,鬼魅一笑。从她的眼神中,我看出了判决:我嘴上没把门儿,间接出卖了她。然后她的目光转开,注视着周围所有这些迫害她的人。正在滑下地平线的太阳,在越来越阴沉的云层中找到了一个窄窄的缝隙。通过这缝隙,一束孤独的光芒突然射出。它飞快照遍山麓,掠过每一棵树和每一块石头,抵达阿尼丝身上,把她照亮,使她看上去像着火了一样。她那琥珀色的眼睛像猫眼睛一样闪着黄光。

"我和他睡觉了。没错!我和魔鬼睡觉了,他是强大的,摸起来像冰一样冷。要知道,我不是独自一人同他睡觉!不是!我现在告诉你们吧,我看见过你们的老婆和他睡觉!你老婆,布拉德·汉密尔顿,你老婆,约翰·戈登,还有你老婆,马丁·海菲尔德!"女人们痛恨地哼哼着或者尖叫着,但是她们的男人们却被阿尼丝给惊呆了,根本不看她们。

"我们干得非常开心,我们大家一起,丝毫不觉得羞耻,反反复复地干,一个接一个,有时是同时两个或更多人……与你们相比,他是阉马中的种马。"她一边说着,一边咄咄逼人地盯着那些被她点名的男人,我看出了他们的胆怯。"你们每一个人的老婆都说其乐无比,比与你们任何一个都快活得多!"她说最后这句话时哈哈大笑了起来,她大笑,仿佛控制不住自己。男人们牛一样吼叫着,然后齐刷刷地拉动绳子。绳子啪的一下勒紧,掐断了她的笑声。他们把她推进矿井时,她的长腿踢来踢去。

长腿仍在踢着的时候,约翰·戈登松开了绳子,狂暴地四下寻找自己的妻子。她看到他那疯狂的眼睛,撒腿便跑,她那恐怖的呻吟声仿若呜呜的驴鸣。约翰·戈登追上她,一拳将她打翻在地。他抓住她的头发,把她的脸拉离地面,像翻粮食口袋似的翻转过她。"是真的吗?"他喊道,他攥紧的拳头高举在她的头顶,"你和撒旦睡觉了?"还没容她答话,他的拳头便打在她脸上。鲜血从她鼻孔里流出。他举拳再打。

当迈克尔·蒙佩利昂的声音雷鸣般地传下狭沟时,比那风声更响亮，更愤怒。

"天啊，你们究竟在这儿做了些什么？"

约翰·戈登的胳膊垂了下来。他转身瞪着教区长。我们从没有一个人见过教区长的这种神色。他手握一支火把，火把从下方将他面孔照亮，所以他的眼睛成了两个明亮犀利的球。我躺在地上，疼痛已经让我变得麻木，我不禁想到，猫头鹰盯着一只耗子、准备将利爪刺进其身体，在那最后的一秒钟，一定就是这个样子。这时他真的扑过来，骑着安忒洛斯冲下陡坡，石头在马蹄下乱飞。我看见玛丽·哈德菲尔德缩着身子坐在他鞍桥后面，我意识到是她情急智生，跑去搬来了他。他首先冲向离井架最近的布拉德·汉密尔顿。汉密尔顿举起双手，仿佛要保护自己，但是安忒洛斯像一匹战马般将后腿立起，把他向后驱赶。教区长调转马头，翻身下马，扔掉火把，火把在泥里嘶嘶作响。他从腰带上抽出一柄刀，探身过去，一手抱起阿尼丝，另一只手割断绳子。她那美丽的面孔又紫又肿，已经辨认不出来了，舌头像狗似的耷拉着。他撩起自己的斗篷，盖上她。

某个人，我想是马丁·海菲尔德，仍然醉醺醺的，或者仍然那么疯狂，试图为所作所为辩解。

"她……她承认了，"他口齿不清地木然说道，"她承认自己与魔鬼睡觉……"

蒙佩利昂那高扬的嗓音简直是在咆哮:"啊,不错,今晚魔鬼确实在这里!不过不在阿尼丝·戈迪身上!傻瓜们!无知的可怜虫!阿尼丝·戈迪用她唯一的武器与你们搏斗——那便是你们丑陋的思想和彼此之间邪恶的怀疑!现在,你们都给我跪下!"

大家齐刷刷地跪在了地上。"向无比仁慈的上帝祈祷吧,他将拯救你们可怜的灵魂。"他深吸一口气,然后叹息。当他再次开口说话时,他嗓音中的愤怒消失了,但是每一个字都那么清晰,甚至压过了呜呜呼啸的风声。"我们这个村庄所受的苦难还不够多吗?你们嫌死的人不够多,还要自相残杀吗?做好准备,祈求上帝别让你们为今天的行为付出你们所应该付出的代价吧。"

祈祷之声立刻同时响起:有的人含混地嘟囔,有的人大声向上帝哭喊,有的人则捶胸痛哭。这个时候,您瞧,我们大家全都相信上帝在聆听这样的祈祷。

封村

那天晚上紧随大风突降的大雪覆盖了村庄,给我们带来一片沉寂。人们悄悄溜过白茫茫的街道,去干自己的事情,一个个弓着背,裹着围巾,仿佛是在躲藏。坏消息悄声传播。"女巫"的血对格蕾丝·汉密尔顿毫无效用,这星期,格蕾丝死于瘟疫,她的孩子裘德和费丝,也病倒在床。暴风雪吞没了我走失的羊,使我的存栏数减少了三分之一。我的脑袋因为那一磕而昏昏沉沉,一片空白,我整整睡了一天一宿,才得以重聚力气,去寻找它们。当我找到这些可怜的畜生时,它们缩挤在长着草的石头处,那被风吹就的高高的白雪堆,已经把它们覆盖在了下面,它们早已被冻得几乎成了冰坨。当时我的头脑十分混乱,以致于第一个念头竟是谢天谢地,现在需要我照料的活物更少了。

迈克尔·蒙佩利昂为阿尼丝举行了葬礼,但是她姑姑梅姆没到场。她因差点儿淹死而咳嗽不止,不省人事地躺在教区长宅邸,是埃莉诺·蒙佩利昂非让人把她送来的。我们一起照料她,不久,我们的照料也变得只是坐在床边,听她呼噜呼噜喘气了。她还能讲话的时候,曾要求在她受伤的脸上敷些聚合草药膏。我们用新亚麻布把药膏裹在伤口上,但是这绷带在她那枯陷的脸颊上几乎挂不住。她的皮肤就像冬季的干树叶一样脆,被打得青一块紫一块。想当年梅姆两次给我接生儿子,她那双有力而灵巧的手曾抚平了我的恐惧,使得分娩较为容易。

现在，她的指头看上去如同麻雀骨头一般脆弱，当我把它们握在手里时，我真担心稍一使劲就会折断。

她临终那天对我来说极为艰难。弥留之际，她的呼吸常常完全停住好几分钟，我以为她终于安息了。但是随后，她的喉咙里又咯咯作响，使劲吸着空气，她的胸脯也在一连串快速而浅薄的喘息中一起一伏。过了那么一会儿，喘息缓慢下来，减小减弱，直到她再次停止呼吸。这种情况反复发生了许多次，多得我都无法相信了。每一回，她停止呼吸的时间都更长。等待变得难以忍受。当结尾终于到来时，我却没认出，只是坐在那里，期待着那急切刺耳的声音再次周而复始。直到我听见教区长家的钟敲响一刻钟，然后是半小时，这期间没出现半点儿呼吸，我才终于喊蒙佩利昂夫妇来确认梅姆的死亡。她恰好死在阿尼丝死后的第五天。随着她们一起消失的是一大部分我们所依赖的医药，以及妇女们在分娩时母子平安的概率。

国家法对这起杀害也无所作为：贝克韦尔的治安法官拒绝来我们村，也不接管我们村任何被逮捕之人，说在下一次巡回审判之前，郡里没有牢房关押他们。于是，那不多的几个没染上瘟疫的暴徒便躲在我们中间，满脸憔悴，惶惶不可终日，等待着上帝的审判。在接下来的那个礼拜日的傍晚，狭沟里的十二名暴徒中仅剩的五个，穿上悔罪服，赤着脚前往教堂，做乞求宽恕的祈祷。

礼拜日早上天一亮，大地一片洁白，没有一丝风，我们向教堂走去，结了冰壳的雪在我们脚下嘎吱作响。约翰·戈登是溜进忏悔角中的一个，他不敢看任何人的眼睛，只是关切地向尤丽丝弯着身子，尤丽丝紧贴在他胳膊上，她那白色的悔罪袍愈发衬托出被打肿打破的鼻子四周的青紫。莉布·汉考克也来了。她走过站在长凳前的我，没看我的眼睛。

我们一个个苍白肃穆，站在各自的位置上，悲伤而内疚。我们这个村子里有三百六十来人。除去婴儿、年老体衰者、那些即使在主日也得干活的人，以及一小撮住在山顶农场的贵格会①信徒和不从国教者，每个星期来教堂的信徒总是两百二十来名。由于每个人的位置都是根据长期传统固定下来的，所以少一个人就像缺一颗牙齿般明显。这个礼拜日，那持续增加的丧钟和疾病，使许多位置都空着。

这个礼拜日，迈克尔·蒙佩利昂的布道并没有按照我所预期的方式进行。整整一个星期，从阿尼丝的葬礼到后来对梅姆每钟头一次的探望，他始终双唇紧闭，像弓弦般紧绷，似乎在拼命压制胸中的暴怒。这一星期的大多数时间，他都没像往常那样陪埃莉诺吃晚饭，而是独自关在书房里写作，我想，他写的是一篇严厉斥责的布道。这星期快到周末的一个晚上，我正弯着腰给羊背上绑一捆干草，一眼看见了他，他与一个驼着背的人一道，在被风暴侵袭过的果园里溜达。天气非常冷，原野

---

① 贵格会，又名教友派、公谊会，基督教的一个派别，形成于17世纪中期的英国及美洲殖民地，具有神秘主义色彩，创建人乔治·福克斯及其追随者云游布道，抨击英国国教会及清教徒教会。

上铺着一层白冰壳,闪闪发光,阴云已被吹散,星星似乎就是这地上冰壳的反射。我感到很奇怪,教区长竟然选择这样一个夜晚在室外约见人,但当我认出那人的侧影时,我知道他们的会面为什么秘而不宣了。

蒙佩利昂先生在与清教徒托马斯·斯坦利谈话。三年前,一六六二年圣巴多罗买日①那天,这位清教徒牧师退出了我们这个教区。斯坦利牧师当时告诉我们,他肯定不能接受有关使用《公祷书》②的命令,他说他仅仅是那天无数放弃自己布道坛的教士中的一个。我们觉得,把我们的小村庄强行推入国王与议会之间的国家大事中去,确实是咄咄怪事。像我这样一个在处死一位国王、流亡并复辟另一位国王之类的大事的阴影中长大的人,对自己的时代竟一无所知,这似乎有些奇怪。但是我们的村庄远离任何重要的道路或战略要地,我们的村民更看重发掘铅矿,而不是发射铅弹。所以所有这些大事都仅仅是轻轻拍打了一下我们的山脚,而从未将我们卷入它们的激流,直到出现那个我们怎样祈祷以及与谁祈祷的问题。

斯坦利先生是个诚挚的人,对于一名清教徒来说,他少有地温和,决不狂热,但是他主持的礼拜日仍不失为苛刻的安息

---

① 圣巴多罗买日,8月24日,纪念耶稣的十二门徒之一,在亚美尼亚殉教的圣徒巴多罗买。
② 第一本《公祷书》于1549年写成,不但以英文编写,还有系统编排的经课表,从此成为信徒认识信仰、一同敬拜、颂扬上主的工具,其中保留了很多天主教的宗教仪式,不为清教徒所接纳。——编者注

日，他的教堂始终是一个毫无欢乐的地方，没有饰带或抛光的铜器，甚至祈祷者穿戴得漂亮些都不行。他发出抗议之后不久，国家通过了一项法律，规定：持异议的教士应该离开自己的旧有教区至少八公里，以免挑起冲突。另一条法律则规定了严厉的处罚：任何五个人以上的宗教集会，若不使用《公祷书》，都要受到罚款、监禁，乃至放逐。于是，斯坦利先生搬出教区长宅邸，离开了村庄，我们将近两年的时间没有常驻牧师，直到蒙佩利昂夫妇到来。这时，斯坦利先生的太太已死，丢下他一人生活在陌生人中间。把这个老人排除在他最了解的地方和最了解的人之外，这不是蒙佩利昂夫妇的作风。我不知道他们是怎么商量的，达成了什么协议，但是有一天，斯坦利先生悄悄回到不从国教的比林斯家高处农场的一个农舍里，他又出现在了我们中间。瘟疫在此爆发之时，他已经回这里快一年了，他是一个不发表己见的老人，离群索居，不参与村里的任何事务。即使有两倍甚至三倍于五个人的群众，时不时在比林斯家客厅聚会，我们大家也都没兴趣探究其中的目的。

然而现在，似乎是蒙佩利昂先生找出了斯坦利先生。直到礼拜日，我才终于明白这是为什么。蒙佩利昂先生登上布道坛，他没有像前几日那样眉头紧锁，这天早上他的面孔显得非常安详。他就这样开始了那决定我们命运的布道，他讲到一大半的时候，教堂里还没有任何一个人意识到他要把大家引向何方。

"人若为自己的朋友舍掉性命，再没有比这更大的爱情了。"① 他说了这句熟悉的话语,然后垂下头,让这句话在一片寂静之中长久回旋,回旋得那么久,我都担心他忘记接下去要讲什么了。但是当他抬起头时,他容光焕发,笑容满面,以至于教堂突然间仿佛暖了起来。然后他的话语喷涌而出,抑扬顿挫有如诗歌。他激情四射地说起上帝的爱,以及上帝之子耶稣为我们所承受的苦难,他用目光抓住我们每一个人,令我们体验到这爱的力量,使我们想到在我们一生中,这种爱是如何降临在每一个人身上的。他用他的话语陶醉我们,把我们的心提起来,送入一种陌生的兴奋之中,他把我们每一个人都带到那个我们保留着自己最甜蜜记忆的地方。

然后,他终于奔向主题。我们不准备把这种爱回赠给自己的同胞人类吗?甚至牺牲自己的生命,如果这就是上帝要求我们做的?直到这时,他才提到了这场瘟疫,我惊讶地意识到,几个星期里脑子中只有瘟疫的我,在他布道的半个钟头里竟然根本没想"瘟疫"二字。

"亲爱的兄弟姐妹们,"他接着说,他的声音使我们沐浴在慈爱之中,"我们都知道,上帝有的时候通过降灾于自己的子民,来严厉地对他们说话。这些灾难中,瘟疫——血液中的毒素,是最为可怕的一种。谁不怕它?它的疖疮和脓包,它巨大的痈疽。还有无情的死神,那恐怖之王,也跟随它而来。

---

① 引自《新约·约翰福音》。

"然而，无比智慧的上帝已经在本郡所有村庄之中单单选定了我们，让我们来接受这场瘟疫。我相信，这是对我们的一个考验。正因为他老人家极爱我们，所以才给我们以普天下他很少给予谁的机会。在这儿，本村的卑贱灵魂得以效法我们神圣的主。我们大家有谁不愿意抓住这样一个机会呢？亲爱的教友们，我认为我们必须接受这个礼物。这是一匣金子！让我们大家把手深深地探进去，去攫取这财富吧！"

接下去他压低了声音，仿佛向我们透露一个大秘密。"有些人会说，上帝降下这灾难不是因为爱，而是因为怒。他们会说，由于我们的罪孽，这儿才发生了瘟疫。人类历史上的第一场瘟疫不就是上帝降下来惩罚埃及的吗？① 法老不就是因为不听命于上帝，他强大的王国才会荒芜吗？在黑夜之中，当我们的孩子被夺走——"讲到这儿，他又停顿了一会儿，他的目光越过一排排长椅，直到那闪闪发光的眼睛直视着我的眼睛，"在这样的时刻，人们比较容易相信这是上帝的报复，而不是他的慈悲。

"但是我并不认为上帝降给我们瘟疫是出于愤怒。我并不认为这个村庄在他老人家的眼中等同于法老。啊，是的，我们一生中当然有过罪孽，我们每一个人，都有过许许多多次的罪孽。莫非我们没有发现撒旦像一只凤头麦鸡，诱惑而自负地在

---

① 《出埃及记》中记载，上帝在埃及施行十灾，其中第一场瘟疫将尼罗河变成了血河。——编者注

我们面前大叫，吸引我们的心远离拯救我们的上帝吗？教友们，我们大家，在自己的一生中，全都听到过这些假作悦耳的叫声。在场者中没有一个未曾被其诱惑——并且沉沦。没有一个人的心未曾被堕落的想入非非弄得七上八下。

"但是我认为，上帝降下这场瘟疫并不是惩罚我们的罪孽。不！"他的目光越过会众，寻找采矿人和他们的家属，专门针对他们说，"如同矿石必须熔化成液体以淬炼纯金属一样，我们必须在疾病这一炽热的炉中熔炼自己。在必要的时候，铁匠会通宵达旦看守自己的熔炉，以确保得到里面宝贵的金属，上帝也一样，他就守在这里，在我们身边，也许比我们一生中无论过去还是将来的任何时候，都离得更近。"在我的前五排，我看见采矿人自治会主席阿伦·霍顿白发苍苍的头颅，当他明白了教区长话语的意思时，这颗头颅在他巨大的肩膀上缓缓昂起。教区长不失时机，朝他伸出手。"所以，我们不要却步，不要辜负期望！当上帝让我们发光时，我们发出的切莫、切莫是自己劣质状态时的黯淡光亮！"

"阿门！"霍顿庄严的声音隆隆作响。四下里随即响起其他采矿人的"阿门"声。

教区长的目光随后转向汉考克一家、梅里尔一家、海菲尔德一家，以及其他农耕家庭所坐的地方。"我的教友们，你们的犁深深地耕入土中，这次的艰难将超过了你们平时的耕地工作。你们知道，为了把土地从纠缠的树根和顽固的残干中垦出,多少脊背累断;你们知道,为了拖来石头,把它们整齐垒砌成墙垛,像现在这样将我们的农田与荒原隔开,有多少双手流了血。不遭受痛苦,就没有好收成;不经历斗争,不经历辛劳,是的,不经历损失,就没有好收成。你们每一个人都为庄稼遭受干旱或虫灾哭泣过。哭泣,因为你们知道自己做了必须做的事情,把所有的植物都犁入土中,这样土壤就可以恢复肥力,就可以期待更好季节的到来。现在哭泣吧,我的教友们,但是也要怀着希望!要知道,一个更好的季节将跟随在瘟疫之后出现,只要我们相信上帝会实施他的奇迹!"

然后他低下头,用手擦了一下额头。教堂里鸦雀无声。我们大家都全神贯注于布道坛,全神贯注于站在布道坛上的这个高高的人,他垂着头,仿佛在积聚力量。

"教友们,"他终于说,"我们当中有些人有办法逃跑。我们当中有些人在附近有亲戚,愿意将其收留。其他一些人也有亲朋好友,可以被说动。甚至还有个别人,有能力远离此地——前往任何想去的地方。"

布拉德福德一家在最前排蠕动,打乱了我聚精会神的状态。"可假如我们把瘟疫的种子携带到收留我们的人那里,我们怎么对得起他们的好心呢?如果因为我们,数百个本可以活下去的人却丧了命,那么我们将会背负何等罪恶的重担?不!让我们自己来接受这个十字架吧。让我们以上帝那神圣的名义来背负它吧!"教区长的声音不断增加着强度,直到像钟一样鸣响。但是现在,他又变回亲密的口吻,仿若情人对情人说话。"亲爱的教友们,我们就在这儿,我们必须待在这儿。让这个村庄的疆域构筑我们的全部世界。在瘟疫持续期间,不让一个人进入本村,不让一个人离开本村。"

他接下去说出了这个主动自囚计划的具体细节,这个计划似乎是他深思熟虑后定下的。他说他给不远之处的查茨沃思郡府的伯爵写了信,提出了自己的建议,并要求援助。伯爵已答应,如果我们把自己隔离起来,那他就出钱供给我们食物、燃料和药品等一切满足基本需要的物资。这些物资将会放在我们村东南边界的界石处,只有在送货人走掉之后,方可去取。有谁想买其他东西,就把钱币要么留在赖特树林北边的那口浅浅的泉水井里,那儿的流水会冲走瘟疫的种子;要么留在界石上凿出的槽洞里,槽洞里将长期灌注据说能杀死传染病的醋。

"被主垂爱的教友们,记住先知以赛亚的话:'你们的得救在于归依和安静;你们的力量在于宁静和信赖。'①"他停顿了片刻,重复这句话,"在于宁静和信赖,"他让这话降低成为低语,从低语又变为沉默,"在于宁静和信赖……我们不正是希望这样吗?"是的,我们点点头,当然是。但是随后,他的嗓音重又提高,在他所制造出的极度寂静中鸣响。"然而以色列人却并没有信赖,也不宁静。这是以赛亚告诉我们的。他说:'然而,你们不愿意。你们反说:不!我们要骑马逃去……我

---

① 引自《旧约·以赛亚书》第三十章。

们要乘骏马疾驰……一人叱喝，必令千人逃跑；五人叱喝万人皆逃，直到剩余的人，有如山顶上的木杆，或山岭上的旗帜。'啊，被主垂爱的教友们，我要说我们千万别像背信弃义的以色列人！不，别说五人、十人，哪怕二十人受到死亡的威胁，我们也决不逃跑。因为等待着那些逃跑者的，是孤独。孤独——就好像山顶上的木杆。孤独与躲避。像一贯对待麻风病人那样的躲避。孤独，躲避，还有恐惧。恐惧将会是你们唯一不渝的伴侣，它将日日夜夜与你们在一起。

"被主垂爱的教友们，我听到你们在心中说，我们已然恐惧了。我们害怕这种疾病，以及它所带来的死亡。但是你们是甩不掉这一恐惧的。你们逃到哪里，它就跟到哪里。在你们逃跑的路上，它会聚集起更为巨大的恐惧。要知道，假如你们病倒在一个陌生人家里，人家会把你们赶出去，会抛弃你们，会把你们锁起来，让你们孤孤单单，凄凉死去。你们会口渴，没人给你们水喝。你们会大声喊叫，你们的喊叫将会消失在空荡荡的空气之中。因为在陌生人的房子里，你们得到的将是责怪。他们肯定会怪你们把疾病带给他们。他们理所应当地会责怪你们！在你们最需要爱的时候，他们却会把仇恨倾倒在你们身上。"

他的声音和缓下来，安抚道："待在这里，待在这个你们了解、也了解你们的地方。待在这里，这片土地上的金色谷粒和闪亮矿石曾养育了你们。待在这里，在此我们将相互关心。待在这里，主的爱将会再次与我们同在。待在这里吧，我最亲爱的教友们。我向你们保证：只要我活着，本村任何一个人都不会独自面对死亡。"

随后，他要我们思考和祈祷，说过一会儿他会请我们自己做出决定。他走下布道坛，与埃莉诺一起走到我们中间，喜悦而慈祥，轻声与任何一个想同他说话的人说话。有些家庭待在自己的长椅上，低头祈祷、沉思。另一些家庭则站起来，不安地徘徊，东一处西一处扎成堆，征求亲朋好友的意见。这时，我才注意到托马斯·斯坦利也进了教堂，坐在最后一排。此刻，他走近那些曾经或现在仍秘密倾向于清教的人，以及那些也许不太信得过蒙佩利昂先生的人，对他们轻声说话。这个老人平静但却明确地表示自己全力支持这位年轻的牧师。

间或，从压低的嗡嗡讨论声中，会有一个声音激动地响起，我羞愧地看到，我父亲和阿芙拉身处一小撮人中间，这些人的手势和摇头表明，他们不赞同教区长的计划。蒙佩利昂先生走向这些未被说服者，不一会儿，斯坦利先生也加入他们中间。我父亲和他老婆已撤到一旁，我走到离他们近些的地方，试图听清他们的谈话。

"想想咱们的面包，老公！咱们若是跑路，谁给咱们吃的？咱们很可能会挨饿。而在这儿呢，他说咱们肯定会有的吃。"

"哟嘿，还'他说'。还是我来说说吧，'他说'可不能当饭吃。漂亮话是一钱不值的。啊,当然,我相信他和他的高贵老婆会从他的伯爵朋友那儿弄到面包,可什么时候他们那样的人为咱们这样的人掏过一个铜板呢?"

"老公,你脑子进水啦?他们信守诺言并不是因为爱咱们,而是因为他们爱自己的宝贝身体。伯爵当然想让自己的领地免遭瘟疫,还有什么能够比给咱们个由头,让咱们待在这里更好呢?每天拿出几个钱的面包,对他来说太划算了。我留下。"我的继母尽管迷信得走火入魔,却是个精明的女人。

她一眼看见我,似乎想叫我过去为她帮腔。但是我不想对任何人的决定负责,我只想做出自己的决定。我扭过脸去。

蒙佩利昂夫妇走到我站立的地方时,埃莉诺·蒙佩利昂伸出双手,温情地握住我的手,而教区长则对我说:"你呢,安娜?"他的目光是那样热烈,我不得不避开他眼睛。"告诉我们,你会和我们留在一起,因为没了你,我和我太太可就惨了。说真的,没有你,我不知道我们的日子会是啥样。"我的心中没有不安,因为我已经做出了自己的决定。然而,我尚无法控制自己的声音给他一个回答。我点了点头,埃莉诺·蒙佩利昂拥抱我,紧紧地搂了我好一会儿。教区长继续往前走,轻声对悲悲切切流着眼泪、绞着双手的玛丽·哈德菲尔德低语。当他再度踏上台阶,面对我们大家时,他和斯坦利先生合在一起形成了一把剪刀,剪去了所有的怀疑。这一天,来教堂的人全都向上帝发誓,我们将留下,不逃跑,无论会有什么降临在我们身上。

　　我们全体，不包括布拉德福德一家。他们已趁人不备，悄悄溜出了教堂，回到庄园，开始收拾东西，准备逃往牛津郡。

逃离与留守

那天上午我离开教堂时，心被一种奇怪的欢快托起。看来我们大家都参与其中了：这些如此憔悴、如此忧心忡忡的面孔，现在似乎都温暖了，都活跃了，彼此的目光碰在一起时，都相互微笑，大家全都感受到了那种我们的决定带给我们的共同快乐。所以看到玛吉·坎特韦尔在我家门口踱来踱去时，她那着急的样子就让我有点儿意外了。玛吉是布拉德福德府的厨娘，由于这天早上忙着干活，没去教堂。她仍然穿着她在布拉德福德府厨房里穿的那件白色大围裙，她那张红润的大脸由于用力而变成了紫红色。一包个人物品放在她脚旁的雪地上。

"安娜，他们辞退了我！十八年了，说不要就不要，立刻走人！"玛吉的家在贝克韦尔，但是她是否会投奔亲人，或者她的亲人是否会接纳她，我就不得而知了。然而，我还是奇怪她怎么会来我这儿找住处，要知道，我的房子，以及哈德菲尔德和西德尔两家的房子，现在已是臭名昭著的瘟宅了。我示意她进来，但是她却摇摇头。"谢谢你，安娜，我并不想对你不敬。可我不敢进你家门，我知道你会理解我的。我来这儿是请你帮我到庄园取我微薄的个人物品，因为布拉德福德一家马上就要走了，他们通知我们这些做下人的，他们一走，府第就上锁并被看守起来，我们谁也不得进入。想想看，这些年来，那儿也是我们的家啊，现在他们却把我们赶了出来，上无片瓦，没地儿找饭辙！"她一直在神经质地用她那双肉乎乎的手绞着围裙的一角，现在她把它撩到面颊上，擦眼泪。

我说："好了，玛吉，这会儿没工夫说这个，你的东西放我这儿非常安全。我去拿小推车，咱们立刻去把你其余的东西取回来。"于是我们上路了，当我们费力地穿过一个个雪堆，向坡上的布拉德福德府走去时，四十多岁，尽享自己高超厨艺而一身是肉的玛吉，累得气喘吁吁。

"想想看，安娜，"她喘着气，"我正在那儿往星期天晚餐的肘子上浇油呢，他们一家人就从教堂匆匆忙忙地跑了回来，好像是提前回来了。我还想呢，哎呀，要是上校要吃饭，饭却端不到餐桌上，那可如何是好？我赶紧忙活起来，指使着布兰德，给我配餐的小帮厨，这时候，上校本人忽然来到厨房。我想我也不必告诉你，上校在今天之前，是从没踏进过厨房一步的，原来是，我们全都被解雇了，也没有'谢谢你们''你们该怎么办'之类的客气话，仅仅是命令我们把食物放到台案上，立马走人。"

还离庄园很远，就可以感觉到那儿一片混乱。这可不是什么悄悄的撤离。府第上下乱嗡嗡的，就像是个被捅了的马蜂窝。马匹在车道上跺着蹄子，女佣和仆役们屈背弯腰地扛着沉重的箱子，跟跟跄跄地进进出出。我们从厨房进入府第，可以听见楼上急匆匆的脚步声，不时夹杂着布拉德福德母女颐指气使的高声命令。我不太想被布拉德福德家的人注意到，便跟在玛吉身后，悄悄爬上窄窄的后楼梯，前往玛吉与女佣们合住的阁楼。这个小小房间陡斜的屋顶上有一扇高高的方形窗户，冰凉的雪光从窗户洒进。狭窄的房间里挤放着三张帆布床，一个脸色苍白的大眼睛姑娘正弯着腰在一张床边拾着东西，她名叫珍妮，她喘着粗气，在把自己那件替换的罩衫和为数不多的几件小物件包进一个包袱，匆忙之中，胡乱地打着结。

"天哪，厨娘，夫人说咱们一个小时之内就得离开这儿，可她却没给咱们时间打点自己的行囊。我不住脚地给她取东西，用小车推东西，我刚把一条饰带给她装好，她就说，不，把它拿出来，换这条。咱们这些人，他们一个都不带，就连布拉德福德夫人的贴身女仆简都不带。要知道，夫人还是姑娘时，简就伺候她了。简哭了，央求夫人，夫人只是摇头，说不行，说简和咱们大家，在村里走动太多，可能已经染上了瘟疫，也就是说，他们要把咱们丢在这儿，丢在街头等死，要知道咱们谁都没地方可去呀！"

我尽可能镇静地说："没人会死，当然更不会死在街头。"玛吉有一个小小的橡木保险箱，紧塞在她床铺底下，但是她腰太粗，弯不下去腰，没法把它弄出来。我帮忙把它拉了出来，而她则叠起她妹妹给她做的被子。这些，再加上她留在我家台阶上的那袋衣服，就是她一辈子的全部家当。我们不算太小心地把保险箱弄下狭窄的楼梯，她在下面托着绝大部分重量，我在上面尽可能地把握方向。在厨房里，她停了一会儿，我以为是要喘口气。但是随后我看到，她的眼睛又热泪盈眶了。她用红红的大手抚摸着满是刀痕和烧烫痕迹的枞木台案，说："这就是我的生活，我了解这上面的每一道痕迹，知道它们是怎么弄上去的。我知道这儿的每一把刀子的份量。现在，我却要转过身去，一无所有地走开。"她的头垂了下来，一滴眼泪在她肉乎乎的面颊上悬挂了一会儿，然后啪嗒一声掉在台案上。

就在这时，院子里传来一阵骚乱。我向厨房门外望去，刚好看见迈克尔·蒙佩利昂在石子儿地上勒住安忒洛斯。他翻身下马，还没等吃惊的马夫接过他扔下的缰绳，就上了台阶。他没等仆人通报。

"布拉德福德上校！"门厅中，他的声音是那么响亮，所有乱七八糟的声响全都一下子静了下来。府第里的大家具已经蒙上遮尘布。我悄悄溜到那张盖了布的巨大的高背木椅后面，通过遮尘布的缝隙可以看见，上校走出书房。他一只手里拿着一本显然是考虑要打包的书，另一只手捏着一封信。布拉德福德小姐和她母亲出现在了楼梯顶上，犹豫着，仿佛拿不准对不速之客采取什么样的礼仪才合适。

"蒙佩利昂教区长？"上校说。他把声音压得很低，故意与教区长的声音截然相反，并装出一副嘲弄的声调。"您其实大可不必亲自一路跑来与我们说再见，这么辛苦，这么匆忙。我本想在这封信中向您和您美丽的夫人道别。"

他把信递了过去。蒙佩利昂心不在焉地接过信，却没看。"我不想要您的告别。我来此是要您重新考虑您的出走。您家是此地的首户。村民们都看着您。如果您胆怯了,我怎么好要求他们勇敢呢?"

"我可没胆怯!"上校冷冷地答道,"我只是在做任何一个有手段、有理智的人必须做的事情:捍卫属于自己的东西。"

蒙佩利昂向他走上一步,伸出一双大手。"但是想想那些您把他们置于危险中的人吧……"

上校后退一步,与教区长保持距离。他的声音变得慢吞吞的,软绵绵地拖拉着腔调,仿佛故意嘲弄教区长的急切。"我想,先生,咱们其实谈过这个问题,就在这个府里,尽管当时谈论的是一种假定的情景。啊,现在那个假定被证实了。我要做我当时说我会做的事情。我当时这么说,我现在也这么说。对我来说,保护我和我家人的生命,要比在意那些有可能带给陌生人的危险,更为重要。"

教区长没那么容易被驳倒。他走到上校跟前,抓住他胳膊。"好吧,如果陌生人的苦难无法打动您,那么就想想那些认识您、企盼您的村民们吧,想想您有可能带给他们的好处吧。在这危难关头有太多的事情需要力挽狂澜。您的勇气一直为人称道。为何不再书写一节新的篇章呢?您曾率领士兵冲锋陷阵。您有能力领导我们大家度过危机。我没有这样的能力。此外,我来此地时间不长,我不像您和您的家人那样了解他们,他们世代居住于此。在如何随着事态发展而随机应变这方面,我是可以从您的真知灼见中学到很多东西的。在我保证竭尽全力来安抚大家时,您与您夫人,以及布拉德福德小姐,哪怕是一个最小的举动,都意义巨大。"

在楼梯平台处,伊丽莎白·布拉德福德好不容易才抑制住自己,没有轻蔑地嗤鼻子。她父亲抬头看了她一眼,他的眼睛里流露出与她一样觉得有趣的眼神。"过奖了!"他冷笑着大声说,"您简直太抬举我们了。亲爱的先生,我养大我的女儿可不是要她去伺候一帮乌合之众。假如我一心救助受苦者,那我早就像您一样加入神职了。"

蒙佩利昂松开上校的胳膊,仿佛他刚刚意识到自己抓起的是一件脏东西。"有担当并不一定非得当牧师!"他喊道。

他转过身,大步向壁炉走去。布拉德福德上校的佩刀十字交叉地悬挂在壁炉架上方,呈一对闪闪发光的弧形。教区长仍捏着上校的那封信,但是他似乎已经忘记自己手中的这件东西了。当他抓着壁炉上的遮尘布,沉重地倚在上面时,羊皮纸信纸在他手中皱成一团。他在极力控制自己。从我蹲伏的地方,可以窥见他的脸。他深深地吸了一口气,当他把这口气呼出来时,他似乎努力捋平了额头与嘴边深深的纹路。这就像一个人戴上了面具。当他在壁炉前转过身,重新面对上校时,他的表情安详平静。

"如果您必须送走您的夫人和女儿,那么我请求您,您本人留下来，尽您的责任。"

"轮不到您对我说什么我的责任！我还没对您说您的责任呢，不过我不妨告诉您，您还是多考虑考虑您那娇柔的新娘吧。"

闻听此话，蒙佩利昂的脸上有点儿变色。"我的妻子，先生，我承认，在我刚开始怀疑这件如今已成为事实的事情时，我曾恳求她离开这里。但是她拒绝了，说她的责任就是留下来，现在她则说我应该为此而感到高兴才对，因为假如我连自己最亲近的人都依靠不了，那么我就没办法要求别人了。"

"这么说，您夫人似乎很善于做出拙劣的选择。这肯定是她的一贯作风。"

这话是如此侮辱人，我不得不压制住自己的喘息。蒙佩利昂攥紧了拳头，但他仍努力使自己的声音保持冷静。"您也许是对的。但是我也同样相信，您今天做出的选择是错误的，极为错误。如果您这么做，您一家人的名字就会在街头巷尾和家家户户的房子里遭受一片嘘声。人们不会原谅您对他们的抛弃。"

"您以为我会在乎那些浑身臭汗的采矿人和他们流鼻涕的孩子怎么看我吗？"

闻听此话，蒙佩利昂猛地深吸一口气，朝前走上一步。上校是个危险的人，可蒙佩利昂比他高出一头，尽管从我蹲伏的地方无法再看见教区长的面孔，可我能想象到，他的脸色一定与阿尼丝那天晚上在狭沟里遇害时一样的严厉。上校抬起手，做出一种息事宁人的手势。

"嘿，朋友，别觉得我今天是驳您面子。您做了一个非常出色的布道。应该为此表扬表扬您。我并不是说，您让会众觉得自己应该留在这儿，有什么不对。恰恰相反，我觉得您做得非常非常好。他们也会从中得到些好处，因为他们别无选择。"

因为他们别无选择。我觉得自己跌落下来，从今早蒙佩利昂先生的布道把我推上的那一高处跌落下来。毕竟，我们有什么选择呢？如果我的孩子们还活着，我可能还会做做决定；也许我会不得不考虑绝望地跑到某个一切都不确定的地方去。但也未必。因为正如阿芙拉对我父亲说的，放弃安全的住所和有保障的食物，踏上危险的大路，冬天将至，前途未卜，这其实是很不容易的。这一带的村庄任何时候都不喜欢游民，会用鞭子把游民赶走。一旦消息传开，人们知道了我们来自何处，我们又会多么不受欢迎呢？逃离一个危险，却会将我的孩子们置于更多的危险之中。事实上，现在我的两个儿子都躺在了教堂墓地里，我就更没理由离开了。瘟疫已经让我损失了我最大部分不得不损失的东西。对我来说，我生命中剩下的东西，此时似乎已不太值得不遗余力地加以保护了。这时我意识到，我发誓留下，并没有多崇高。我留下来，是因为我没有多少活下去的意愿——也没地方可去。

上校已经转身背向教区长，朝书房走去，现在他一面用佯装出的漠然眼神打量着书架，一面继续说话："但是正如您明眼所见，我确实有的选。而且我要实施这一选择。现在，失陪了，您会明白的，我还有因为这个选择而产生的许许多多其他选择要做，比如说，我是带上德莱顿的书呢，还是带上弥尔顿的书呢？也许弥尔顿的更好？德莱顿的主题宏大，可韵律却有些单调，您不这么认为吗？"

"布拉德福德上校！"蒙佩利昂的声音洪钟般在府里回荡，"好好欣赏你的书吧，现在就欣赏！因为裹尸布是没有口袋的！也许你不在乎这个村庄对你的审判，但是如果你不看重这些百姓，有一个却看重。他深深地爱着他们。毫无疑问，对于他老人家，你是必须做出回答的。我轻易不说上帝的审判，但是我却要说，他会对你震怒，可怕的报复将从天而降！恐惧吧，布拉德福德上校！恐惧那比瘟疫更为可怕的惩罚吧！"

说罢，他转身大步走回院子，跨上安忒洛斯，一路小跑着离去。

布拉德福德家的马车驶出村庄，踏上前往牛津的路途时，街头并没有嘘声。男人们摘下帽子，女人们屈膝行礼，就像我们平时那样，仅仅是出于习惯。除了那名一到牛津就将辞掉的车夫外，布拉德福德一家没有保留一名家仆。事实上，布拉德福德上校这天上午反倒雇了汉考克家的两个小伙子，他们从没给他干过活，他让他们给那关上了百叶窗、闩上了插销的府第站岗。他告诉他们，他之所以这么做，是因为他信不过自家的任何仆人，他不相信他们能把自己的同事锁在长期以来视作家的府第之外。那些没地方去的仆人跪在布拉德福德家的马车边，抓住夫人和小姐旅行斗篷的下摆，亲吻上校的靴尖，场面着实令人落泪。布拉德福德夫人和她女儿似乎就要对自己的女佣们起怜悯之心了，询问上校，那两三个年轻女子是否可以不必住马棚或井房，但是布拉德福德上校就连这一点也没答应。

于是，正如通常发生的，最富有的人给予别人的最少，那些不太富有的人，却想办法与别人分享。到了晚上，布拉德福德府上的所有佣人都被这家或那家村民所接纳——除了玛吉和那个配餐帮厨布兰德，他俩都是贝克韦尔人，不被我们的"礼拜日誓言"所约束，他俩决定回老家去，看看那里的亲人是否接纳自己。教区长让他们带上他亲笔写给周边村庄的信，这样所有的人就都会尽早知道我们打算做什么了。这些信几乎就是他俩携带的全部东西。玛吉匆匆取回保险箱后，最终却决定把它留下，以免她在贝克韦尔的亲戚会害怕里面秘藏着瘟疫的种子。玛吉和布兰德徒步上路，一个细高的男孩搀扶着一个矮胖的妇女，当他俩在界石处转过身来挥手时，我猜想村里有不少人羡慕他们。

于是我们其余的人就开始学习在这座我们自己选择的绿色大监狱里生活了。这一周的天气暖和,积雪融化成为黏糊糊的雪泥。一般来说,这样的融雪之后街头都会人来车往,熙熙攘攘,因为被雪延误了工作的车夫要弥补该送的货,本应到达某处的行人在急匆匆赶路。然而,这一回融雪却没造成之前繁忙的景象,于是我们开始逐渐明白自己誓言的后果了。

我也说不好为什么这个誓言会沉甸甸地压在我心头,要知道,我一年也许只有五六次越过我们现在把自己圈起来的这个范围。然而星期一早上,我还是发现自己在朝界石的方向走去,界石坐落在一块坡顶草地的边上,界石彼端,一片山地陡然直下,通往米德尔顿石村。这条小路由于人来人往而破损不堪。小的时候,我们这些孩子都喜欢从山顶一路往下跑,不管不顾地跑,常常因冲力过猛而摔倒,滚到米德尔顿石村那一边的山底,弄得小胳膊上满是泥,膝盖擦破皮。然后我们再沿着长长的山路吃力地爬回山顶,并且知道自己将因弄脏弄皱罩衫,而挨一顿揍了。

现在,我只是站在这里,渴慕地看着这条不再准许我们走的道路。暴风雪已经剥去了青铜色山毛榉和黄斑白桦的所有树叶。那些树叶有些铺在地上,由于融雪而闪闪发亮,有些则被吹进路边那厚厚的雪堆中,慢慢发黑,霉烂。石匠马丁·米尔恩正在界石上凿洞,以便实施我们那奇特的新购物方式。现在仍是早晨,石匠的铁锤叮当作响,像钟声般一路传回村里。几个村民被声音吸引,来看石匠干活。幽谷的深处,我们可以看见一个送货人等在那里,他的骡子在低头吃草。教区长的信显然已经发生了作用,因为送货人要一直等接到信号后才过来。蒙佩利昂先生也在此指导着米尔恩先生,当他认为这些槽洞都深得足以灌醋时,便把硬币放了进去。送来的第一批货是标准的物资,面粉和盐之类的大宗物品。下一批将增加些村民们特别要求的东西,这些要求由教区长写在一张单子上,放在界石旁边。还有另外一张单子:写有死者名字的单子。因为附近的一些村庄有许多我们村民的亲朋好友,他们渴望知道我们这里的情况。第一天的死者名单上有三个人:客栈老板的女儿玛莎·邦迪,以及汉密尔顿家的裘德和费丝两兄妹,他们俩是折磨戈迪姑侄的那群人中最近死去的两个,他们俩将与戈迪姑侄并排埋在地下。

一切就绪后,蒙佩利昂先生朝下方的送货人招招手,然后我们后退到一个安全的距离,送货人牵着他驮满货物的骡子,上了坡。他尽快卸下货物,拿上钱和单子,再朝我们挥手。"我们为你们祈祷,祝福你们每一个人!"他喊道,"上帝会为你们的善举而降福的!"然后,他将骡头掉转向坡下,骑了上去。我们望着牲口小心地在小路上行走,消失在陡峭下降之处。牲口脖子上的铃铛声越来越弱,直到牲口抵达平坦好走的地方。在那里,它加快自己的步伐,小跑起来,一直跑到高耸着灰色房子的米德尔顿石村,我们终于看不见它了。

我身边的迈克尔·蒙佩利昂叹了口气。随后,他注意到周围的人都显得垂头丧气,于是振作起来,微微一笑,提高嗓音,以便大家都能听到。"看见了吧?这个老实巴交的人向咱们祝福呢,你们可以确信,我们周围乡镇所有人的口头上都挂着这样的祈祷。亲爱的教友们,你们在成为善良的代名词!这么多祈祷,上帝肯定会听见,会向我们施恩!"大家望着他,面色都是那么痛苦而严肃。因为我们都经历了一段时间来反思自己所做决定的严重性,现在我们全都非常清楚这对我们可能预示着什么。蒙佩利昂先生确实体贴入微,看出了大家的心态。当我们各自沿着道路向村中走去,去干需要我们干的各种各样的活计时,他从一小撮人走到另一小撮人,主动说些鼓励之词。与他交谈后,大多数人的精神都有所提振。

我们就这样来到了村里的大街上,我看到一些刚才去了界石的人停下来与没去的人说话,讲述我们现在与外界打交道的方式。我要去教区长家干上午的活,于是我与蒙佩利昂先生一起走。他陷入了沉思,我保持安静,以免打搅他。

埃莉诺·蒙佩利昂在家门口迎我们,她围着围巾,急着出去。她说,她一直在等我,因为别处有件事要我帮忙。她焦急地拉起我的胳膊,几乎是推着我上了路,教区长都没来得及问我们去哪儿,去干什么事。

蒙佩利昂夫人走起路来一向脚步轻盈,而今天,她几乎是在奔跑。她说:"兰多尔·丹尼尔今早来家里了,他妻子临盆,戈迪姑侄不在了,他不知道到哪儿找人接生。我告诉他咱们马上去。"

闻听此言，我的脸上陡然变色。四岁时，我亲生母亲死于难产，胎儿是横胎位，她生了四天，梅姆·戈迪试图把胎位扭转过来，却一直没弄成。最后，我妈妈累得失去了知觉，父亲骑马到谢菲尔德，终于带回一位小时候与他一起在船上干过活的兼作外科医师的理发师。我觉得这个满脸风霜的家伙样子很吓人，我无法相信他那双粗糙的手会被允许接近我妈妈那娇嫩的身体。

他使用一把茅草钩子。我父亲喝了许多烈酒来压制自己的恐惧，所以他也没想起来阻止我进产房。我跑了进去，此时妈妈已经恢复了知觉，正在痛苦地吼叫。梅姆一把抓起我，把我抱走。……即使现在我都还能闻到那股血腥味，以及那沾在一片狼藉的床上的粪便的臭气，这种恐惧在我生孩子时也伴随着我。

我开始告诉蒙佩利昂夫人我无法跟她去，我对接生一无所知，但是她打断了我。"不论你知道的有多少，也总比我知道的多，我不仅自己没生过孩子，就连牲畜我也从没接生过。但是你有过，安娜。你会知道如何做的，我将竭尽全力给你打下手。"

"蒙佩利昂夫人！给动物接生是一回事！生孩子却完全是另一门学问。再说了，羊羔可不是大活人。您不知道您在要求我什么。可怜的玛丽·丹尼尔需要比咱们更专业的人。"

"你的话无疑是对的，安娜，可她现在只有咱们两个。啊，也许有过七次分娩经验的汉考克太太会懂得更多一点儿，可昨天她家老二病了，我认为不好让她放下生病的儿子，而且我们不能冒着把瘟疫种子带进产房的风险，这也是不明智的。所以你我要对玛丽·丹尼尔尽我们所能，她是个年轻结实的女人，有上帝保佑，会顺利生产的。"她拍了拍身边的篮子说："她要是疼得厉害，我还带了些罂粟。"

我闻言摇摇头。"蒙佩利昂夫人，我认为我们不应该给她罂粟，因为分娩这两个字不是随便就这么叫的。一个女人必须尽自己最大的力，把婴儿生下来。如果她因罂粟而神志恍惚了，咱们可就不好办了。"

"瞧，安娜！你已经帮助了我，帮助了丹尼尔太太。你比你自己所以为的知道得更多。"说话间我们来到丹尼尔家的小房子。我们还未敲门，焦急等待着我们到来的兰多尔·丹尼尔就打开了房门。玛丽独自在一张小床上，小床是从他们睡觉的阁楼搬下来的。百叶窗关着，门口挂着一块毯子，所以屋里十分昏暗。我用了好一会儿让自己的眼睛适应，随后我才看见玛丽是坐在小床上的，后背顶着墙，膝盖蜷在胸前。她一声不吭，但额头上却聚集着大粒的汗珠，她那年轻的脖子上青筋跳动，因而我意识到，她正处于剧烈的宫缩之中。

兰多尔已经生起一炉火，这天非常冷，蒙佩利昂夫人吩咐他在火上坐一壶水。我也让他拿些搅拌过的新鲜黄油来，我还记得自己第一次生产时的黄油味。第二次生产时,我们没有黄油,梅姆·戈迪便让熬了些鸡油。生下汤姆后,整整一个星期我和他都是一身鸡臭味,因为梅姆用这油脂按摩并软化我张开的产道,小心翼翼地拉出婴儿的大脑袋,而不致给我造成撕裂。我希望,在昏暗之中,玛丽别看见我的手在发抖,但是当我凑上去时,她闭上了眼睛,蜷缩得愈发紧了。埃莉诺·蒙佩利昂明显注意到了我的恐惧,当我跪下,揭起玛丽膝盖上的被单时,埃莉诺把手安慰性地放在我肩膀上。我轻轻地将手掌分别放在玛丽的双膝上,她明白了我的示意,将两腿分开。我低声嘟囔着阿尼丝的咒语,尽管我一点儿都不懂。"愿七方之灵指导它发挥效能。"埃莉诺·蒙佩利昂用奇怪的眼神看了我一眼,但是我不理会。"愿我世世代代最为古老的祖母开心高兴。善哉,心愿若斯。"

玛丽·丹尼尔是个精力充沛的小个子女人,二十来岁,她的肌体摸起来紧实健康。正如我说过的,把手伸进一个产羔母羊的体内是一回事,侵入一个活生生的女人的身体就是另一回事了。但是我试图平息下心中不断想着的要合乎礼仪、不得亵渎之类的念头,深吸一口气,转而去想,多亏我自己生孩子时有女人的手给我接生,当时梅姆和阿尼丝看起来都那么镇定,对自己的技术那么有把握,这些对我来说太重要了。我现在既不镇定,也没把握,更没技术,但是当我的手指探进玛丽的体内时,我感觉对她的肌体似乎与对我自己的一样熟悉。蒙佩利昂夫人为我掌着蜡烛,可我干这事凭的是感觉,而不是视觉。手指头带给我的信息一开始是好的,然后是坏的。我摸到玛丽产道的顶端，发现那坚硬的子宫口已经张开了一小点儿，我高兴地低声告诉她，她最难的阶段已经过去了。闻听此言，她呻吟了一声，这是我们听她发出的第一个声音，她的脸上缓缓绽开一抹笑容，随后，笑容立刻变成了皱眉，下一次宫缩正在聚力。我的手停了下来，埃莉诺·蒙佩利昂轻拍着她，直到宫缩过去。

我感到棘手的是那缩动着的肉膜里面的东西，因为我知道我应该能够摸到坚硬的头颅。然而，胎儿那挤出的待生部分却是柔软的肉，一开始我不知道自己摸到的究竟是屁股蛋还是脸蛋。我把手抽了出来，轻声对玛丽说话，鼓励她，若是能走，就走走。我想到，如果我们能让她动一动，那么胎儿也就会跟着动，说不定会移动成更合适的胎位。蒙佩利昂夫人充当她右侧的拐杖，我扶着她左边，当我们在这间小屋里踱来踱去时，蒙佩利昂夫人开始用一种我不懂的语言轻声唱起一支节奏分明的歌曲。"康沃尔语，"她说，"我奶奶是个康沃尔妇女，我小时候，她总给我唱歌。"

时间在流逝。一个钟头，也许两三个钟头。在这间昏暗的房间里，没有中午那明亮的感觉，也体验不出上午缓缓地变成下午。唯一重要的计时便是玛丽那一阵阵越来越强烈的疼痛。当她终于精疲力竭地回到小床上时，我等待着一阵宫缩过去。宫缩刚一过去，我就迅速将手指插了进去。肉膜没有了。宫颈大开。现在已经毫无疑问，胎儿是横胎位。一阵熟悉的恐惧在我心头升起。我想起那血淋淋的茅草钩子。

但是这时,一件奇怪的事情发生了。仿佛争强好胜的阿尼丝来到我身边,不耐烦地在我耳边低语:"那家伙是个船上的理发师,他就会拔牙和截肢,他对女人的身体一无所知。可你却知道。你做得来,安娜。使用你的母亲之手吧。"

随后我轻柔地,非常轻柔地,探索胎儿那小小的身体,摸索那圆丘和曲线,看自己是否能辨别出它们来。我觉得,我需要的是一只脚,如果我能摆布脚的话,那么屁股就肯定会滑落到位,而屁股蛋是可以紧紧抓住的。我摸到了一个像脚的东西,但是我担心这会是一只手。手是我最不想要的。如果我错抓了一只手,肩膀就会被卡住,永远生不下来,除非弄散,把骨头扯开。这我想都不敢想。但是我怎么能确定自己摸到的是一只脚呢?胎儿那短粗的小手指头与肉乎乎的小脚豆,两者是没有太大区别的。埃莉诺·蒙佩利昂看出我皱眉,感觉到了我的犹豫。

"怎么回事,安娜?"她低声问。我解释了我的两难。"你摸到的东西——数它第一根指头,"她说,"现在,试着弯曲它。它能像拇指那样弯折,还是不能弯折?"

"不能弯折!"我说,几乎在喊叫,"是脚趾头!"现在我信心十足,我拉拽它。胎儿动了一点点。我缓缓地,随着玛丽的宫缩而动作,松一松,拽一拽,松一松,拽一拽。玛丽非常结实,完全挺得住那现在变得持续不断的疼痛。当两只小脚丫终于出了子宫口时,节奏改变了,一切都变得急迫起来。我知道,那跳动着的脐带千万不可挤坏,于是我极为费力地把手越过婴儿臀部,将脐带往回推。玛丽尖叫了起来,疼痛得发抖,我觉得热乎乎的汗水流下自己的脊梁。宝宝几分钟之内就要生下来了,我确切地感觉到这一点。我非常害怕脑袋会向后仰,卡在里面,于是我摸索到那张小嘴,轻轻把一根手指头探进嘴里,使下巴朝下收,脑袋折曲,等待着下一次宫缩。玛丽蠕动着,尖叫着。我也朝她尖叫,催促她用力,再用力,当她几乎使尽最后一点儿力气而停下来时,我都要疯了,我感觉到胎儿又在往回缩。终于,在一摊血和棕色的东西中,他在那里——一个滑溜溜的小男婴。没过一会儿,他也哭叫了起来。

兰多尔一听到儿子响亮的哭声,就冲进这挂着毯子的房门,他那采矿人的大手就像扑棱蛾子似的发着抖,从宝宝湿着的小脑袋,摸到老婆发红的面颊,再摸回来,仿佛他不知道该摸哪个才好。埃莉诺打开百叶窗,我收集起脏布,只是当渐暗的光亮照进屋子时,我才意识到我们还没割断脐带。我们让兰多尔去拿一把刀子和一根线来,而玛丽则在弄去婴儿身上的胎膜。蒙佩利昂夫人割断脐带,并把它系好。我看着她,衣服散乱,溅得尽是血点,我想象自己的样子会比她更狼狈。我们笑了起来。在这死亡的季节,我们用了一个钟头来庆祝一个生命的诞生。

但是即使在这快乐之中,我也知道我必须把这个婴儿留给他妈妈哺乳,我将回到自己的小房子,那里又空又静,迎接我的唯一声音就是儿子那婴儿哭声在幻觉中的回音。于是,在我们离开丹尼尔家之前,我从蒙佩利昂夫人的篮子里摸出了那一小瓶罂粟,像一名老练的贼一般,偷偷把它揣进自己深深的衣袖里。

加速死亡

玛吉·坎特韦尔被人用车拉了回来。那是一个寒冷的早晨,潮湿的雾低低地垂在谷地里,所以很难看清这缓缓上坡的车里装的是什么。拉车人身材细瘦,弯着腰,显得十分吃力。

住得离界石最近的鳏夫雅各布·梅里尔跑出自己的房子,挥手让拉车人走开,他心想也许此人是个货郎,一个来自远方村镇的倒霉鬼,懵懵懂懂朝我们走来,不知道这地方有多危险。但是那小伙子继续前行,雅各布终于看出车里的东西呈人的形状,颓躺着,他最后认出了拉车人。其实即使拉车人从雾中走出,也很难辨别出他的面容,因为他从头到脚溅的都是烂果子,湿乎乎的棕褐色。但是当他吃力地走得更近些时,雅各布认出他是少年布兰德,布拉德福德府上的配餐帮厨。

布兰德一抵达界石,便两腿一软,栽倒在地。雅各布迅速明白了这两个人情况严重,一面派儿子塞思去给教区长送信,一面在炉子上坐上一大锅水,并吩咐大女儿拿些布来,好让布兰德自己擦洗干净。孩子来送信时,我正好在教区长家里。我一面帮助教区长戴上帽子,穿上大衣,一面问他,我能否跟他一起骑马过去,看是否能照顾照顾可怜的玛吉。我们抵达时,玛吉仍然躺在车里,雅各布·梅里尔没那么大力气把她弄出来。他已经把一条给马用的毡子横盖在她身上,好让她暖和一点儿,但是他揭去毡子时,我的第一个念头却是,他盖的是一具死尸。她被冻得发青,更为奇特的是她四肢的摆法。车子太小,盛不下她庞大的身体,于是她那肉乎乎的小腿和粗大的胳膊就越出了车子的挡板。她的一只袜子撕了个大洞,肉从洞中鼓出,就像是香肠里面的肉从破裂的肠衣中胀出。但是最吓人的还是她的脸。

我还是姑娘的时候,喜欢给继母阿芙拉的小孩子们做玩偶。我常常用秋秸秆做身子,然后用耕过的土地基部的黄胶泥捏成面孔。有的时候,做得不太满意,我就用手在玩偶脸上抓,胡噜平了重做,努力做得更像人一些。玛吉·卡特韦尔的右脸就像是被一名没耐心的陶工如此胡噜过的胶泥。她的左脸,透过变干了的果肉,看上去仍然与以前一样生动,而右脸则一片模糊,右眼闭着,满是眵,面颊下垂,嘴角淌着口水,似在嗤笑。玛吉费力地转过头,用她那只好眼睛看我们,她认出了我,发出一种半似呻吟,半似哆嗦的声音,向我伸出颤抖的左胳膊。我攥住她的手,亲吻它,告诉她一切都会好起来,尽管我知道也许不会如此。

蒙佩利昂先生没有多说什么,而是迅速与雅各布·梅里尔一起,把可怜的玛吉从小车中弄出,搬进小屋。他俩使出全身力气,才以一种大致得体的方式完成了这一任务,因为虽然玛吉清醒着,可她仅仅是清醒而已,她无法掌控自己的四肢。蒙佩利昂先生蹲在她身后,双臂搂住她胸脯,雅各布抓住她两条肥腿。然后教区长用安慰的口气对玛吉说话,试图淡化他和梅里尔把她弄进农舍时的非礼。在屋里,现已洗干净了的小布兰德裹着一条粗毯子,坐在火前。雅各布·梅里尔的女儿夏绿蒂给了他一大缸子热腾腾的羊肉汤,他双手那么紧地攥着缸子,我都担心这缸子会被他捏碎。夏绿蒂拎起一条毯子做遮挡,我脱去玛吉脏兮兮的衣服,给她洗澡,而蒙佩利昂先生则蹲在布兰德身边,轻声询问究竟发生了什么事。

他们经过米德尔顿石村好像还算顺利,那儿的人尽管和他们保持着距离,但他俩经过时,他们会朝他俩高喊着良好祝愿,并在路标处给他们俩放了燕麦饼和一瓶麦芽啤酒。沿着道路再往前走,一名农夫曾允许他俩在温暖的牛棚里与他的奶牛一起过夜。麻烦出现在更大的镇子贝克韦尔。那天是集市日,他俩到达那里时即将正午,街上满是人。忽然间,有人认出了玛吉,高喊道:"瘟疫村来的女人!当心!当心!"

讲到此处布兰德浑身发抖。"上帝宽恕我吧,我当时撒腿就跑,撇下了她。我很小的时候就离开了贝克韦尔,现在变化很大,没人认识我。于是我想,如果我不和玛吉在一起,说不定我可以安全到达亲人那儿。"但是布兰德没跑多远,他的善良本性又使他返回。"我听见她在喊叫,要知道,我需要知道她是否安全。在森严的布拉德福德府里,她待我一向不错——啊,有那么一两回,她嫌我没干好活,用木勺子敲了我几下,可她也多次护过我。于是我又悄悄溜了回去,溜到一个菜摊后面。这时我看见所发生的事情了。人们捡起丢在猪食槽里的烂苹果,往玛吉身上扔。他们还不断地喊:'滚蛋!滚蛋!滚蛋!'信不信由您,她正在试图以最快的速度逃离现场，但是您也知道，她没法快，那些喊叫把她给弄懵了，她先是跌跌撞撞往这边跑，然后又往那边跑。我奔向她，在人们的投掷中抓住她的胳膊，逃之夭夭。就在这时，她就像挨了一棍，突然不跑了，弯下身子，就跟她的右腿突然被绳子拴住了似的。'天哪，'她说，'我觉得这只脚上挂了个铅砣砣。'这是我听她所说的最后一句话。她就在路中央倒了下来。这引起了暴徒们更大的骚动。有一两个孩子开始扔石头，我想到，如果他们都这么扔，我俩可就完蛋了。

"我说这个您可能会不太高兴，蒙佩利昂教区长。我从离得最近的摊上抢了辆手推车，也不知道自己哪儿来的那么大力气，竟把她装进了车子。车子的主人大骂我，可却没追。也许他认为，我碰了车子，车子就沾上了瘟疫。我们就这样一路跑回这里。我停都不敢停，以免再聚起一拨暴徒，攻击我们。"这时他疲惫不堪地发起了抖，开始抽泣。

迈克尔·蒙佩利昂伸出手臂，搂住孩子那起伏的肩膀，抱紧他。"你做得非常好，布兰德，尽管抢了那辆车。你就不必为此内疚了。有一天，等到这个痛苦的时期过去了，你可以把它还回去。但是在这一天到来之前，就不要再想它了。相信你自己做得对就行了。你本可以跑掉，寻求自身的安全，可你的忠诚之心却使你做了相反的事情。"随后他叹了一口气说："这场瘟疫会使我们大家全都成为英雄，不论我们愿不愿意。可你是第一个。"

夏绿蒂给玛吉端来一缸子羊肉汤,我俩把她扶起来,试图用勺子往她那半边好的嘴里喂上一点儿。但结果却是徒劳的,她的舌头似乎无法主动抬起来,把汤汤水水咽进喉咙。肉汤流了出来,滴到下巴颏上。我试着在肉汤里泡了一小块燕麦饼,但也不行,因为这个可怜的女人无法咀嚼。她的那只好眼睛里凝聚起一大滴泪珠,流了下来,与下巴颏上的肉汤、口水汇在一起。可怜的玛吉!食物一直是她的生计和生活,如果她吃都无法吃了,她会怎么样呢?

"上帝诅咒布拉德福德一家!"我想都没想,这句话就从我口中冒出。蒙佩利昂教区长看着我,但是他的眼神却不是我所以为的责备。

"你放心好了,安娜,"他说,"我相信上帝已经诅咒了。"

照料玛吉·坎特韦尔的工作对于贫穷的雅各布·梅里尔来说过于沉重了,他靠着这一间房子及房边的土地,得养活一个十岁的女儿和一个还不到六岁的儿子。可他还是说,他让布兰德住在他家,直到这个少年能找到一个更好的地方。蒙佩利昂先生说,他带玛吉去教区长宅邸,可我认为蒙佩利昂夫人已经承担了那么多事情,再把照料一个不能自理的病人的重担加在她肩上,她会累坏的。我说让玛吉住我那儿吧,回头我找个更合适的运输工具把她接过去。我认为以当前的形势和她的状况，她不会过分挑剔而不愿意躺在瘟疫刚刚过去的地方。我们打算让她在梅里尔家住到第二天早上，也好暖和地休息一整宿。

蒙佩利昂先生跨上安武洛斯回教区长宅邸，我步行朝另一个方向走去，去采矿人酒馆，看能否借那儿的马车一用，明天拉玛吉去我家。走在路上是那么冷，我哈出的气都在我面前形成了雾，我不由小跑起来，以温暖自己的血液。采矿人酒馆位于一个非常老旧的建筑里，也许除了教堂，它便是本村最古老的房子了。然而教堂是方方正正的神圣场所，而酒馆却是个怪模怪样的球状东西，矮矮地蹲伏在它的茅草屋顶之下。村里大大小小的房子都是石头造的，唯独它，是把木板挂上钢丝网条，再抹上掺了马鬃的泥灰。日久天长，木材变了形，弯曲了，于是房子的前面凸鼓了出来，就像一个在此喝多啤酒之人那滚圆的肚皮。与教堂一样，酒馆也是个聚会场所，一个重要的聚会场所，因为它不仅为那些贪杯者的愉快提供庇护，同时也为"采矿人自治会"和他们的"自治会法庭"提供着集会地，凡是关于挖掘和销售当地矿石的重大问题，都在此做出决定。

酒馆有一个大院子和一个酒吧，宽敞倒是够宽敞，就是屋顶太矮，大多数采矿人都得低着头方能进去。在这么一个悲惨的日子里，我匆匆现直奔的竟是酒吧。屋里面，炉火熊熊，暖意融融。有一大群人在此消磨这个工作日的上午，他们当中有我的父亲。显然他已经喝了好一阵子了。

"过来，丫头，你看起来很冷！我给你买杯麦芽啤酒，给你的脸蛋添点儿颜色。麦芽啤酒是贴身穿的最暖和的大衣里子，是吧？"

我摇摇头，说我在教区长家还有好多活要干。我并没问他为什么没去干自己的营生，他家里有四张嘴指着他吃饭。

"啊，天哪，丫头！是你老爹在请你喝。你不妨给你那个唠唠叨叨的牧师带回一句格言。你告诉他，你今天才知道，啤酒桶比四福音书盛有更多的美德。你告诉他，麦芽酒比《圣经》更能证明上帝对人的行为方式！啊，你告诉他这个。你告诉他，你留下来在你老爹的膝下学了点儿东西！"

我不知道我为什么会说尔后的话。我前面说过，我不是个故作正经的女人，即便我是，我与我父亲在一起的那段生活也应该教会我最好别在他朋友面前顶撞他。但是正如我说过的，我的头脑里装满了经文，此时此刻，一些《以弗所书》中的句子似乎是自己蹦了出来，来回复他的渎神。"一切坏话都不可出于你们的口；但看事情的需要，说造就人的话。"① 我是很多很多年以前学会的这句话，那时候我还远不知道这句话中的"造就"一词是什么意思。

他说的那番话引起了他身边之人的放声大笑，但是听见了

---

① 引自《以弗所书》第四章。

我这句硬邦邦的回怼后,他们转而笑起了他。

"啊,乔斯·邦特,你的小崽儿懂得怎么挖苦人了!"其中一个说,当我看见父亲的脸色时,我真想让他们全都别再吱声。我父亲即使不喝酒也是一个凶猛的恶棍。而一旦沾了酒,他则变得更为危险。我看得出,他正在临近这样的状态,只见他的脸变得通红,嘴巴也由咧嘴笑变成了咆哮状。

"别以为你现在会扯两句,就多有能耐了,当然是那个牧师和他老婆教你的。"说着,他抓住我双肩,把我按得跪在他面前。他那肮脏的手指头在我衣服上留下了一道道污痕。我注视着父亲的马裤,注意到它散发着不洁的气味。

"怎么样?我刚才说你在我膝下学东西,你他妈的最好照我说的做。谁给我拿一副口钳①来,让我封住这个泼妇的嘴巴!"

人们醉醺醺地大笑着,恐惧在我心中涌起。我想起妈妈那被铁棍固定住的面孔,她那狂野的眼睛中的绝望神色,以及铁嚼子紧紧勒住她舌头时她喉咙中发出的非人声音。因为他长期酗酒,她当众骂了他,他便给她戴上了口钳。这东西她戴了整整一天一夜,我父亲牵着她到处转,奚落她,猛拽锁链,让铁嚼子扎她的舌头。她戴着这可怕东西的样子令幼小的我无比恐

---

① 口钳,古代的一种惩罚好争吵的女人的刑具。

惧，我跑开，藏了起来。趁我父亲醉得不省人事时，一个好心人割断了把口钳束在我妈妈下巴上的皮条。这时她的舌头已经伤痕累累，肿得厉害，以至于好几天后才能够重新说话。

我父亲的双手按在我肩膀上，但不知怎么的，我却觉得仿佛它们在我脖子上，卡得我喘不上气来。我喉头一阵发紧，想要呕吐。我的嘴里形成了一口痰，我极想把它全都唾到他身上。但是我非常了解他，假如我当着他酒友的面这么做了，他会把我打个半死。我与阿芙拉本应关系亲近却亲近不起来的原因之一，就是因为我小时候，一次又一次挨打，她只是站在一边袖手旁观。唯一开口就是当他打我脸的时候，她会提高嗓门儿："你要是把她那儿弄坏了，就甭想把她嫁出去了。"

许多年后，山姆·弗里思把我从那没有欢乐的农舍里带了出来，他的手爱抚着我，摸到我右肩附近那个鼓起来的地方，我脖子底下的锁骨接歪了。我一时冲动，向他讲述了父亲喝醉酒发脾气时如何揍我，我六岁的时候，他如何把我狠狠摔到墙上。山姆事事慢半拍，即使在发脾气的时候。然后他让我告诉他其他的殴打过程，当我继续讲述时，我可以感觉到，他躺在我身边的黑暗中，由于愤怒而浑身紧绷。当我讲完最后一桩毒打，他起身下了床，他甚至无暇穿上靴子，就那么手里拎着靴子，赤着脚走了出去。他直接去找我父亲。"这是为一个太小而无法反击的孩子打的。"他说，他的大拳头落在我父亲脸上，一拳便把他打翻在地。

但是我现在没有山姆。我觉得一股热流流下大腿。恐惧使得我的身体不能自禁，就像小时候一样。我屈辱地匍匐在父亲脚前，用细微的声音，恳求他宽恕。这时他哈哈大笑起来，我的低声下气保全了他的面子。他按在我肩上的双手松了开来，他用他的靴尖踢了我侧肋一下，踢得不轻不重，恰好足以把我踢倒在我流下的尿中。我脱下自己的围裙，尽可能地弄干尿液，随后我跑出了酒馆，觉得自己丢尽了人，甚至没好意思去向酒馆老板借马车。我流着眼泪，浑身发抖地跑回家，一关上门，就立刻脱下每一件脏衣服，开始狠命地擦洗自己，直到把大腿的皮肤擦得发青。小塞思来我家叫我去玛吉那儿时，我仍在流泪发抖。

我一看见玛吉，想起她所受到的屈辱，便立刻对自己的这种顾影自怜而深感惭愧。玛吉·坎特韦尔明天早上不会需要马车了。我在酒馆的时候，她又发作了一次，这使得她那半边好身体也不能动了。她现在躺在那里，陷入一种看上去很不自然的深度昏睡之中，不论说什么话，怎么动她，都无法把她唤醒。我抓住她放在被单上的手，这只手扭曲难看，仿佛抽去了骨头。我弄直她的手指——这些手指由于常年揉面团和操持沉重的锅而非常结实，上面这儿一处那儿一处地散布着白色的旧刀痕，或者烫伤痊愈后留下的粉红色皱疤。正如我守护乔治·维卡斯先生，后来又守护梅姆·戈迪时那样，我想起玛吉·坎特韦尔的各种手艺。这个胖女人不仅知道如何从半扇鹿肉上劈下后臀肉，而且还知道如何用最细腻的棉花糖做成式样新颖的小蛋糕。她是个节俭的厨娘，连一个豆荚都舍不得浪费，她会将其放在汤罐里煮，煮出它可能还含有的任何营养。我感到诧异，上帝为何如此挥霍自己的创造物呢？他老人家用泥土制造出我们来，让我们学得一身好本事，然后在我们还可以用很多年大展身手之际，过早地把我们重新变为了土，这又是为什么呢？为什么这个善良的女人如此凄惨地躺在这儿，而我父亲那样的男人却毫无道理地活在醉生梦死之中？

这一回，我没有太多的时间去细想这些难解的苦恼问题。玛吉·坎特韦尔午夜之前就死掉了。

忘川之果

我们是如何滚下山的？不小心一脚踩在一块不稳固的石头或松动了的地皮上，脚腕扭了，膝盖跪倒，突然间晕眩，身体失去了自我控制，直到发现自己已经狼狈地在山脚下爬。这似乎确实很适合用来形容堕落。因为罪孽，也总是始于一次失足，突然间，我们便坠向某个不知终点为何处的地方。在坠落过程中有一点是确切的，那便是我们最后会浑身是泥，磕得又青又紫，不经过一番努力，无法再回到原来的地方。

与大多数采矿人一样，山姆在最后那次要了他命的事故之前，也曾经历过许许多多次事故。有一回，在扩大一个矿层的时候，他弄掉了一大块蟾蜍岩，差点儿把他的脚踝骨砸成齑粉。梅姆·戈迪给他接上了骨头，梅姆的技术真是高超，以至于那些见过山姆骨折的人，都非常惊异他后来走路竟然不瘸。但是那次接骨确实困难重重，必须挖出许多细小的碎骨片，所以她不得不打发阿尼丝去取一剂鸦片酊，以便山姆可以更好地忍受抠挖之痛。她事后告诉我，她所用的罂粟曾在烈酒中浸泡了六个星期，当山姆吞下她认为他必须喝的五大勺鸦片酊时，从来不善饮酒、只喝一点点啤酒的山姆，直皱眉头。后来，他说他做了这辈子最甜美的梦。

我和埃莉诺·蒙佩利昂接生丹尼尔家宝宝后的那天，我曾很懊悔自己的偷窃，悄悄把那一小瓶偷走的罂粟带回教区长宅邸，想趁蒙佩利昂夫人还没发现前，塞回她的小篮子。但是每回我有机会这样做的时候，我都下不了决心。最后，我又把它带回了家，自觉内疚地放进了一个小瓦罐里。我既没有六个星期的时间，也没有烈酒把它制作成酊剂。在玛吉·坎特韦尔去世的那天夜里，我注视着这个黄澄澄的小长条，心中奇怪，它怎么竟能让人做好梦。我在这黏黏的东西上掐下一小点儿，放进嘴里，它的苦味使我皱了一下眉。最后，我把这小长条切成两半，将其中一半捏成菱形，裹上蜂蜜，就着啤酒把它一口吞下，然后拨旺炉火，凝视着细长的火光。

时间变成了一根绳子，慵懒地螺旋着散开。其中的一缕变阔变弯，散成一条弧度很大的宽阔曲线，我可以在上面滑行，像清风中的树叶般轻松飘移。那托着我的微风柔和而温暖，即使当我乘着它的气流高翔到白峰之际，也是如此，我冲开灰色的云彩，进入一个阳光耀眼的地方，我不得不闭上眼睛。一只猫头鹰在什么地方鸣叫，音符似乎被拖拽，拉长，无穷无尽，音色浑厚，就像是猎人的号角催促人们起身，随后是二十几个号角同时吹响，声音极为甜美和谐。阳光在这些密密麻麻的乐器上闪耀，这时我看见了那些音符，它们熔化了，像金雨般飘飘洒洒。它们洒落到地上时，并不溅裂，而是聚集在一起，跳起来，彼此重新聚为一体。城墙拔地而起，拱门飞架，构筑起一座满是美丽高塔的城市，一座高塔从另一座高塔中跃出，接连不断，就像是紧抱的花蕾在一千个形形色色的茎秆上绽开怒放。这座城市全都是白色和金色，在蓝宝石般的大海边形成一个宽大的弧形。我向下望去，发现自己正飘过蜿蜒的街道，一张斗篷在我身后飘扬。我的孩子们也都披着斗篷,他们在我两边嬉戏,小小身形非常可爱,他们的手和我的手紧紧攥在一起。白色的高墙上方,阳光闪耀,就像是钟舌撞击钟体一样,敲打震动。

我在我们教堂那缓慢的钟声中醒来,这钟声再次为死者鸣响。一抹苍白的冬日光亮穿过结霜的窗玻璃,照在我脸上,我的脸紧贴着石头地。我昨晚从凳子上滑了下来,就这么躺了一宿,我那冻得生疼的骨头又僵又硬,我几乎站不起来了。我口干舌燥,嘴里的味道就像是吃了苦胆。我爬到炉边,添了把柴,用一个驼背弯腰老太婆的那种缓慢而笨拙的姿势,热了一杯牛奶甜酒。

但是我的心却比那个温暖日子以来的任何一天都更为安详,那时我坐在那里给汤姆喂奶,脚泡在溪水中,杰米在我身旁欢笑。啊!那个日子现在似乎如此遥远。

根据光线的斜度,我看得出自己已经睡了十个钟头——长期以来我所记得的第一个未曾中断的一觉。我扫视架子,寻找剩下的半块罂粟,当我没能立刻找到它时,心中不由一阵惊恐。虽然我仍然浑身僵硬,可我却趴在石头地上,绝望地四处摸索,看它究竟掉在了哪里。当我的手终于攥住它时,我大大地松了口气。我小心翼翼地把它放回小瓶,藏在小瓦罐里。想到它就在那儿,等着我,我心里热乎乎的,此时此刻,炉火和牛奶也开始温暖我的骨头了。

当水不再凉时,我洗了脸,梳开纠结的头发。皱巴巴的上衣一时没有办法整理,但是我别上了一个干净的围腰。我的脸上仍然留着石头的硌痕,于是我用力揉搓面颊,希望等我抵达教区长宅邸时,寒冷的空气会给我的脸蛋添上一分红色。当我迈步走到街上时,我紧紧抓着药物留下的最后一点儿平静,这就如同一个掉进井里的人,会紧抓住磨断的绳子那最后几缕断线一样。我刚走出六七步,就又重新落入我们黑暗的新现实之中了。

我邻居家的五岁女儿莎莉·马斯顿站在自己家门口,大睁着眼睛,一声不吭,捂着自己血淋淋的腹股沟。她穿着一件薄薄的睡衣,由于瘟疫疖的崩裂,血水把睡衣前面染得有如一朵盛开的玫瑰。我跑到她跟前,把她抱入怀中。

"乖,乖,"我喊道,"你妈妈在哪儿?"

她没答话,只是无力地倒在我身上。我把她抱进门,抱回她家昏暗的小房子。炉火在夜间熄灭了,屋里冰凉。莎莉的母亲躺在一张小床上,苍白冰冷,已经死了好几个钟头了。她父亲四仰八叉地躺在自己老婆旁边的地上,一只手与她从小床上软软滑落的手勾在一起。他在发烧,嘴巴上结了硬痂,挣扎着喘气。在壁炉边上的一张木质童床里,一个婴儿有气无力地嘤嘤哭着。

莫非一天内会出现两起这样惨绝人寰的事情?这一天确实

出现了，而且不止两起。到日落之前，死神已经光顾了至少四个家庭，不分老幼，用同一只可怕的手，攫取孩子和父母的生命。蒙佩利昂夫妇踽踽地从一个撕心裂肺的场景走到下一个；教区长与临终之人一同祈祷，写下他们的遗嘱，能安慰的就安慰。我帮助蒙佩利昂夫人照料病人，喂他们吃东西，为新孤和即将成为孤儿的孩子们寻找愿意抚养他们的亲戚——这不是一件容易事，特别是如果这孩子已经染上了疾病。我们自然而然地这样分工：教区长承担陪伴临终者的工作，而我和他夫人则想方设法处理那些仍活着的人的事。

我这天的工作就是尽可能让马斯顿家的孩子们舒服。他们母亲的尸体，我已经准备好让教堂司事拉走。他们的父亲，我无能为力。他人事不省地躺着，几乎不怎么呼吸。当可怜的老乔恩·米尔斯通赶着马车到来，发现这人虽然未死却跟死了差不多时，我听见他低声骂了一句。我一定是严厉地看了他一眼，因为他迅速摘下自己的脏帽子，用手抹了一下额头。

"啊，原谅我，太太，这些天我们全被弄得没了人样。这只是因为我太累了，一想到本来一次就能完的事，还得让这匹拉车马跑上两趟，我就气恼了。"我让他坐下，我回家给他端了一缸子肉汤，要知道，老人家所干的工作已经远远超出了他的体力。等我把肉汤端来，烧热，他喝下之后，他的马车已经有两具尸体要拉了。

我谛听着他离去，准备好过一个凄惨的夜晚，一个仅仅是临终看护的夜晚。婴儿奄奄一息。莎莉翻来覆去,打喷嚏,烧得睡不着觉。晚上的早些时候,蒙佩利昂夫人来到门口,她的脸色那么苍白,看上去就像结了霜的窗玻璃一般透明。她说:"安娜,我刚刚从汉考克农场过来。今晚那儿成了停尸房。他们家的小儿子斯威森死了,莉布躺在那儿,情况也很严重。安娜,我知道她以前曾经和你很要好。如果你愿意,我在这儿守着,你去看看她吧。"

若是换了任何别的没这么重要的事,我是不想丢下两个孩子,也不想给蒙佩利昂夫人增加更多负担的。但是与莉布的失睦就像是一种疼痛,我渴望缓解它。当我一路赶到汉考克农场时,我的老朋友早已油尽灯枯,一句话都说不出来了。我坐在她身边,抚摸她的脸,希冀她能醒过来,哪怕只说上一个字,好让我也能说些什么,来修补我们之间的嫌隙。但即使是如此之小的宽慰我也得不到。于是,这个与我交情最老的朋友的沉默告别,便成了我所背负的哀伤重担上又增加的一个哀伤。

我回马斯顿家接替蒙佩利昂夫人时,已经很晚了,但是我到得还算是时候,因为没过一会儿就下雪了,我估计,她刚好来得及赶回教区长宅邸那温暖的房子。这是一场暴雪,横扫着小房子,吹遍了每一道石缝。我生起火,把所能找到的布全都盖在孩子们身上。每遇冬天,我们都害怕这样的暴风雪。我们常常观望着,等着看雪会下多大,看我们的窄巷里被风吹出的雪堆会有多厚,思忖着,大雪是否会封住我们的道路。但是现在,那白色的雪堆愿意堆多高就堆多高吧,而我们的道路呢,反正也早已被封死。

这场暴风雪迅速发完了它的淫威。午夜刚过,风就停了,在接踵而至的沉寂中,婴儿死去了。小莎莉坚持到了次日下午,但是随着光线刚刚开始变暗,她也咽了气。我把她那瘦瘦的身体洗净,用干净的亚麻布将她包起,然后便离开了她,让她独自躺在那里,直到乔恩·米尔斯通腾出工夫来拉她。"对不起,闺女,"我低声说,"今晚我本应该守着你。可我必须为活着的人省下力气。静静地躺着吧,我的羊羔。"

于是我在暮色中跋涉回家,在羊栏处停了一小会儿,给我那数量减少了的羊群扔了些干草。我本人则什么都懒得吃。我在剩下的半块罂粟上倒了点儿开水,加进半杯子石楠香味的蜂蜜进行搅拌,以盖住苦味,端着杯子上了床。这天夜里在我的梦中,高山像睡兽般呼吸,云彩投下浓绿的阴影。一匹长着翅膀的马驮着我穿过黑天鹅绒般的天空,下面是闪闪发光的金色玻璃沙漠,我还飞过了流星雨的原野。

我早上醒来时,再次快乐地感觉到歇透了。而这罂粟导致的安宁也依然没有持续很久。这一回,把我抛入残酷现实的并不是外来的恐怖,而是我自己的意识,我暖暖和和地躺在床上,意识到自己再也没办法获得这样的遗忘之梦了。我躺在那里,盯着自家的房梁,记起最后一次去戈迪家——那一束束干药草如何拂过阿尼丝蜜黄色的秀发。在那些悬挂着的白毛茛和牛蒡当中,肯定会有一些罂粟果吧?也许还有一些已精心配制好的鸦片酊,放在了碗柜里?或者是药块,盛在小瓶子里,像我从蒙佩利昂夫人那偷的那种?我决定立刻去那里,看看能为自己找到些什么。

雪糊住了岩石和树木的迎风面,像漆器般闪闪发光。我的母鸡都挤在院子里一个没结冰霜的角落,张开羽毛抵御寒冷,它们全都单腿独立,用自己腹部的绒毛温暖另一只爪子。我抓了几把干草,塞进靴子,以便在潮湿的长途行走中,保持自己的脚干燥温暖。深灰色的天空低悬在头顶,预示着还要下雪。牧场上黄一道白一道:一片片化了冻的秋秸茬儿,与一行行垄沟里未融化的白雪,相互衬托。我站在高处,赖利农场尽收眼底,只见收完的庄稼仍然戳在田里,已经发霉,现在毫无用处了。我们的习俗是,收割完庄稼后要在地里晾晒三个星期,第三个礼拜天教堂响起钟声,收的庄稼就要送回家。但是如今庄稼上方鸣响的却是丧钟,而且不止三个礼拜天。自从割下这片庄稼后,汉考克太太埋葬了她的丈夫、三个儿子和一个儿媳。这一天她将把斯威森和莉布埋入土中。我都不忍心去想她所遭受的痛苦,于是我跋涉前行,在冰冻的草地上挑选着落脚之处,努力避开那一块块解了冻的黏黏的泥淖。这时我注意到另一个不对头的地方。这个时辰,塔尔博特铁匠铺刚刚点起火的作坊应该冒出油腻腻的黑烟了。在这宁静寒冷的空气中,那黑烟应该像黑雾一般滚滚飘进峡谷。但此刻寒冷的却是这作坊本身,塔尔博特家的小房子一片沉寂。我迈着沉重的步伐,踏上通往铁匠家的小路,心中非常清楚自己到达那儿时会发现什么。

凯特·塔尔博特给我开的门，她的拳头紧抵在酸痛的后腰上。她大着肚子，怀着她的第一个孩子，孩子大概将在忏悔节[①]降生，正如我所预料的，房子里满是烂苹果的气味。这种我曾经喜爱的气味，现在却在我心中与病房紧紧联系在一起，令我喘不过气来。但是塔尔博特家还有另一种气味：烧焦了的肉任其腐烂的气味。我们村最健壮的汉子理查德·塔尔博特一无用处地躺在床上，像个婴儿似的啜泣着，他腹股沟上的肉烧成了黑色，就像是一块烤牛肉。那被烙铁烧过的地方露出了肌肉，渗着脓液，因腐烂而发绿。

我无法将眼睛从这可怕的伤口上移开。凯特看见我目不转睛，她绞着自己的手，沙哑地低语道："他非要我做。两天前的晚上，他命令我把作坊的火生起来，把火钳烧红，我在他身上下不去手，安娜，虽然他那么衰弱，可他还是将火钳从我手中夺去，往自己肉上烫。我现在仍然听得见他的尖叫。安娜，我的理查德是条硬汉，被马踢过，被锤子砸过，被火红的铁和掉下来的火炭烧烫过不下二十次。但是这一回他给自己施加的疼痛一定是地狱之火的痛苦。后来，他一身冷汗地躺在那里，整整哆嗦了一个钟头。他说，如果我们烧掉了瘟疫疖，疾病就肯定跟着一起没了。但是那个晚上之后，他反而病得更重了，我不知道怎么才能帮他。"我嘟囔了几句空泛的安慰之词，知道很可能在日落之前，理查德·塔尔博特即使不死于瘟疫，也会死于腐烂。

[①] 忏悔节，即大斋节首日前的星期二。

由于我无话可说，于是便四下打量，看能干点儿什么活。房间里很冷，这是因为凯特说她背疼得厉害，每回只能拿进一块劈柴，火便越烧越小，只剩下了余烬。我出去拖来一批木头，当我再次进屋时，看见凯特俯身在理查德上方，正抓起一块她早先放在他伤口附近的三角形羊皮纸。但是我并不比她慢，我一眼就清清楚楚看出她试图藏起来的东西是什么。这是一块符咒，上面这样写着：

唵卟喇喀哒卟喇
卟喇喀哒卟啦
喇喀哒卟
唵喀哒
喀哒
唵

"凯特·塔尔博特！"我叱责道，"你不能这么糊涂，像那些邪恶的蠢人！"她疲惫的面孔耷拉下来，眼泪夺眶而出。"不，"我立刻对自己的粗暴感到后悔，伸出双臂抱住她，"对不起，我不应该这么说话。我知道你是走投无路才求助这东西的。"

她啜泣着："啊，安娜，我并不真心相信它，然而我还是买了这个符咒，因为我所相信的东西不管用。理查德如此善良，上帝为什么这样折磨他？我们在教堂的祈祷没有带来丝毫缓解。于是魔鬼的声音便悄声对我低语：'如果上帝不帮你，也许我可以……'"

一开始她不肯说出她是怎么得到这个符咒的，因为骗她掏了一先令买下它的那个江湖骗子还告诉她，要是说了出去，就会被咒死。但是我坚持不放，努力让她明白，所有这一切只是一个骗她钱的恶毒诡计。最后，她终于使劲咽了一口唾沫。

"不，安娜，这不是诡计。要说恶毒，一点儿不错；无用，也许是，但确实有魔力。因为这个符咒是阿尼丝·戈迪的鬼魂给我的。"

"胡说！"我脱口而出。但是她的脸色就如同外面的雪一样苍白。我用温和些的口气催问她："你为什么这么说？"

"昨天夜里我去外面取劈柴，在风中听见了她的声音。她让我把一先令放在门框上，说等到早上，那儿就会有一张管用的符咒。"

"凯特，"我尽可能语气温和地说，"阿尼丝·戈迪死了，不在了。如果她还活着——我诚挚地希望她还活着，能够帮助我们，那么她也不会用这些一无是处的符咒，因为你也知道，她的治疗用品都是些非常实际的东西，土里长出的草和植物，普普通通，她以自己的智慧，了解它们的治病效用。把这张破纸扔掉吧，凯特，抛开这些愚蠢的迷信念头。因为我确信，我们能在本村找出这个既堕落又贪婪，还上蹿下跳的人来，你在大风之夜听见的就是这家伙的声音。"

她不情愿地张开手，让羊皮纸飘落到劈柴上。我吹了吹余烬，一束明亮的火焰蹿起，将它吞没。"现在安下心来吧，"我说，"我在这儿帮你干干活。你休息后，也许会发现这个世界更明亮了一点。"

她将自己鼓胀的身体放置在丈夫床边。我出去拿更多的木柴，听见牛棚里传出可怜的哞哞叫声。母牛的乳房因为需要挤奶而硬得像石头。当这头牲口感觉到我的手让它的痛苦缓解时，它转过头来，充满感激地望着我。后来，我从院子里捡了几个鸡蛋，磕在新鲜牛奶里，煮成奶豆腐，凯特醒来时可以啜饮。

干完了我所能干的事情后，我继续去办自己的事。我在塔尔博特家期间，外面刮起了大风，结在黑色树枝上的冰伴随着一连串突如其来的尖利的爆裂声破碎开来。在戈迪家的小房子处，积雪成堆，无人打扫，我在膝盖深的雪中行进，就像是蹚过一条河。在门口，我停顿了一会儿，强压住自己闯入死者家的负疚感。当我站在那里试图鼓起勇气时，融雪从茅草上滴下，像冰凉的手指头一般滴在我脖子上。我开始用力打开那扇因受潮而膨胀了的房门，但是我冻僵了的手非常笨拙。最后，我终于推开一道缝。一个灰乎乎的东西从我面前蹿过，那么突然，那么迅疾，我吓了一跳，紧贴在湿乎乎的木头上。原来，是戈迪家的那只公猫，它蹿上屋顶，呼噜着，嚎叫着，大声抗议我的入侵。我连推带挤,门终于开得足够大,可以进去了。我侧身走进黑暗之中。有个东西蹭了一下我的脸,我喘不上气来,但这只是一片绣线菊的叶子,它从挂在门旁的一束药草中散落下来。

风在房子里旋动,它的沙沙声和窸窣声就像是一百个萦绕的人声。我感觉自己在哆嗦,我告诉自己,这哆嗦仅仅是因为寒冷。戈迪家太穷了,安不起玻璃,所以这个小屋只是在屋檐下有个通风口,叶落季节天刚一变凉,她们就用灯芯草把它给堵上了。我浑身湿透,需要把火点上,既暖身子,也照亮。但是这个沾满煤烟的房间那么昏暗,我不得不摸遍壁炉,寻找火石和火绒。当我找到它们时,我的手不停地颤抖,以至于打了好几次,也打不出一个火花。

我身后突然出现亮光。

"从壁炉跟前退开,安娜。"

我跳了起来,手中的火石掉落,我绊在了一块松动的炉底石上,脚下一滑,摔了个大马趴。我惊惧万分,抬起头,扭脸看去,被阿尼丝鬼魂散发出的光晃得睁不开眼。她在我上空盘旋,一身白衣,光彩四射。

"你没事吧?"埃莉诺·蒙佩利昂问,她从高高的梯子上爬下,手中高举着一支蜡烛。

震惊、宽慰、羞愧,这一切全都一下子降临在我身上,力量是那么强大,使得我泪如泉涌。"磕伤了吗?"蒙佩利昂夫人一面说,一面向我弯下腰,她的面孔,在烛光照耀下,满满的关切。她提起自己白裙子的一角,擦拭我前额磕在地上的位置。

"没有,"我说,努力控制自己的情绪,"只不过手腕撞在了地上。我……我没想到这种日子这儿会有人,吓了一跳。"

"看来咱俩想到一起去了。"她说。我困惑之中,以为她的意思是她也是到这儿找罂粟来的。还没等我把自己的错误理解说出来,她继续说道:"昨天晚些时候我来了这儿,我认为显而易见,我看出你也一定这么认为,咱们必需盘点这些药草和戈迪姑侄有可能留下的药物。我相信,打败瘟疫的关键一定存在于此,存在于这类植物的功效中,它们可以用来滋补那些仍然健康之人的身体。我们必须强健体魄,以便继续抵抗传染。"现在她代替我在壁炉前点火,她把蜡烛上的蜡滴到劈柴上一点儿,点燃一颗希望的火苗。

听了她的计划——如此无私且充满希望,而我却计划着逃进一个错误的遗忘之梦,我为自己的自私感到难受。

"我一心给这些植物分类、命名,所以几乎没注意到光线变暗,当我意识到该回家时,却下起了雪。于是我决定,这个晚上最好是睡在这里,而不是在这样的天气一路跋涉着跑回教区长宅邸。我知道，蒙佩利昂先生会推断我通宵都在照顾某个病人。我在这个安静的地方确实睡得很香。我相信，要不是你使劲儿鼓捣门弄醒了我，我还会睡下去的。现在咱们该着手干活了。要知道，安娜，这儿的东西太丰富了！"说罢她开始将她已认出的药草，按照药效分类，这样我们就可以用其制造补药，并加以分发了。

"蒙佩利昂夫人，我……"

"叫我埃莉诺，"她打断我道，"你若继续像原来那样称呼我，就不便于咱们现在这样一起工作了。你必须叫我埃莉诺。"

"埃莉诺……有件事情我要向您坦白。我到这儿并不是来寻找救助他人的药草。只是为了我自己。"

"啊，是的，"她轻声说，"你是来拿这个的。"她伸手到房顶的椽子上，毫不费力地摘下一束饱满的荚果。"希腊人称其为忘川之果。你记得吧？咱们一起读过的。忘川——希腊神话中的遗忘之河。死者的灵魂一喝它的水，就会把自己过去的生活全都忘掉。当每一天都充满悲伤时，安娜，人们自然是想要忘却的。但是那些灵魂也忘掉了自己曾经爱过的一切。你当然不想这样吧？我曾听到有人鼓吹说，上帝想要我们忘掉死者，但我不相信。我认为，他老人家给我们以宝贵的记忆，这样我们就不会与那些他老人家赐给我们去爱的人完全分开了。你必须珍惜自己对孩子们的记忆，安娜，直到你在天堂与他们重逢。"

"在丹尼尔家的时候,我从你篮子里拿走了罂粟。"

"我知道的,"她说,"它给你带来甜美的好梦了吗?"

"带来了,"我低语道,"那是我做过的最最甜美的好梦。"

她点点头,她的秀发在火光的映衬下就像一轮光环。"明白,"她说,"我对此记忆犹新。"

"您?"我吃了一惊,"您也用过这东西?"

"是的,安娜,即便是我也曾充满了悲伤,也需要遗忘。你从我那儿拿的那块罂粟——就是那时候剩下的。你瞧,我保存着它,尽管我已经很多年不求助它了。但它是一个爱嫉妒的朋友,轻易不会放松自己的拥抱。"她说罢站起身,伸手到角落处的一个瓦罐里,取出一定量碾碎了的春黄菊,放入锅里。壁炉上的壶已经开始冒汽。她从壶中倒出些水,冲了些气味浓重的菊花茶。

"你记得去丹尼尔家的路上,安娜,我跟你说我从没生过孩子吗?"

我默默地点了点头。我想不出她提这事是想把谈话引向何处。

"我却没说我从没怀过孩子。"

闻听此话,我的样子一定是十分困惑,要知道,从蒙佩利昂夫人来我们村那天起,在她还是个刚出嫁的新娘时,我就伺候她,给她洗衣服,换床单。如果她怀了孩子,几乎可以说她一有动静我就立刻能知道。说实话,我一直观察着她的经期,我希望她怀孕。

这时,她伸出一只手,把我的脸扭过来直对她。"安娜,我怀的孩子不是蒙佩利昂先生的。"她看出了我脸上的惊讶,她那柔软的手指,由于握着热气腾腾的杯子而变热,她抚摸我的面颊,仿佛要安慰我。然后,她的手垂了下来,去拿我放在腿上的手,她把她纤细的手指与我皲裂起茧的手指交织在一起。"那是一个充满痛苦的故事,但是我现在要讲给你听,因为我要让你了解我。我已经要求你很多了,安娜,在这个可怕的时期过去之前,我会要求你更多。我想让你知道,是一个什么样的人把这些重担压在了你肩上。"

然后,她的脸转向炉火,当她说话时,我们看着的是火焰,而不是彼此。她所讲的故事始于德比郡一个美丽的大庄园,那里的房间铺着华丽的地毯,暖意融融,墙上挂着祖先们的肖像,他们一个个目光深邃。她是一位极为富有的绅士的唯一爱女。她备受溺爱,"被宠坏了",她说,特别是她母亲去世之后。她的父亲和哥哥一直非常关爱她,却经常不在家,便把她托付给一位学识有余可明智不足的家庭女教师照看。

埃莉诺的童年充满了快乐，充满了对知识的获取；快乐和获取知识，这两者对埃莉诺来说，本是一回事。"我跟你说这个都脸红，安娜，我知道你是靠着生活给予你的那一点点微薄的东西来成才的。而我呢，不论我想学什么，希腊文或拉丁文、历史、音乐、艺术、自然哲学……我所需要做的只是表达一下愿望，这些知识的瑰宝就会悉数摆在我面前。我学习这些知识。但是安娜，至于生活和人性——我却全都没学。"她父亲认为应该庇护她，不让她进入这个世界，于是她从不离开庄园，除了一个最为严格的社交圈子外，从不与其他任何人交往。她刚满十四岁时，邻近的一个二十岁青年，公爵爵位的继承人，开始追求她。

"我父亲外出回来，发现我俩几乎每天都单独一起骑马出去，便告诉我这种事情必须立刻停止。啊，他对我并不严厉——当时他若是对我严厉些，也许我就会更听他的话了。但也可能不起作用，要知道，安娜，我完全被这青年和他的殷勤给迷住了。他千方百计地讨好我。他总让我笑，他询问府上的每个人，打听我喜欢什么，不喜欢什么，然后调整自己的行为举止，专拣我喜欢的做。我父亲只是告诉我，我太年幼了，经不起这么深的友谊。他告诉我，他给我制订了许多许多计划——觐见君主，与老爹一起周游世界各地的历史名城。但是他说这些时，惭愧啊，我只是一心想着，倘若抱着我去做这些事的人是查尔斯——我的那个年轻郎君，那就更好了。我父亲并没有告诉我他怀疑查尔斯，极为怀疑他的人品，后来发生的事证明他的怀疑是有根据的。也许父亲是担心告诉了我，我会提出种种质疑,父亲不愿意面对我所提出的质疑。要知道,我们的生活非常平静,我从没踏入过外部世界,而我父亲和哥哥,以及查尔斯——对那个世界却了如指掌。"

埃莉诺爱自己的父亲,一开始遵从了他的意愿。但是一个月后,当父亲的事务使得他又离开庄园时,那个青年便故态复萌,变本加厉地展开了自己的追逐。"他求我与他私奔。他向我保证,事后他会与我父亲修好,而我父亲一旦看到我幸福的新状态,便不会再反对我们结婚了。我的家庭女教师发现了这个计划,她本可以阻止我们。但是我恳求她,查尔斯用自己的魅力迷惑她,最后他终于用一块红宝石坠饰做礼物买通了她,让她保持沉默。后来我才知道,这块红宝石是查尔斯从他母亲的首饰盒里偷的。于是家庭女教师纵容我们的计划,并千方百计帮助我们瞒天过海,使得我父亲未能及时发现。

"在她的帮助下,我们在一个深夜里偷偷逃了出来。我该怎么来告诉你,当时的我为什么会做出这种事情呢?那时,我就像锡德尼①诗里面的那个爱星者:'我年幼的心已被宠坏,对其之爱高扬起来。'我当时以为,我们的计划是前往伦敦弗利特街,在那儿不需要结婚特别许可证,只要掏钱,随时可以办理结婚手续。但是我从没逛过伦敦,于是当查尔斯建议我们先四处玩一玩转一转时,我便毫不犹豫地说,好吧好吧,咱们全都逛它一遍吧。

---

① 菲利普·锡德尼(1554—1586),英国诗人、军官和外交官。

"你会猜出我接下去将告诉你什么,我们尚未举行婚礼,便先结合在了一起。"埃莉诺低声说出这句话,"后来就连我也逐渐看出,他并不是真的想跟我举行婚礼。我是诚心想把一切都告诉你的,安娜,所以听好了:我在自己的欲火中迷失得太深了,以至于我竟然对不举行婚礼之事并不太在意。"

埃莉诺此时无声地啜泣起来,泪水从她浅色的眼睛中涌出。我伸出一只手,想抚摸她,想擦去她的眼泪,但是从小就被灌输的那种尊卑观念,使得我的手停住了。这时埃莉诺看着我,她的目光告诉我,她愿意让我摸她。于是我用指尖拂去她面颊上的泪珠。她抓住我的手,握住它,继续讲述她与查尔斯如何在一起住了两个多星期,直到一天晚上,他索性没回他们藏身的那个客栈。他抛弃了她。

"一开始我不相信这是真的。我用各种各样的办法欺骗自己,告诉自己,他病倒在某处了,他受命执行国家重大的秘密使命去了。过了好久我才终于面对自己被抛弃的事实,去求助那些仍然爱我的人。"她的父亲和哥哥正在疯了似的寻找她,然后,他们立刻赶来,把她带回家。在庄园里,虽然谁都不准提起这件事,但是她却怀了孩子。

在她回忆这些事时,她的脸越来越苍白。她现在已是泪流满面,可她仍然不哭出声来,只是用手掌根将泪水一把抹掉,继续讲下去。仿佛这故事一旦开了头,就欲罢不能了。

"我极为绝望，我神经错乱，"她说，"我用烧红的铁往自己那里面杵。"

闻听此话，我倒吸一口凉气，双手捂住了脸。我简直不敢想象那种痛苦，然而，我却无法阻止自己脑海中可怕的浮想联翩。我不由地伸出一只手，再次与她的手攥在了一起。

"我父亲请来了最好的医生，于是我的命保住了，但是我的子宫却没有。安娜，他们告诉我，我的子宫只剩下一堆伤疤。他们给我罂粟，一开始是为了止痛，后来，我想，是为了让我安静。要不是迈克尔，我很可能现在仍然游荡和迷失在那些空洞的梦里面呢。"

于是我知道了，迈克尔·蒙佩利昂并不像我一直以为的那样，是高贵的神职家庭的后裔。不错，他父亲是一名教士，但仅仅是个助理牧师而已。迈克尔是三个孩子中的老大，内战爆发时他年龄尚幼。他父亲卷入了骚乱，给自己搞到了炸药与火柴、剑与戟。他不再领着人们祈祷，而是率领他们去为议会打仗。一开始他的部队打得还不错，一直打到国王逃离他的军队，可第二阶段的战事就对他很不利了。保皇党击溃了他教区的武装，抢走了他家里所有能拿的东西——铜器、锡器、布匹。迈克尔的父亲顺着绳子跑掉，保住了性命。第二天，他试图回家，却被自己的同党误伤，不治而亡。

于是，这个家庭家破人亡，长子迈克尔不得不被送到一个可以养活他的地方。他被安置到埃莉诺家的庄园,在庄园管家手下干活。所以他少年时的知识全都是在蹄铁工、箍桶匠、猎场看守人和佃农身边获得的。他在忙着耕地和打草、驯小马以及给母马钉蹄铁中长大,了解了庄园里繁复的细节。

"不久,他就提出了改进管理的建议。"现在她的声音似乎加强了,因为故事的这一部分使她感到骄傲,"迈克尔的聪明才智引起了我父亲的注意,父亲担起了教育迈克尔的职责。他上的是最好的学校,学习优异,后来,继续上剑桥深造。他回来后,发现了长期病体衰弱的我。他们每天都把我抬到花园里去,我就坐在那里,一心沉浸在自己的悲伤与悔恨之中,没心思离开椅子。迈克尔主动给了我他的友谊,安娜。后来,又给了我他的爱。"

她现在淡淡地微笑起来。"他把光明送回到了我昏暗的世界。他懂得痛苦是怎么回事,因为他在自己的生活中感受过它。他带我去我家佃农的农舍,教给我如何解读人们的生活。他让我看那些远比我更甚的不幸,远比我更不该得到痛苦的人。他告诉我,沉湎于对那些已经无法改变的事情的悔恨之中,是徒劳无益的。即使最严重的罪孽,也可以救赎。即使是我的罪孽,安娜。即使是我的罪孽。"

在他的鼓励下,她逐渐恢复了一些体力。心灵上的平静则来得更为缓慢。"一开始,我借助他的光亮,来看我自己的道路,然后逐渐地,长期习惯于看着那个被他所照亮的世界,我自己心中那盏灯也自动点燃起来。"他就任圣职后,他俩很快就结了婚。"对于世上的大部分人来说,我嫁给他似乎是纡尊降贵,"她轻声说,"但是正如你现在看到的,这一婚姻中做出牺牲的,全在我亲爱的迈克尔一方。他做了比任何人所能想象的更大的牺牲。"

我们俩坐了一会儿,凝视着炉火,直到一块木柴突然动了一下,把火花溅到泥土的地面上。然后埃莉诺蓦地站起,整理自己白色的长围裙。"现在,亲爱的安娜,既然你已经知道了一切,你还愿意同我一起工作吗?"

我所听到的这些早已把我惊呆,什么也说不出来,于是我仅仅是从凳子上站起身,抓住她的双手,亲吻它们。我想到,我们对自己身边的人,了解得是多么少啊。这并不是说,如果您问我,我便会声称自己已经对这两个身份与我大相径庭之人的思想和情感知根知底了。而是,通过在他们家干活,满足他们的需要,看着他们进进出出,与其他人打交道,我居然以自己那种未经检验的方式,自认为还算了解他们。原来我的了解竟是如此之少,太少太少了。现在,教区长的许多事情对我来说似乎更清楚了——他的强健体魄,他对各行各业和各阶层人的从容应对。埃莉诺也一样,她的善良仁慈,以及她那种不愿意轻易断定他人错误的作风。

埃莉诺拥抱着我,这一刻我确切地感到,我会为这个女人做任何事情,任何她要我做的事情。"那么好了,"她一面放开我，一面说，"咱们还有好多活要干呢。喏，瞧瞧这个。"她把手伸进围裙口袋，掏出一张折叠着的羊皮纸。"我列了个单子，写下了目前所有死于瘟疫的人，并将其标在了一张本村的居住图上。我相信，通过这个，咱们可以掌握疫情是如何扩散，向谁扩散的。"

这就是我们的瘟疫村，所有三百六十个可怜人的名字，全都像钉在木板上的昆虫标本似的被写在了这张地图上。在将近五十个名字的下方，埃莉诺画了黑线。我本不知道疾病已经夺走了这么多人的生命。地图清楚地表明了它：传染从我家的小房子扩散，一个星状的死亡爆炸图。

埃莉诺急忙扯了一下我的袖子。"看着这些染病者的名字，你首先注意到的是什么？"我默默地看着地图。"没看出来吗？染上瘟疫的人死亡者男女比例相当。但是有一点却确实有区别——它专拣岁数小的，而不是年纪老的。死者中有一半人年龄不到十六岁。其余的则是正当年。目前，尚无一个是老年人。为什么，安娜？为什么？我是这么想的。我认为本村的老年人之所以活了这么大岁数，是因为他们善于战胜疾病。不妨这么说，他们是与疾病战斗的老兵。所以呢，咱们必须做的是什么？咱们必须把儿童们武装起来，使他们更强壮——给他们武器，好让他们拿起武器作战。咱们徒劳地试图治疗这一疾病，都没成功。所有染上瘟疫的人当中，只有老玛格丽特·布莱克韦尔一个人活过了一星期。"

箍桶匠布莱克韦尔的妻子玛格丽特与西德尔一家同时染的病，尽管她仍未痊愈，但是看起来她注定会逃过这一劫。由于她没死，所以现在便有人怀疑她得的根本就不是瘟疫。但是我亲眼见过她腹股沟上的疖肿，瘟疫疖破裂脓血齐流，致使外阴感染时，我还护理过她。其他人声称，那仅仅是个疖子或囊肿。可我却认为是瘟疫疖，所以，玛格丽特可能将会是我们这里第一个大难不死的幸存者。

埃莉诺继续说："对于大多数人来说，染上这病，就意味着丧命。咱们在这个小破屋里必须做的是，找出所有具有健体功能的药草，把它们掺入增进健康的药水。"

于是这一天的剩余时间，我们俩翻阅、钻研埃莉诺从教区长宅邸带来的那些书籍，首先是按照瘟疫常常攻击的身体部位，来寻找据说能增强这些部位抵抗力的植物的名字。这非常枯燥，因为教区长家的书不是拉丁文就是希腊文，埃莉诺只好为我翻译。我们终于发现它们当中最好的一本是由一位名叫阿维森纳[①]的穆斯林医生写的，许多许多年以前，他把自己的毕生学识全部记录在了一本巨大的典籍里。我们有了植物的名字后，便遍寻一束束药草，试图将书中的描绘与我们面前的干叶子、干草根匹配上，有的时候困难重重。我们还在外面大雪侵袭的百草园里寻找每一株依然茁壮的植物，趁地还没冻硬，把

[①] 阿维森纳（980—1037），阿拉伯语名称伊本·西那，阿拉伯医学家、哲学家、自然科学家和文学家。

它们挖出来。到了下午,我们俩已经在我们的"军械库"里装满了武器:对血液有益的荨麻;对肺有益的繁缕和紫罗兰叶;退烧用的银叶委陵菜;有益于肠胃的水芹;补肝的蒲公英种子球;对淋巴结有益的牛蒡;可以润喉的马鞭草。

埃莉诺认为最后这种植物也许最为重要。她称其为"圣若望神草",她对这种植物念了一番专门的祷词,我们才把它连根拔出:

神圣的马鞭草啊,你生长在山岗。在加尔瓦略山上,第一次发现了你。你治愈了我们的基督,止住了他流血的伤口。我以圣父、圣子和圣灵的名义,将尔从地上拔出。

我们将所有能拿走的药草都敛聚起来,包入一块粗布,带往教区长宅邸的厨房。我正要弄灭炉箅子上的火,埃莉诺忽然按住我的手。"这东西怎么办,安娜?咱们怎么处置它?"她举着罂粟说,"你来做决定吧。"

我感到心中一阵惊慌。"可是,咱们当然需要用它来帮助许许多多遭受痛苦的人呀。"我说。但我立刻想到的是我自己的需要,而不是那些垂死者的需要。

"戈迪姑侄非常清楚这东西所具有的危险,安娜。她们收藏在这儿的罂粟只够缓解几个严重病人的痛苦。咱们如何决定谁应该忍受痛苦,谁又应该缓解痛苦呢?"

我无言地拿起这束罂粟。我打算把它扔进火里,却发现自己没有意志张开手。我用大拇指的指甲在仍然发绿的荚果上划了一下,望着白色的浆液从豁口缓缓渗出。我想伸出舌头舔它,舔食它的苦涩,体验它随后的甜蜜。埃莉诺默默地站在一旁,等待着。我试图解读她的眼神,但是她转过头去。

我如何面对以后的日日夜夜呢?我不会有其他解脱了。我的双手之中,攥着自己唯一的机会,靠着它,我可以摆脱我们的村庄及其痛苦。但是随后我意识到,事情并不完全如此。我还有我们的工作。这天下午我已经看出,我非常有可能会全神贯注于这份工作。这种全神贯注并不是自私的遗忘。通过这些研究和应用,可能会造福乡里。但是没有清醒的头脑,我当然无法尝试这些事情。于是,我抓起这束植物,把它扔进火里。汁液吱吱叫了一小会儿,随后,荚果爆裂开来,小小的种子纷纷散落,消失在灰烬当中。

当我们关上身后较劲的房门,风已息止,空气似乎也暖和了一点点。我要努力成为埃莉诺希望我成为的那个女人。即使我失败了,但通过这天我们俩的工作,我也足以知道去哪儿找罂粟那淡绿色的嫩芽,春天到来时,它们将在戈迪家的百草园破土而出。

遍地的坟墓

当我俩走近教区长宅邸时,看见迈克尔·蒙佩利昂正在教堂墓地里干活,他没穿外衣,白衬衣的宽袖子高高地挽到肘部,汗毛被汗水弄湿。他在挖墓坑。他周围已经有三个挖好的长坑了,他在挖第四个。

埃莉诺连忙走到他跟前,举手擦他额头。他后退一步,将她的手扒拉开。他沉重地倚在铁锹上,由于劳累而脸色发灰。她求他停下来,歇一歇,但他却摇摇头:"我不能停。今天需要六个坑,其中一个是给可怜的乔恩·米尔斯通的。"我们上了年纪的教堂司事今早去世了。教区长发现他时,他四仰八叉地一半身体躺在他正在挖的墓坑里,一半身体在墓坑外。"他的心脏扛不住了。他太老了,承受不了最近加在他身上的这些体力活。"

我看着蒙佩利昂先生,担心他也会倒下。他看上去疲惫至极。看来他昨晚一宿没睡,从一个临终病床走到另一个临终病床。他发誓没有一个人会孤独地死去,单单这个承诺,就已经成为他沉重的负担。显然,如果现在他再承担起教堂司事的活,他就会被累死。我赶紧跑到厨房,给他热了一杯苦艾啤酒,端回到他所站着的齐腰深的墓坑处。

我说:"先生,这不是您干的活。我去采矿人酒馆找个人来干吧。"

"谁会来，安娜？"他把一只手放在后腰上，直起腰时皱了一下眉，"采矿人都人手不足，大家全都在忙着从自己矿井里挖出足够的矿石，以免采矿权被别人惦记上。农夫们也没剩下多少个，他们自己的庄稼地和挤牛奶的活都忙不过来。我怎好把这种令人悲伤的差事再加给他们呢？再说，也不应该要求那些仍然健康的人冒着危险接近死者呀。"

于是他继续挖坑，直到天黑。然后他捎话给那几个丧家，可以把死者送来埋葬了。亏心啊，现在已经没人在棺材上花心思了，没人刨平木板，没人有工夫加工装饰。死者的家属只是把亲人抬到坟墓，或者，如果没那么大力气，就用毯子兜在尸体腋下，拖了来。蒙佩利昂先生举着蜡烛——为亡灵祈祷，然后帮着把土填回墓坑。正当他在教堂墓地苦干时，又有两个家庭来报病危，请他过去。我本想先瞒着他，明早再告诉他这些消息，可埃莉诺说这么做不对。当他进屋时，她给他端来洗脸的热水和干净的衣服，而我则给他做了一顿营养丰富的餐饭。他匆匆吃完，然后穿上大衣，骑马去履行自己的诺言。

"他不能这样下去。"当安忒洛斯的马蹄声逐渐远去时，我对埃莉诺说。

她轻声答道："这我知道。但是他身强力壮，而且他意志的力量恐怕远远超过他的身体。这种意志力驱动着他去做任何常人做不了的事情。相信我，我了解，不论是好还是坏。"

这天晚上教区长几乎没怎么睡觉，第二天他仍然不得休息。早上我和他一起去梅里尔农场，垂死的雅各布正躺在那里。布兰德与玛吉·坎特韦尔一起回来后，布兰德便一直住在梅里尔家，他带着五岁的塞思去了羊圈，一方面干点儿必须干的活，另一方面也是想别让这孩子目睹父亲的痛苦。而夏绿蒂呢，没日没夜地干着远非一个十岁姑娘所应该干的活，累得精疲力竭，在角落里的小床上睡着了。我拍了些燕麦饼，给孩子们当晚餐吃，教区长轻声与雅各布·梅里尔说话，趁他还没病得无法清醒地思考之前，体贴地问他是否有什么事情要说或者要办。

梅里尔的脸烧得通红，每喘一口气都十分吃力。"蒙佩利昂教区长，我知道不应该怕死，可我仍然害怕。我怕死，是因为我活着的时候有罪孽。我老婆莫迪，她躺在坟墓里五年了……造孽啊，我对她有罪，我担心我会因此而受惩罚……"他一时激动，竟从小床上抬起了身子，但是这一番用力引起他一阵剧烈的咳嗽。教区长伸出手，扶起他来，紧紧抱着他，这样梅里尔咳嗽得胸腔都呼哧乱响时，可以靠在他肩上。教区长甚至不在意痰液和口水溅在自己的大衣上。雅各布猛咳一通之后，教区长又轻轻把他放回床上。我递给教区长一杯凉水，他把雅各布的头揽在怀里，把杯子放到他干燥的嘴唇上。

雅各布·梅里尔闭上了眼睛,疼得直皱眉头。"教区长,您不认识莫迪,她生塞思时死了,那时您还没来我们这儿。莫迪是个好婆娘,真的。可我从没很好地关心过她。我让她干活,把她累得四脚朝天,甚至在她怀孩子的时候。我从没对她说过一句好话,也没想过让她高兴快乐。反之,我把她独自丢在家里,当牛做马,而自己却拿着她辛苦挣的钱,给那些同我睡觉的情妇买啤酒喝。当上帝把莫迪从我身边带走时,我觉得他老人家是愤怒我对妻子的忽略。我知道这是我活该。但是现在,如果他老人家也带走我,那么他惩罚的就不是我了,而是我的两个孩子。我不想让夏绿蒂像她妈嫁我时那样,匆匆嫁人,嫁给一个过于年轻的,不懂得什么是感情,什么是责任的粗人……还有小塞思……我不想看着他住在这个破房子里,在这儿,有谁来照顾他呢?夏绿蒂是个能干的姑娘,可总不能指望一个十岁的孩子抚养自己的弟弟,经营一个农场啊……"

蒙佩利昂先生把自己的大手温柔地放在雅各布·梅里尔的脸上。"不要说了,我已经听到了你的挂念。"他的声音低而平缓。"现在我告诉你:不要再想无法改变的过去了的事情。是谁使得男人的肉体易被诱惑?是谁制造了我们的欲望,我们的下流与高尚?不就是上帝吗?他老人家不就是这一切的制造者吗?我们所拥有的欲望全部来自他。自从伊甸园起,这些欲望就存在于我们身上。如果我们滑了一跤跌倒,他老人家是会理解我们的弱点的。强大的大卫王不也充满欲望,在欲望的驱使下犯了大错吗?然而,上帝仍然爱大卫,通过他给了我们光荣的《诗篇》。所以,上帝也爱你,雅各布·梅里尔。"

小床上的梅里尔叹了口气,闭上了眼睛。教区长继续说:"不错,当上帝带走你妻子时,他惩罚了你,可他并没惩罚她。不,他把一顶正直之冠戴在了莫迪·梅里尔头上。他让她从所有的劳作与辛苦中解脱出来。还有,雅各布,他老人家将她沐浴在了无尽的爱中,那么多的爱,以至于那份她需要而你却未能给她的爱,也全都补上了。你妻子遭受的痛苦早已被荡涤无遗,荡涤并被忘却。她已经看到了你的懊悔,知道你现在对她怀有的感情,你俩在天堂相会时,你们会手牵着手,成为完美的一对,就像上帝认为婚姻应该有的样子。所以,就不要再想这个了,要想,就索性快乐地去想。

"至于你的两个孩子,你为什么不把他们托付给上帝呢?上帝对他们的爱要比你对他们的爱更强大,更持久。相信这个,你就会看到,上帝已经为你的孩子们做好了准备。他老人家不是把小布兰德派了来,你不是也在布兰德需要的时候,把他收留在你家了吗?你没看出上帝的手在从中运作吗?我看出了,雅各布。因为现在,当你需要的时候,布兰德就在你这儿:一个表现出优秀品质的好青年,而他在这个世界上没有自己的立足之地。让他成为你的家庭成员吧,雅各布,这样一来他就可以像现在这样待在这里,你就会给夏绿蒂和塞思一个照料他俩的大哥哥。"

雅各布·梅里尔的手紧握住教区长的手,他紧锁的眉头舒展开来。然后,他请教区长帮他立份遗嘱,把这样的安排确定下来。教区长拿出自己总是随身携带的羊皮纸,他携带羊皮纸是因为最近常有人请他代写遗嘱。这费了不少时间，因为雅各布·梅里尔在迅速衰竭，整理自己的思路和努力把话说出来都极为困难，但教区长的耐心似乎是无限的。当他对雅各布·梅里尔说话时，他话语的流利程度和表达的清晰程度，一点儿都看不出他打天一亮就在看望临终者。教区长叫我过去见证雅各布·梅里尔画押，在教区长笔体清晰的结束之处，雅各布挣扎着画了一个模模糊糊歪歪扭扭的十字。然后，我拿起羊皮纸，把墨水吸干，小心地收起，只是在这时，我才看出教区长书写此遗嘱时所流露出的心力交瘁。

"以上帝的名义，阿门。我……"在这个地方，蒙佩利昂先生有那么片刻的犯晕，在本应该写雅各布·梅里尔名字之处，写上了自己的名字，然后又用一串圈圈划掉，再写上这个农夫的名字。"雅各布·梅里尔，德比郡自耕农，于……"这个地方教区长的脑筋再次不灵光，因为他把日期空下了，大概是因为他一时想不起来，"虽然病重体弱，但记忆清晰，足以立此临终遗嘱。首先，我把自己的灵魂交付创造我的上帝之手，将自己的救赎交给我的拯救者耶稣基督。我将上帝赋予我的全部财产，房屋、土地、物品和动产，可移动的和不可移动的，活物和死物，传给我的儿子塞思、女儿夏绿蒂，以及布拉德福德府前仆人布兰德·里格尼，我指定此人为享有与我亲生孩子同等权利的继承人，希望他能够作为哥哥，和他们住在一起并保护他们。"

漏写日期的事，我没向教区长提一个字，因为我不应该看雅各布·梅里尔的私人遗嘱。我怀疑，假如蒙佩利昂先生知道我能看懂它，他就不会把它交给我了。其实，我也不是有意要看这些文字。只不过在我把文件吸干、放进梅里尔指着的一个锡盒子里时，我的眼睛不由自主就看了。这时夏绿蒂在角落里醒了，于是我给这孩子热了点儿喝的，告诉她怎样把我已经开始煲的汤煮熟，然后我便与教区长一道出去了。

埃莉诺在等我们，她一脸的担心。又有两具尸体等着下葬。蒙佩利昂先生长叹一声，抖了抖大衣。他甚至没等着先吃些东西，便径直去了教堂墓地。

这时我也放下了自己的骄傲，拾起了勇气。我没告诉埃莉诺我打算做什么，我步履艰难地前往父亲的农舍，希望现在还不算晚，能找到尚然清醒的他。还好，阿芙拉和她的孩子们仍然健康，不过，与往常一样，小孩子们看上去那么瘦，没有吃饱，因为我父亲和阿芙拉更喜欢造小孩的过程，却不喜欢养活造出的小孩。

我注意到，他们当中最大的男孩史蒂文面颊上有一道发炎的鞭痕，我不需要问这是怎么弄的。我带着做好的药草，告诉阿芙拉如何将其制成药水，这种药水是我和埃莉诺两人发明的。我父亲还没起床，但我俩谈话时他醒了。他起身，咒骂自己的头疼，问我是否也给他带药来了。我控制住自己的嘴巴，避免说出治他臭毛病所需要的是一点点克制，因为这一天我需要他帮忙。如果惹恼了他，我将会难以得到他的帮助。

我以一种我自己没察觉到的尊敬语气，解释了教区长宅邸的困境，恭维父亲的一身力气和坚韧不拔，恳求他帮助。正如我所预料的，他骂骂咧咧，说他自己还有好多活要干呢，多得干都干不完，而那位"夸夸其谈的牧师"把自己的白手弄弄脏，这对其身体大有好处。于是我向他提出，他可以星期天晚饭时吃我的羊肉，新月的时候再吃一顿。这是非常慷慨的条件，尽管我父亲咒骂着，讨价还价，捶着桌子，捶得桌上的盘子咔咔乱响，可我和他终于还是达成了协议。于是我换到了蒙佩利昂先生从教堂墓地的暂时解脱。我对自己说，至少我父亲这些受饥挨饿的孩子们可以有肉吃了。

寒冬季节的这些个星期把我累坏了。每分钟都有事情要我做。您也许注意到，我说的并不是醒着的每分钟，因为有的时候日日夜夜都需要我，我只能逮着时间就打个盹，有时是在临终者病床边，有时是在教区长家厨房墙根的凳子上。圣诞节悄然过去了，我们几乎没怎么注意到。忏悔节那天，我给凯特·塔尔博特接生了一个健康的女婴，我把宝宝放进她怀里时，我希望这个婴儿能缓解她的丧夫之痛。一个星期后，我又给洛蒂·莫布雷接了生，她是个脑筋迟钝的穷女人，到目前为止，她是我所遇到的生孩子最少折腾、最为顺利的一个。每一天我们都有理由为查茨沃思伯爵祝福。正如在我们尚未理解自己的誓言义务时，他就已经开始履约一样，他继续提供给我们物资。每一天，送货人都把东西送到界石，或者送到我们开始称其为蒙佩利昂井的那个小小的泉水处。一些人,比如凯特·塔尔博特,她以前一直靠老公的手艺过活;或者洛蒂和她丈夫汤姆,即使在没闹瘟疫的时候,他们也过得紧紧巴巴,要是没有伯爵给的口粮,他们这些人就要挨饿了。但是至于安全躲在牛津郡天堂的布拉德福德一家,我们原本盼望他们会拿出点儿实际行动来表示表示爱心,可我们却既没得到他们的一点儿赈济,也没得到他们哪怕是一句慰问之语。

在教区长宅邸,厨房开始变得像炼丹室,被芬芳的蒸汽所缭绕。切碎的叶子的绿色汁液流淌在我擦得干干净净的台案上,把漂白过的木头染成草绿色。我上午的时间是在自己砰砰砰砰有节奏的剁刀声中度过的,对我来说,这种声音是最有希望色彩的治病音乐。埃莉诺了解了一些有关的知识,为了从形形色色的书中搜集更多资料,她把眼珠子都熬红了。

但是我们主要还是从干中学,先尝试一种方法,再尝试另一种,来激发植物的药效。有些叶子,我将其浸泡在黏滑的油里,有些浸泡在冲鼻子的烈酒里,有些则浸泡在清水里。然后我等待着看哪一种液体收效最佳。许多个上午埃莉诺与我一道干活,她白皙的皮肤很容易被丹宁酸染上颜色,最后弄得她的手很多时候就像是戴了一副浅棕色手套。我们用开水把干药草沏成茶,若味道太苦,就和上浓浓的蜂蜜,搅成糖浆。我们将茶蒸发掉一部分,直到成为有效力的浓汁,因为我们发现,有些人愿意服用少量的东西,而不喜欢服用很多。然后,我又将那些从冰冻的土地中拔出的根茎剁碎。我把其中的一些放进瓦罐，倒入足够的油来浸泡。当我认为这一植物已经释放出了药效，就用手捞出这滑溜溜的糊糊，放在一块蜂蜡中捏，直到做成一剂消除瘟疫疖炎痛的拔脓软膏。我们发现，我们的工作分为两种作用方式：一种是减轻病人痛苦，另一种是更为重要却效果未知的增强人们的抵抗能力。

我和埃莉诺把做成的药物分发给人们，同时告诉大家，如何找到并认出那些吃了可以增进健康的新长出的野生嫩叶。我们学会了许多关于如何医治常见小病和外伤的知识，尽管我俩不愿意偏离自己的主要工作，然而，我们却发现自己摸索出了那些戈迪姑侄曾经轻而易举提供给我们的制剂的研制方法。很快，我们便开始学会一些戈迪姑侄所知道的东西了：毛蕊花与芸香的合成物，再加上茉莉芹和芥菜油，可以制成非常好的糖浆，治疗咳嗽；煮过的柳树皮有退烧止痛的功效；水苏捣碎制成绿色的膏药，能够加速伤口和擦碰处的愈合。这种工作收效不错，它确实可以减轻、缓解乃至治愈小伤小痛。

但是对于那些我们最希望的东西，我们还得等待。我们知道，几个星期以后，我们才有可能看到，通过我们的努力，死亡人数有所下降。随着白日渐长，我们把更多时间花在戈迪家：试图弄明白百草园的布局，以及都种了些什么；研究那一小袋一小袋保存着的种子，判定它们会长出何种植物；松土施肥，以确保我们强身健体的药草来源不断。

只有礼拜天的时候，我们才停止这一轮又一轮的收集、栽培、加工和走访。一个星期的所有日子中，我现在最怕的就是礼拜天。以前我最喜欢的日子现在成了我最讨厌的，因为礼拜天在教堂里，我们对瘟疫的束手无策反映在了空缺的长椅和少掉的面孔上。我应该说，也有几张新面孔。因为自从那个"礼拜日誓言"之后，斯坦利先生也开始参加蒙佩利昂先生的礼拜仪式了，那以后的几个星期，比林斯一家和其他几个不从国教的家庭，也来了这里。他们并不是任何赞美诗都一起唱，他们也不跟着念《公祷书》，但是他们能和我们聚在一起，这却是个奇迹，感到欣慰的看来并不只有我一个人。

在三月的第一个礼拜天，迈克尔·蒙佩利昂终于向不可抗拒的形势认输，关闭了教堂。这天早上他站在布道坛上，那紧捏着橡木讲坛的指关节变成了白色，他在努力支撑住自己。埃莉诺坚持要我坐到前面，与她坐一排，她说，因为我现在是教区长家的一员。于是，我可以很近地看到蒙佩利昂先生的身体精疲力竭地震颤，看到他努力控制自己声音时脸上的纹路。

"亲爱的教友们，"他说，"这几个月，上帝一直在严厉地考验着我们。你们勇敢地接受了他的考验，必然会得到报答。我曾大胆地希望，我们大家都曾希望，这一考验不会像现在这样，拖得这么久，如此的严酷，而它还将继续这样下去。但是谁能擅称自己摸清了上帝的心思呢？谁能够理解他老人家伟大构思的复杂性？要知道，上帝是难以捉摸的，他老人家并不总是指明自己的目的，而是更为晦涩，我们必须寻找他的面孔，恳求他仁慈地示我们以真面目。被主垂爱的教友们，在我们这一寻找过程中,不要对上帝伟大的爱和温情视而不见。因为你们每一个爱自己孩子的人都知道,折磨本身也可以是一种证明你对其关心的方式。除了不尽职的父亲,有谁会允许自己的孩子在必要时不受到惩戒性的约束,胡乱成长呢?然而,在这样的时刻,好父亲不会怒冲冲地皱起眉头,而是目中充满慈爱地进行必要的补赎,希望自己的孩子有所长进。"

随后他停顿了片刻,低下头,努力聚集自己的力量。"亲爱的教友们,上帝很快就会给予我们一个新的考验,也许是我们目前所面对的最为严峻的考验。因为这里的天气不久后就会变暖,而通过经历瘟疫之人的描述我们知道,这种瘟疫在温暖的天气更为活跃。我们可以希望、可以祈祷,瘟疫在这里已是强弩之末,但是我们无法指望实际如此。亲爱的教友们,我们现在必须做好准备,迎接那有可能到来的更为艰难的时刻。我们必须做出相应的部署。"

他讲话的时候,从散布在教堂里的会众中传出呻吟之声。有人开始哭泣。当蒙佩利昂先生说他必须关闭教堂时,他自个儿也哭了起来,他太疲惫了,控制不住自己的眼泪。"不要绝望!"他说,努力绽露微笑,"因为教堂并不仅仅是一幢房子!我们还要上我们的教堂,只不过我们将是在上帝自己的创造之中上教堂。我们将以蓝天为屋顶,在库克莱特谷地相聚,一起祈祷。那里的鸟鸣将是我们的合唱;那里的石头将是我们的圣坛;那里的树木将是我们的尖塔!在谷地,教友们,我们可以彼此站开安全的距离,这样,疾病也不会感染到井水。"

尽管他字正腔圆，但是当他讲到在我们听起来最难接受的那一部分时，他的面孔变得更为憔悴了。"被主垂爱的教友们，我们不仅要关闭我们的教堂，我们也要关闭我们的教堂墓地，因为现在已经无法及时掩埋死者了，随着天气变暖、变热，现在这种草草掩埋的做法将会变得很不安全。被主垂爱的教友们，我们必须尽快承担起埋葬自己死难亲人的艰巨任务，就近埋在任何可以……"

现在出现了哭嚎之声，有人在恐惧地喊着："不！"

他将双手高高举起，要大家安静。"被主垂爱的教友们，我知道你们害怕什么。相信我，我知道。你们害怕上帝会找不到那些长眠在神圣之地以外土地下的人。你们害怕自己的亲人将永远不再和你们在一起。但是今天，我要对你们说，你们已经使这个村庄的所有土地都成为神圣！你们通过自己在此的牺牲，使其成为神圣！上帝定会找到你们！他老人家定会把你们带到他身边去！他是好牧人，哪怕是他羊群的最小部分，他也不会放弃！"

太大的投入终于使他不支。他放下双手，去抓布道坛的栏杆，却没抓住。他已经没有力气了。他滑倒在地，晕了过去。

我和埃莉诺急忙跑上前去，会众中爆发出喊叫和哭泣。若不是斯坦利先生挺身而出，我真不知道会发生什么事，他用一种远非他这把年纪之人所能有的声音大吼一声："肃静！"

静寂之中，他接替蒙佩利昂布道，这是一次使我回忆起童年的布道。他在布道中对迷信做出了言简意赅的指责，痛斥那种存在于我们心中挥之不去、未被改良的罗马天主教观念。"如果你们的牛死了，你们把它埋在自己田里，来年你们会因为忘记把它埋哪儿了，而又把它给犁出来吗？不！没有一个称职的农夫会犯这种错误。那么好吧，如果你们掩埋了自己心爱的孩子，你们莫非不是这辈子每一天都记得自己把他埋在了什么地方吗？你们又说，是，怎么会忘记？那么，是什么样的愚蠢，使得你们竟然认为，无比智慧的万能上帝居然会找不到这些坟墓，这些属于他羊群成员的坟墓，这些是他孩子们的坟墓，我们现在之所以将坟墓分散在各处，是因为我们不得已。

"不要再嘤嘤啜泣了！放开你们的喉咙！让我们来唱《诗篇》第八十八篇，让我们想起，我们并不是上帝唯一考验过的人，然后平静地回家去，下个礼拜天在库克莱特谷地相聚。"

布兰德已跑到蒙佩利昂先生跟前帮忙，现在他搀扶着头晕目眩的教区长，走下布道坛台阶，教堂里悲怆的声音开始唱那篇祈求疗病的最为绝望的祷告词：

> 上主，我的天主，
> 我白天祷告，
> 我黑夜在你面前哀号……
> 我已被列在进入坟墓的人中……
> 你叫我的知己弃我远去，

> 你使我被他们痛恨厌恶，
> 我受他们拘留不得外出……

教堂那沉重的大门砰的一声在我们身后关上，切断了悲哀的歌声。但是在布兰德搀扶下跟跟跄跄向教区长宅邸走去的迈克尔·蒙佩利昂，仍在用他那嘶哑疲倦的声音，继续低声吟唱着这一诗篇：

> 我的祈祷早晨上达于你。
> 上主，你为什么舍弃了我的灵魂？
> 又为什么向我掩起了你的慈容？

到了房子里，我们意识到很难把他弄上楼梯，于是我和埃莉诺跑到楼上卧室，拿下几床被子，在客厅给他打了个地铺。布兰德扶他躺下时，他仍在背唱：

> 受你的威吓，万分恐惧；
> 你的盛怒将我淹没，
> 你的威吓使我死掉。

嘴里哼哼着，他翻了个身，终于向疲惫的睡眠屈服了。

第二天下午，蒙佩利昂先生振作精神去看望两个临终者，但我和埃莉诺却共谋向他隐瞒了另一则与生有着更大关系的消息。身边全是死亡,我们是没心思考虑未来的,更没心思考虑物质方面的事情,而平日里,人们只要醒着,就为这种事情奔波忙碌。但是这回重重压在我心头的,却是一个孩子的未来,她是个九岁的姑娘,名叫梅丽·威克福德。

乔治和克莉丝·威克福德是一对信仰贵格会的年轻夫妇,有三个孩子。五年前,他们在村东头一片废弃的农田里定居下来。他们是低地人,但是他们的贵格会信仰与当地的主流信仰太格格不入了,他们被从租佃的农场中赶了出来。虽然无法说他们在我们这儿就受到了热情欢迎,但至少不必担心干草堆被人点着,或者家禽被毒死。我听说,他们在老家的时候就曾发生过这样的事。他们的生活一直非常贫困,直到大约一年前的一个夏夜。乔治·威克福德夜里起身,踱来踱去,因为犯愁如何养家糊口而夜不能寐。他忽然看见一只燃烧的大公鸭白光般飞过天空。根据当地的民谚,夜空中出现着火的鸭子,意味着地底下有铅矿,于是乔治·威克福德没等到天亮,便赶紧跑到荒原上他认为公鸭所飞经的路径。到了早上,他已经在草地上挖出了他的十字记号,标明此地的采矿权归他。他砍了七棵树做井架,削出防护柱,将井架支起。据说,一千年来,法律就规定任何人都可以用这种方式来声称自己拥有一个铅矿的采矿权,不管这个铅矿位于谁的土地上。他有九个星期的时间向采矿人自治会主席出示一盘矿石,然后在他保持该矿持续产矿期间,只要他能向国王缴纳讲好了的一份号称"王盘"的矿石,便任何人都不准收走他的矿了。

乔治·威克福德和妻子克莉丝及他们的三个年幼孩子，不知疲倦地挖掘这个被他们命名为"火鸭"的铅矿。一开始他们不得不用一把修了又修的长柄叉和犁铧在土里扒拉。其他的采矿人，虽然并不蔑视空中的朕兆，但这时却嘲笑起年轻的乔治·威克福德来，因为这块土地的位置上没有任何迹象表明地底下会有铅，也没有任何人在这一带附近下过鹤嘴锄。但是威克福德笑到了最后，因为在远未到自治会主席规定的九个星期时，他便挖出了要求他出示的那盘铅矿石——以及更多的铅矿石。他开采的这块地原来竟是一个矿脉。作为很久很久以前地下河留下的洞穴，矿脉布满矿石，所以完全可能是非同寻常的富矿。但是矿脉却很难找到，因为地面上毫无迹象，威克福德被认为是一个受到命运眷顾的家伙。

那都是大瘟疫暴发之前的事了。乔治·威克福德属于第一批染上瘟疫之人。随后瘟神又夺去了他的长子，一个长得很高了的十二岁男孩。克莉丝与她两个小些的孩子一直在拼命开凿，但是后来男孩子也病倒了，做母亲的照顾着他，自个儿的体力也在衰减，没能在三个星期内从自家的矿里开采出所要求的那一盘矿石。邻近的采矿人戴维·伯顿不失时机地在她井架的正中刻上了自己的标记。村里人对此事的是非曲直议论纷纷，许多人谴责戴维，说现在不是干这种事的时候。其他人则为其辩护，说铅矿法就是铅矿法，飞来横祸使采矿资格处于危险之中，这也不是头一遭了。我不禁感到诧异，假如威克福德一家也是我们教会的成员，这些人是否还会这样想。但是说句良心话，我自己也说不好应该如何看待这个问题，要知道，当年山姆丧命的时候,我也没指望着不失去自家的铅矿。然而,当前瘟疫流行的情况似乎确实要求我们大家都做出各种各样的牺牲,那么这一旧传统为什么不可以也牺牲一回呢?

六个星期即将结束时,人们对这件事的议论就更多了,戴维·伯顿刻上了自己的第二个记号,而这一天克莉丝·威克福德恰好把她另一个儿子也埋入了坟墓。人们说,震惊加速了她本人的死亡,因为瘟疫是以我们所见到的比对别人都更快的速度,夺去了她的生命。她早上埋葬了儿子,看上去与任何处于悲痛之中的人差别不大。但是到了傍晚,她就死了,她的尸身上布满玫瑰花瓣圈圈般的瘟疫标记。这么一来,现在就只剩下那个名叫梅丽的小姑娘了,这看上去就像是一个残忍的玩笑。她一直是个快乐的开心果,即使是在他们家被认为是本镇最穷一户的时候。看到她如此惨失亲人,我心里很不好受。此外,她还被丢在了一个十分糟糕的状况之中,因为乔治·威克福德的名下除了那个矿外,几乎就一无所有了。威克福德一直是个克勤克俭之人;他把用自己第一盘铅得来的钱投资在了购买更好的开采工具上,还给家里人买了他们很长时间以来无法享用到的好吃的好穿的。但是该矿层的真正财富,却仍埋在地下,如果没有人给小梅丽挖出一盘铅来,那么七天之后,小梅丽就注定要失去矿井了。日子一天天过去,我找遍了那些比较熟的可以说上话的采矿人,问他们有谁愿意对一个孤儿做点儿善事。但是这些人,即使他们当中最善良的,都觉得必须对得起的是他们的自己人戴维·伯顿,而不是一个孩子,这个孩子的家庭既不属于皮克里尔的百姓,也不信他们的宗教,甚至也没和这些采矿人有过长久的交情。几个星期的时间一晃而过，孩子的机会越来越少，直到第九周的末尾临近，终于，她与济贫院的凄凉前景之间就只有一天的距离了。

我本不应该那么冒冒失失地向埃莉诺提起此事。或者换句话说，对于埃莉诺听完我的话后所提出的建议，我本不应该感到惊讶。"你了解矿井，安娜。咱俩去给这孩子挖一盘铅。"

在某种程度上，她的这个建议，比上回她提议让我给玛丽·丹尼尔接生，听起来更不靠谱。早在山姆还没在井下丧命之前很久，我就害怕矿井，我不适应黑暗、泥泞、不透气的地方。我所喜欢的是那些生活并成长在地面上的东西：我才不想知道地下世界的内部情况呢。虽然我对各种各样的生活都好奇，可我却从没要求过山姆带我下井。这并不是说我一要求，他就保准会带我下去，因为尽管他从没拒绝过我提出的任何要求，可采矿人却是迷信的，许多采矿人都相信，每个矿井都有一个小精灵，它嫉妒采矿人，不喜欢采矿人的女眷。

但是埃莉诺的脸上呈现出那种我现在非常熟悉的表情。她那精致的五官竟会变成如此模样，这对一个没见过这种表情的人来说，是很难形容的。我曾在书中读到过，希腊人善雕大理石像，雕出的石像似会呼吸。我所读到的那段描述说，石像惟妙惟肖，肌肤仿若活人。当我试图想象这一点时，我想到，也许当埃莉诺决意要做一件她认为是正确之事的时候，她的脸就像这种大理石雕像。不管怎么说，现在我知道，不论我乐不乐意,威克福德的矿井我俩是必去无疑了。

我们早早出发,因为这个矿井离村子有好一段路程。我听见埃莉诺在书房里对蒙佩利昂先生说话,告诉他我们出去找些必要的药草。她从书房走出时,我注意到她那透明的皮肤通红通红。看见我注视着她,她那颤抖的手放在发红的脖子上。

"啊,安娜,咱们带上背包,在路上采些合适的植物。"显然,一丁点儿的隐瞒或略微的说谎都会使她脸红,即使这谎言完全是为了自己丈夫好。"你也非常清楚,"她补充道,"要是让他察觉出今天咱俩真正要干的事,他就会非亲自去干不可,而那样可能会把他给累死。"

我们首先前往威克福德家农舍,告诉小梅丽我们的打算。当我俩顺着泥泞的小道一路攀行,走到她家农舍时,她从门中飞跑出来,小脸上洒满了快乐,我不禁触景生情地想到,我们现在生活在一个多么古怪的年头啊,一个这么幼小的孩子竟被丢下,一个人住在家里。我曾想过把她带回去和我就伴,但又决定不那么做了,因为她现在的这种孤独随意的生活似乎更为安全、更为健康,她这里与村庄有着一段距离,这总比带她回去每天接触疫病患者强很多。

不知怎么搞的,她竟然能自己生活,甚至生活得挺好。即使是现在,她还是个生气勃勃的孩子,粉扑扑的脸蛋,一对小酒窝,下巴颏上一道深深的美人沟,当她在我俩身边蹦蹦跳跳时，一头黑色的卷发不住跃动。走进农舍，我看见了吃剩下的早饭：桌上有一罐猪油，那滑溜溜的白色表体上留下的指头印表明，她是用手抓着吃来着。有一个鸡蛋壳，她曾生着吸掉了里面的蛋液。一个洋葱，上面有咬痕，她曾把它当苹果吃。也许算是粗鲁，但却能维持生命。

当我们走进这个泥土地面的小农舍时，她匆忙收拾桌子，极为礼貌地请我俩坐下。我对她的泰然自若颇为惊异，有些后悔没主动多了解她的父母。他们一定是很文雅的人，竟把这样的礼貌举止传给了孩子。

埃莉诺的想法与我一样。"看到你这么勇敢，这么好地在这儿过日子，梅丽，你妈妈一定会非常为你骄傲的。"

"你这么认为？"她说，她那黑色的眼睛非常认真，"谢谢你说这话。我觉得妈妈仍在看着我，还有爸爸和我的两个哥哥。相信他们看着我，我会感到好受些，在这儿生活也就不觉得那么孤单了。谢谢你们二位想起今天跑来看我，要知道，我很难独自一人面对失去家里的铅矿。"

"我们觉得，你不必面对任何这样的事情。"我脱口说道，忽然很高兴埃莉诺说服了我做这事。

埃莉诺补充道："至少我们希望你可以不必。"

当我们解释说,我俩并不仅仅是来看看她,而是想挽救她的铅矿时,小梅丽的感激变成了高兴。她真不愧是个勇气十足的小人儿,她接下去便非要和我们一起干。我说:"你可以帮助我们,梅丽,就像你过去帮助你父母一样。你有好多好多的事情可以做呢,比方说,把我们堆起来的东西分出矿石和废石啦,把矿石上的蟾蜍石洗掉啦。矿石满了一盘,我们还指望你下井去告诉我们呢。注意,必须是满满一盘,因为戴维·伯顿认为'火鸭'已经是他的了,他会迅速给采矿人自治会主席拿出这么一盘矿石来。"小梅丽点点头,她非常清楚自治会主席那个大盘子的尺寸。但是从没见过这东西的埃莉诺却显得摸不着头脑,于是我解释,那个盘子所能盛的,相当于一个成年男人能搬离地面的那么多。

孩子看上去仍然很不安,嚷嚷着说她以前下过矿井,她希望给我们带路。埃莉诺似乎马上就要答应了,可我迅速把她拽到一边。我低声说,梅丽和她爸爸妈妈一起下井,他们了解那儿的每一块石头,天天在里面干活;而与我们两个一起下到两眼一抹黑的地方去,就完全是两回事了,我们对自己要干的事情几乎一无所知啊。"我是来帮孩子的,埃莉诺,不是埋葬她!"埃莉诺同意了我的观点,柔声告诉小姑娘,我们需要她待在上面,以防意外发生。万一到了下午我们仍未回到地面。这时,只有在这时,埃莉诺提醒道,她就得直奔教区长宅邸,告诉蒙佩利昂先生我们的情况。

山姆遇难后,我把他的工具包在了一块油布里,收了起来，想等哪一天将其赠给一个需要它们的采矿人。威克福德一家本是很好的馈赠对象，我忽然心痛地意识到，但是他们发现这个矿层时，我的全部心思都在自己的烦恼上，完全忘记了山姆这套闲置的工具，以及我对这套工具的打算了。现在，把工具取出，我感觉到它们沉甸甸的分量。我想起山姆那疤痕累累的大拳头，以及他粗壮臂膀上的结实肌肉，我思忖着自己怎么使用这些东西。我从中选出了铅矿采矿人最常用的三件：直镐、短锤、楔子。

小梅丽家比较节俭，使用一种功能多样的工具：一件弧形器物，一端是尖的，一端是锤头，既可用作凿子，也可以当锤子使。这件工具尽管比较轻，却不太有效，但埃莉诺用它也算合适。我让小梅丽把她父兄穿在身上防水的皮衣皮裤找出来。山姆的旧皮衣和旧皮裤我已经没有了，再者说，即便有，我穿在身上也会太大。他的衣服在那次事故中一同被砸烂了。我不得不把那些皮条条从他稀烂的尸体上择出。

埃莉诺身材苗条，穿得下威克福德家长子穿过的衣裤，我希望这些衣裤还没沾上瘟疫的种子。乔治·威克福德是个瘦溜的青年，贫穷保持了他身材的纤细。我拿起他的这套皮行头，用一把磨得很快的剪羊毛大剪子，根据我的个子把裤腿剪掉三分之一。然后我在腰部戳了几个洞，穿上一根绳子，像腰带那样，把裤子扎紧。上衣在我肩上松松垮垮，但我对此并不在意。我们还戴上了帽子：结实的皮帽，宽大的帽檐上放牛油蜡烛，这样一来，烛火在黑暗中给我们照路，我们的手则腾出来干活。

我看着身穿矿工装束的埃莉诺，再次诧异这一年所带给我们的奇怪转变。她似乎看出了我的心思，笑起了自己："我小时候，祖先们都从肖像上看着我，他们都是些一身绫罗的贵妇和满身饰带的贵人，如果他们能看见自己的后代现在的这副模样，我真不知道他们会说些什么。"我没有告诉她我非常知道我的山姆会说什么："你个娘们儿八成是脑子进水了吧，竟然想起来干这个。"我知道，他不会哈哈大笑。

但是看见我俩这副模样的只有梅丽·威克福德，至少在她眼里，我俩并不荒唐。当她看着我俩的时候，她的小脸闪闪发光，她看见了自己唯一的希望。于是我们向井口进发，小梅丽领路。当我一路前行，想象着我们要度过的这一天时，我的脚就像是灌了铅。即使是想一想，我都呼吸困难，待在一个缺少空气的地方，对此的恐惧，使得我喘不上气来，仿佛我已经下到了矿井里，而不是在充满石楠花香的露天空气当中。

威克福德的井筒打得很好——尽管本地居民因为这家人的贵格会信仰而瞧不起他们，但却没一个人可以说他们不是干啥像啥、认真敬业的手艺人。威克福德已经仔细地把巨大的石灰石岩板凿成了井壁，砍来坚硬的大树枝做成结实的井筒内横木。但是这个井筒还是与大多数矿井一样，湿淋淋的，裂缝中长满苔藓和蕨草。我看不出这个井筒要下多深才转变成矿脉，但是我却知道，我在这儿犹豫得越久，就越难下决心，于是我纵身下去，寻找第一根内横木。

原来，这个井筒有十多米深，然后改变方向，离开了上面的井眼。威克福德深谋远虑地向前挖了五六米，然后竖井再次向下。我看出，这种方式可以将辘轳桶较为轻松地分阶段绞到地面。一旦离开了井眼，矿井里便漆黑一片，于是我停下来，点亮烛火，将烛蜡滴在帽檐上，弄出一个可以把蜡烛固定在上面的蜡基。当我一点点前进与下行时，烛光跳动摇曳。小梅丽曾说，在第二段竖井的基部，可以找到洞口，果不其然。我刹那间想象起了威克福德发现它时会是一种什么心情：他的财富之门。借着跳动的烛光，我可以看见他凿开岩石、扩大通道的地方，我毫无困难地轻松前进。地面陡峭地向下延伸，尽是滑溜溜的稀泥，几分钟后，我一个趔趄，重重摔倒，试图伸手去扶时，蹭伤了手掌。离开竖井刚刚一米，空气就已然凝滞混浊，我坐在泥泞中，一阵恐惧不由得从心头升起。尽管很冷，可恐惧的汗水却还是哗地涌出，像成千上万根小针，刺着我的皮肤。恐惧之情似乎在向上蔓延。我开始短促而急速地喘气。但是埃莉诺现在来到了我身后，我感觉到她的手在安慰我，让我起来，继续前进。

她低语道："没关系，安娜，你能够呼吸。这儿有空气。你必须管住自己的思想，别让惧怕主宰你。"我挣扎着站起身时，感觉黑暗笼罩了我，我担心自己会晕倒，便又坐了下来。埃莉诺不断地说着话，温柔却坚定，使我的呼吸稳定下来，与她的呼吸一个节奏。过了一会儿，我的头脑清楚了，能够继续前进了。于是我们一点点地往前蹭着，有时是弯着腰走，有些地方洞穴太窄，便跪在地上爬，而在那些被突兀下悬的岩石阻挡之处，就肚皮贴地钻过去。

摇曳的烛光照出被凿被砍过的洞壁，我们循着这条有人工痕迹的线路前行。这些痕迹讲述着一个家庭和它的成员逐渐减少的故事，最初阶段，洞壁上的矿石被剔得干干净净，乔治·威克福德凿过的地方光溜溜的，在烛光下闪着亮光。然后，再往前，凿迹变得乱了、浅多了，也不那么彻底，因为只剩下克莉丝和她儿子在继续干。当我们来到最后的凿痕处，我和埃莉诺并排跪下，抽出各自的工具，齐心协力地干了起来，这时，一下下地用力凿击便驱散了我心头的恐惧。我这辈子一直在辛苦劳作，提水、劈木柴、打草。我已经数不清自己有多少次追上一只公羊，抓住它的后蹄。去年，我一个人从日出干到敲午钟，给我的整栏羊剃了毛。但是这个活，这个从石头上剔石头的活，却是我平生干过的最为艰难的一件。不到半个钟头，我的胳膊就发抖了。对埃莉诺来说，一定就更难了。我看出这个工作多么快地使她力不从心，每敲击一下，她停下来的时间就更长一些。有一回，她把锤子砸在了拇指上，痛得叫出声来，我可以看见血和立刻变黑了的指甲。她不让我管她，挥手要我继续干活，她用一块破布包住伤口，继续工作。她缓缓地击打着，她那被泥土和汗水弄成一道道的面孔，就像石头一般坚毅。她那粗厉的喘息声是那么的可怕，幸好铛铛的击铁声盖住了这声音。

至于我自己，我最主要的任务是防止内心的恐惧聚起。我抵御恐惧的方法是一心专注于手中的工作，而不去想那墙一般黏黏的黑暗，这黑暗随着我烛光的每一下运动或前进或后退；我也不去想那令人窒息的潮湿空气，这空气的味道，仿佛它所具有的全部新鲜成分都早已被吸干了；我也不去想头顶上方沉重堆积着的厚厚的泥土和石头。直镐每落一下，我就觉得那震动穿过我双臂的每一根骨头，一直震到牙齿。刨了不知多少多少下，才刨开了一道小小的裂缝，刚刚够把楔子插进去。一插进楔子，我就得举起沉重的锤子，用全身的力气敲击，希望这样能够哗啦啦地撬下大块的岩石。但是更多的时候锤子会打偏，或者掠过楔子，使它飞出裂缝，落进冰凉的泥里，我便不得不在泥泞中盲目摸索，以便重新开始。泥使得楔子和我的双手都变得滑溜溜的。冰冷的泥弄僵了手指，以至于我非但没越干越熟练，我那麻木的手反而越来越笨拙。随着时间一个钟头一个钟头地过去，我觉得自己由于恐惧和挫折快要哭出来了，因为尽管我们这么拼命地凿，拼命地干，堆在我们旁边的矿石却只增长了几厘米。

我还没忍心打退堂鼓之前，埃莉诺先把这话给说了出来。因为尽管她使尽了洪荒之力，可只弄松了少得可怜的几块石头。她坐在后脚跟上，听着我的直镐在她身边沉重地叮当响。"按照这种速率，咱们到晚上也弄不出一盘矿石来。"她的低语在洞穴中听起来了无生气。

"这我知道，"我一面说，一面活动麻木的手指，揉捏疼痛的胳膊,"咱们太蠢了,以为自己一天就能学会强壮的男人辛辛苦苦干好几年才能掌握的技术。"

"我无法面对那孩子,"埃莉诺说,"我不忍心看到她失望。"

好一会儿工夫,我寻思着接下去要说的话。因为尽管一大半的我对我们没有成功而感到不满,可一小半的我却非常高兴埃莉诺要放弃这悲惨的探求了。我心灵中坏的一方占了上风。我什么也没说,收拾起自己的工具。我俩默默地顺着巷道往回走。我的双臂那么累,我几乎都无法抓住井筒的内横木了,当我感激地大口呼吸冰凉的空气时,我心中默想,就凭我们现在这精疲力竭的状态,即使我向埃莉诺讲出了我所知道的另一个法子,我们也绝对无法成功。

是小梅丽的脸使我感到了不安。当我们爬出井口时,她一脸的希望。后来,当她看见我们只带上来这么可怜的一小点儿矿石,她那明媚的笑容消失了,她的嘴唇颤抖着。然而她没哭,只不过克制着自己细小的声音,由衷地感谢我们尽了力。我对自己的懦弱感到脸红。

"还有个法子能把矿石弄出来,"我的话脱口而出,"山姆偶尔用过,当他的矿层消失进蟾蜍岩的时候。但就是这种方法最终使他送了命。"然后我转向埃莉诺,告诉了她我所听说过的水火法,这两种相互冲突的力量顶得上许多矿工的工作。

埃莉诺靠在井架上，用自己皮肤绽裂的手捂着眼睛。她这样待了好一会儿。"安娜，这些日子，我们大家始终都命悬一线。即使今天咱们活了下来，明天也很有可能会被瘟疫击倒。我认为咱们应该冒这个险，试上一试……但必须是你自愿。"

小梅丽一脸的担心。采矿人的孩子很快就能知道采矿人所担心的事情。放火，这里面需要担心的事太多了。浓烈的烟，再加上噎人的潮气，会挡住来自洞外仅有的可呼吸的空气。岩石的爆裂会释放出隐藏着的水，形成洪流，淹没矿井。或者，就像我的山姆遇到的那样，大地的筋骨在这种张力下崩裂，非但没松动一大块铅矿石，还导致上方地面的全部重量坍塌下来，把人埋住。放火太危险了，效果也太难预料，除非得到所有正在干活的邻近采矿人的同意，否则是禁止使用的。但这个孤零零的小矿井没有邻居，所以，我们只要自己同意就行。

我尽可能快地收集起尚未枯干的树枝。干燥的引火物却较为难找，因为最近刚下过雨，最后，小梅丽一路跑回农舍，从自家的壁炉里拿来引火干柴。当我爬下井筒时，小梅丽顺下来一皮桶冰凉的溪水，我爬过巷道时弄洒了第一桶，不得不浪费宝贵的时间让她去再拎一桶。第二回，我和埃莉诺把这桶水护在我俩中间。

我手扪岩面，摸索缝隙，用楔子将它们撬宽。当我在岩石上弄出了一长串足够宽大的缝隙时，我向埃莉诺演示应该如何把树枝塞进每一道裂缝，尽力用锤子把树枝往深里敲。然后，我把干燥的引火物摆放在岩面上。"现在你必须回上面去，"我对埃莉诺说，"如果成功了，我就拽绳子。"

"啊，不，安娜。我决不把你一个人丢在下面。"她说。

我看得出要开始一场长时间的争论。我要采取极端手段赶她走，于是我厉声说："埃莉诺！咱们没工夫争论。莫非你看不出来，如果这儿出了岔子，你在外面还可以救我，刨我出去，而不是在这儿一块儿熏死吗？"

即使在这暗淡的光亮中，我也可以看见那本已枯竭了的眼泪又泉水般地涌上了她的眼睛，闪着亮光。但是我的话却产生了效果。她的头垂了下来。"就依你。"她答道，沿着漫漫的巷道，往回爬去。随着她窸窸窣窣离开的声音逐渐远去，我便被丢在了沉寂之中，只有水滴的声响打破这沉寂，看不见的水在流过石头，滴滴答答落下。我迅速动手，要在木头变得太湿无法引燃之前点火，但是我拿着火石和火绒的手却一个劲儿地发抖，我的喉咙也哽咽了。

我想到，我宁可浑身是斑地死于瘟疫毒素，也不愿意被活埋在这里的黑暗中，结束自己的生命。但是随后火光燃起，这儿不再黑暗了。树枝开始变热，然后，随着压力增大，一块岩石破碎，传来了第一声尖锐的高音。当空气中充满烟，呛得我喘不过气时，等待变得艰难，异常艰难。我把一块湿布捂在嘴上，蹲在那里，哆嗦着，等待，等待，强制自己在时机成熟之前切莫开始下一步。毕竟,我们只有一次机会。时间太短了,无法再试一次。如果岩石没有烧得足够热,那么全部努力就都会泡汤,我们一天的工作就全都白费了。最后,当我的胸膛感觉仿佛要因呼吸这火热的空气而爆炸时,我盲目地伸手去拿桶。我把冰冷的水倒在火热的岩石上。嗞嗞声,冒蒸汽,就像十几支滑膛枪同时开火。随后,一片片的矿石开始坠落。

我跌跌撞撞地蜿蜒而行,逃离这落石如雨的巷道,烟熏迷了我的眼,我咳嗽得那么厉害,我都以为自己的喉咙会咳裂。一块尖利的碎石片砸在我肩上,然后是一块更为沉重的石板重重落在我背上,把我砸得扑倒在地。我挣扎着欲从这块石头底下爬出,用小臂努力把自己撑起,我的肌肉却由于一上午的凿击,软得像棉花。

"现在给我停下!"我乞求,"啊,求求了,快给我停下!"但是爆裂并不停止,只是继续着,继续着,继续着,每爆一个裂缝,就降下一阵新的石头雨。我的胳膊疯狂地甩动,我的手指抓挠着坚硬的石头。但是重压越来越沉,越来越沉,最后终于把我压得动弹不得。

我想到,就这么在这儿完蛋了。像山姆一样死在黑暗里。碎裂的石板在我身上堆积,越来越重。随着石头滑过石头,我感觉到整个山坡在沉重地移动,泥土在流出,散落进每一个新裂开的缝隙。湿乎乎的泥巴塞进我嘴中,就像是令人作呕的亲吻。我听到血液在耳朵里搏动、敲击、咆哮,越来越响亮,终于赛过了岩石的倾落。

然后是一种奇怪的感觉。恐惧从我心头消退，我的脑海里充斥着儿子们的身影。我早已变得很难回忆起他们面容的准确模样了：杰米卷曲的刘海垂在额头上，或者汤姆吃奶时甜美而严肃皱眉的样子。但现在他俩却出现在我面前，栩栩如生。我停止了挣扎，吐出那一直屏着的气。现在没有空气可供我再吸一口了。我把面颊垂进石堆中，它们将是我的墓堆和墓碑。

毕竟还算不错。我承受得了这个结局。儿子们的影像要被黑暗吞没，我用意志的力量将其拉回。还没到时候，还没到时候。我再看他们一会儿。但是黑暗如同羽毛般内卷，他们明亮的面孔模糊了。随着黑暗，幸福的寂静到来：血液突然停止了搏动，岩石那巨大的咆哮也静无声息了。

我认为，假如埃莉诺真的遵从了我的吩咐，照我说的那样返回到井口上面，那么我就死定了，也就不会有人活着来做描述了。假如小梅丽听了我俩的话，那么也许我还是会死掉。埃莉诺蹲在了离我纵火之处一百来米外的一根石柱旁。小梅丽也下到了离井筒不远的巷道。听到巨大的塌方声，她俩都冲过来救我。我清醒过来时仍然石头埋到脖子，但是在她俩的疯狂刨抓下，我的脸却露了出来。

我失去知觉时所被笼罩的寂静是真的：咆哮确实停止了，伴随咆哮停止的，是大石头的落下。我根本没有使整个山坡压在我身上。烟尘缓缓散去，我们三个终于可以看见究竟干成了什么：通过我的这番努力，一大堆侧翼平整、闪闪发光的立方体矿石松落了下来，这可以给梅丽·威克福德一盘今天的矿石，以及今后许许多多的矿石，只要她需要。埃莉诺与小梅丽一起把那块大石头从我身上搬开，然后把其他石头也一片接一片拿开，在她俩的帮助下，我浑身疼痛地爬到竖井处，吃力而缓慢地往地面上挣扎。

我不知道自己是怎样跟跟跄跄回到村里的。我浑身上下疼痛不已，每走一步都是一阵新的痉挛。但是我们还是以尽可能快的速度前进，与渐暗的光亮赛跑。埃莉诺一只手搀着我，另一只手与小梅丽一起拖着盛有矿石的粗麻袋。我们没在威克福德家停下来取自己的衣服，而是直奔采矿人自治会主席阿伦·霍顿的家。但凡有办法，我都会恳求埃莉诺别以如此有失体统的形象示人，但是我刚这么嘟囔了半句，她就让我住嘴。"咱们毕竟做了给这孩子找回公正的事情。安娜，我想亲眼看看公正得到实施。"

我们一身泥巴，浑身透湿，被石头蹭得皮破肉肿，烟熏火燎而满脸黢黑。如果老阿伦看到我们的模样大吃一惊的话，那么他也是迅速就恢复了镇定，开始处理公事，召集戴维·伯顿和尽可能多的采矿人自治会当选会员，在采矿人酒馆集合，进行听证。趁采矿人纷纷赶来的时候，埃莉诺让人给教区长宅邸捎了个口信。

没过多一会儿,我就听见安忒洛斯那疾速的蹄声。若是有法子,我会溜到院子里去,而不要面对教区长。但是埃莉诺已经让我在阿伦·霍顿的壁炉前坐下,她正在用热水洗我的擦伤。她并没刻意着手梳洗自己,所以教区长走进房子时,她只是与平时一样站起来同他打招呼。有那么一小会儿,我觉得教区长没认出她来。她在救我的过程中弄掉了帽子,现在她光着脑袋站在那里,一头秀发结满了泥饼,成了一道道棕色的条缕,垂在脸周围。她的皮衣皮裤也沾满了烟灰和泥巴。她那受伤的大拇指上包了一块脏兮兮的破布,渗着血。

教区长目不转睛地站在门口。他好一会儿说不出话来,我担心他是在压住自己的怒气。然而,他却爆发出一阵大笑,朝埃莉诺张开双臂。我认为他要拥抱她。但是随后,也许是顾忌到我和孩子在场,又或者是顾忌到自己精美的白色胸饰,他向后退去,只是拍了下手,用充满骄傲的声音详细询问我们这一天的工作。

教区长陪同我们前往采矿人酒馆,这使我大大地松了一口气,因为尽管现在是非常时期,可我并不准确知道我们今天的所作所为将会怎样影响埃莉诺·蒙佩利昂的名声。我们的行为太出格了,不是人们所认为的妇女应该做的,更别说一个有身份的淑女了。但是那些男人们并没像以前那样聚集在酒吧里,而是散坐在院子中,一看见我们,他们就全都从长凳上站起来。"为新采矿人干杯!"院子后部的一个声音喊道,大家几乎众口一声地向我们高声喝彩。只有戴维·伯顿脸色阴沉,一言不发。采矿人自治会主席挂起度量用的大铜盘——这个盘子与一个高大汉子的腿一般长,像一条肌肉发达的大腿那般宽。梅丽走上前,奋力拖着盛满矿石的麻袋。主席揿她爬上一张酒桌,这样她就可以够到大盘子了。她的小脸一副严肃认真之相,她小心翼翼地把矿石堆上去,直到盘子满了,这时,大伙再次欢呼。

"朋友们,"阿伦·霍顿说,"小梅丽·威克福德继续享有火鸭矿脉的权利。这个矿是她的,直到她的井架被刻过三次。"然后,他用他那威严浓眉下面的眼睛环视整个房间。"在不久的将来的任何时间里,若谁想在这孩子的井架上刻上自己的记号,我都会好好想想。尽管按照我们业内的规矩,谁都有权这样做。"

这个晚上,我不得不把擦伤的脸压在枕头上,侧卧着睡觉,因为我的后背到处是石头的戳伤,又青又紫。我的胳膊和肩膀比后背疼得还要厉害,只要我拿起一个哪怕是轻如叉子的东西,我都会想起那柄沉重的直镐,直到过了好多天,这种感觉才逐渐消失。但是,我还是睡得比罂粟之梦后的任何夜晚都更香更甜。瘟疫暴发以来付出了那么多徒劳的努力,有那么多条命没能被拯救,有那么多伤痛没能被医治。在这个艰难的季节里,至少这一回,我满意自己做了一件最终证明是正确的事情。

采矿人自治会

在以后的几天，我体验到了大难不死、可以指望尽享天年的生活会是什么样的感觉。年轻，没有病痛，这太美好了。然而，我们绝大多数人都是在失去它之后才认识到它的美好。许多天，我慢慢痊愈的身体每动一下都疼痛。伸手从架子的高处取个坛子，要花费巨大力气；打一桶水，则痛苦得要命，于是我不得不想些新招数，来从事曾经对自己来说最简单的工作。有的时候，玛丽·哈德菲尔德看见我苦苦挣扎，就来帮我，但是我不愿意把自己的需要加在她本已沉重的负担上。

于是一天早上，我去井边打水，看见父亲走来，不禁喜出望外，因为我认为他不会袖手旁观。他蹒跚而行，这也并非不同寻常，但是这一天，他的蹒跚可并不是因为喝了酒。随着他越走越近，我看到，他是由于肩上的一个重负，才脚步不稳的——这是一个大袋子，他走路的时候，袋子里叮当作响。

袋子压得他弯着腰，我认为，他也许会从我身边走过去而看不见我，但是当我向他问了一声好时，他抬起头，答应了我一声。他把袋子放下来，我听见金属盘子的当啷声。

"啊，丫头，今儿个真的不错，我给布朗寡妇的男人和儿子挖坟坑，她给我锡器作酬劳。我想我还应该谢谢你呢，是你教给我，眼下的挖坟坑生意有的赚。"

我不知道该如何回答他所说的话，于是我求他帮我打水，他帮了，尽管还是停下来特别提到我伤肿的脸"比一坨牛粪还难看"。他扛起袋子，继续前行，我站在那里，望着他渐行渐远的背影思忖着，我的一番好心怎么竟会结出如此的恶果。

我开始注意到，整整这个星期，邻居们见我走来，就中断谈话，我逐渐意识到他们在谈论我父亲，口气愠怒。

正如他自己说的，他在忙着给绝望的人们挖坟坑。对于那些病得厉害或身体太弱无法亲自掩埋死者的人，他索取高额费用。他会拿走房子里或田地里任何最值钱的东西，不管是一桶孩子们冬日里补身体的鲱鱼，还是一头揣崽儿的大母猪，或者是世代传下来的珍贵的铜烛台。有的时候他会把自己收获的东西带到采矿人酒馆，摆在吧台上，吹嘘自个儿的精明；就连他的狐朋狗友们都开始指责他时，他就用从死者那里挣来的钱为他们埋单，来堵住他们发表负面见解的嘴。他每天都在此打发剩余时光，喝得几乎无法走回家。我当初建议他干这工作时，本以为他至少会注意一下个人卫生，别把自己可能从死尸上携带的瘟疫种子暴露给阿芙拉和他的孩子们。但是日复一日，我看见他每天都穿着同一条结满泥土硬壳的马裤来来往往，我真奇怪，他怎么竟然如此不在乎。

我在界石处碰见阿芙拉时，我恳求她，一定要让他在这方面多加注意，可她只是哈哈大笑，说："你在戈迪家，把时间全花在研究那些草啊药啊的上面了，你要是考虑考虑戈迪姑侄俩脑瓜儿里还知道些别的什么，那就更好了。"我要她说得更清楚点儿，这话是什么意思，但是没有用。阿芙拉有时候很固执，我越问她，她越闪烁其词，只是说我父亲这辈子头一回，成了一个养家糊口的好男人，她是不会为此斥责他的。

这以后不久的一天，我透过我小房子的窗户，一眼瞥见父亲，他肩扛一捆从织匠家拿来的精纺羊毛，脚步沉重地沿街走来。我怒冲冲地跑出院子，喊道："父亲！你花费一个钟头给马丁太太埋葬丈夫，就要人家一捆羊毛，这是明抢啊！你怎么好意思如此趁火打劫呢？你这么做丢我们大家的脸。"他没理我，只是像鹰一样地瞪着我，在我脚边啐了一口黄绿色的浓痰，继续向酒馆走去。

尽管蒙佩利昂先生在教堂晕倒后，现在已经恢复了一些力气，可他知道自己无法既承担自身的工作，又干教堂司事的活了，所以没人来遏制我父亲那日益增长的贪婪。现在每个礼拜天，我们都按照教区长吩咐我们的那样，聚集在库克莱特谷地。当我站在这个盆地的斜坡上，花楸树黑色的树枝弯在我头顶上方时，我便看出了教区长处心积虑地把我们转移至此，这里面所包含的大智慧。因为在这个地方，我们不被旧日的记忆所骚扰，不被缺失的面孔所萦绕。我们可以在草地上随意选个地方站立，不过我们大都保持着旧有的次序，自耕农和采矿人在最前面，然后是手艺人，最后是佃户和雇工。每家人相隔大约三米距离，我们相信这个距离足以避免传染。教区长把一块巨大的石灰石当作布道坛，这块石头因为风吹日晒而成了拱形。他站在这里，声音响彻谷地。他试图选择动听的词语来抚慰我们的悲痛，这些音乐般的词语同附近叮咚作响的溪水声混在一起。

我父亲没来谷地，第一个礼拜天没来，接下去的任何一个礼拜天也都没来。若放在正常年头，他会因这样的行为而被带到村里的公共草地游街，戴枷示众，但是现在没人有力气或有意愿干这个了，木枷已经空置了好几个月。结果，随着时间一周周过去，他的歹毒有增无减。他现在变得非常喜欢喝着啤酒消磨下午时光，并放出话去，他埋人不会过午。他一副狠心肠，常常敲病人的家门，说如果需要坟墓，他马上就去挖，不要可就拉倒了。于是常常是一个还活着的人躺在自己的病床上，亲耳听着我父亲的铁锹一起一落地沙沙响。我认为，他这种没心肝的行为加速了不止一个人的入土。

蒙佩利昂先生去他农舍找他，试图唤醒他内心深处残留的哪怕是一丝善良。我跟着他一道前往，我觉得我应该这么做，尽管我很害怕这样的造访。虽然才到下午，可我父亲已然烂醉，他身穿肮脏的罩衫，躺在小床上。我们进门时他站了起来，哼了一声，从教区长身边挤过。他刚迈出门一步，便撒起了尿，就那么站在那里撒，在我俩的注视下，毫不羞耻。

刚出门时我就曾感觉到教区长会白跑一趟，现在我则完全确信了。很长时间以来，父亲的粗俗行为都会让我脸红：我嫁给山姆后，曾试图克制住自己的情感，不让自己再因父亲做了什么或没做什么而心里别扭。但是让教区长如此受辱,却使我很难过。

我喃喃道:"先生,千万别在意我爸的粗鲁举止。咱们回吧,因为就凭他目前的这种状态,您休想唤出他内心一点点善良来。"

教区长只是和善地看着我,淡淡微笑着摇了摇头。"咱们既然来了,安娜,我就要说出我来这里要说的。"

他苦口婆心,但对我父亲则完全是对牛弹琴。蒙佩利昂先生说,全村人都明白他所从事的工作是有价值的,明白他所承担的危险;他觉得自己有权因这样的劳动而索取报酬,这本身无可厚非,因为即使在古人的故事里,船夫把灵魂摆渡过冥河,也要索酬。"但是乔斯·邦特,我请求你收费合理一些。"

"合——理!"我父亲冷笑道,"当然啦,你想让我受穷,吸血鬼!"随后我父亲滔滔不绝地痛陈起自己小时候在海上如何受虐,从那以后他又是如何从未被公平地付过报酬,无论是干农活也好,伐木头也好,或者是干任何他所从事的苦力。

"你们吸干了我们的血,你们那一伙人。我们为了一点点薪酬累断了脊梁,这一点,你们想都不想。然后你们继续人五人六,就跟我们应该为了你们扔过来的半个便士去舔你们的靴子似的。"当他提高嗓音时,他的嘴角上形成星星点点的白沫,他的唾沫星子乱飞。"而当我终于找到了一种法子,可以靠自己的汗水挣点儿啥之际,你却跑来试图告诉我干活能收什么不能收什么!哈!你可以满嘴是蜜地哄我女儿给你倒尿盆,但我乔斯·邦特却不会上你们这帮人的当!如果你觉得自己有力气干,你就自己来埋这些瘟死鬼好了。"然后他转过身,背对着我们。"丫头,把你的牧师带走,别等我轰啊。"他说。

"留着你的力气挖土吧,乔斯·邦特。"迈克尔·蒙佩利昂的面容是平静的,可他的声音却异常冰冷,我觉得这句话就像一场冰雪暴一样落在我父亲身上。"别把力气浪费在撵我出门上,我也不会再多费神来寻找你心底的善良了,因为我已看出,你的善良早已荡然无存。"

我父亲对此没有答话,只是重新一头躺倒在自己的小床上,当我为教区长扶着门,带教区长出去时,他翻了个身,留给我们一个后背。在尔后的几个星期中,教区长真的又挖起了墓坑,他不知怎么找到了力气,去埋葬那些非常穷的人,他们没有我贪婪的父亲所觊觎的东西。至于我嘛,我很高兴自己不再姓他的姓,因为他的姓氏在每一个农舍和每一个房屋里,越来越多地遭到人们的咒骂。

后来他终于干了一件极为令人发指的勾当,就连这里人口锐减、精疲力竭的村民们,也终于按捺不住,采取了行动。克里斯托弗·昂温是个十二口之家中最后仅剩的儿子,瘟疫夺去了他家十一个人的性命,他已在病床上躺了九天,远比别的染上此病的人坚持得时间长。我曾去看望过他几次，蒙佩利昂夫妇也曾数度前往。我们现在开始祈祷他会像玛格丽特·布兰克韦尔一样，成为百里挑一的染上瘟疫又活下来的人。

后来，一天早上，我刚把早餐的腌猪肉和燕麦饼给蒙佩利昂夫妇端去，就发现兰多尔·丹尼尔在厨房外面的院子里踱来踱去。我的第一个念头就是，玛丽或宝宝病了，我不由得心中一沉，因为那个小宝宝，我头一回接生的婴儿，对我来说格外亲。

"不，上天保佑，"兰多尔说，"他俩全都好好的。不，我来是为了我的朋友克里斯托弗·昂温。昨天晚饭玛丽给我炖了一锅肉，今早我便想到给他送些去。可他一点儿都不肯吃，说觉得自己快不行了。他要我赶快来请教区长。"

"谢谢你，兰多尔。我会告诉蒙佩利昂先生的。"

教区长刚要开始吃饭，所以我想，还是吃完饭再跟他说吧。但是埃莉诺听见了院子里说话的声音，她喊我过去，问我兰多尔说什么了。我只好以实相告。教区长放下手中的叉子，把他那盘尚未吃的食物推开，疲倦地从桌前站起。埃莉诺也站了起来，这个早上她的脸色比往常更显苍白，于是我连忙建议说，我陪蒙佩利昂先生去，她留下来看着锅里煮的草药。

我们一起向昂温家房子走去，一边走，教区长一边询问我有关我前一天工作的许多问题,我看望过谁,他们情况如何,我都发了些什么药水,我认为哪种最有用。在过去的几个星期中,我不知不觉在他面前不再腼腆了,现在我发觉自己可以毫无保留地对他说话了。他告诉了我他去看过的那些人,然后重重地叹了一口气。"你说有多怪,安娜。我在心里把昨天认作了一个好日子,尽管它充斥着那么多致命的疾病,以及近来人们的丧亲之痛。然而它仍然算个好日子,就是因为这一天没有一个人死掉。咱们现在可真够惨的,竟然用如此低的标准来判断什么是好。"

昂温家房子在教区长宅邸西面,位于村子里的公共草地旁边。当我们走过这片蔓草丛生的公共草地时,教区长向木枷歪了一下头。一束藤萝向上攀爬,穿过一只踝枷①。锁闩上锈迹斑斑。"应该说,这也算得上是这个严峻年头所带来的一件好事,木枷、刑椅,以及所有诸如此类的野蛮刑具都废置不用了。我希望我能说服这里的人继续保持如此,即使这段艰难的时期过去以后。"

我们已经抵达昂温家大门口。这幢房子远离路边,位于一个漂亮的花园之中。这家人由于多年开采铅矿而日子红火,他们的房子也在不断扩大着,先增加的是建得很好的附加建筑,然后它又变成全村最好的宅子之一。现在,死了那么多家庭成员之后,这地方一副没人管的凄惨之相。在这一家人惨遭病魔

---

① 踝枷,古代套在囚犯脚上的枷锁。

蹂躏期间，教区长曾多次来此。他径自走到前门，高喊克里斯托弗。曾几何时，克里斯托弗还与妻子和幼小的儿子在此共住，现在他独自躺在房间里。这个年轻人答应的声音很微弱，但他毕竟答应了，这本身就非常令人宽慰。

我从碗柜里拿出一个杯子，给病人倒些滋补甜酒，教区长则先于我去了楼上卧室。过了一会儿我进去时，教区长正站在窗口，背对着我，眺望着窗外昂温家的田地。我注意到他身体两侧的拳头在攥来攥去，仿佛他所看到的东西令他极为不安。他转过身时，我发现确实如此：他双眉紧锁，怒容满面。

"这有多久了？"教区长问克里斯托弗。克里斯托弗坐在床上，后背靠着一个垫子，他的样子并不像我以为的那样病情严重。

"天刚亮就开始了。我是被他铲土的声音弄醒的。"

我的脸红了，既因为羞愧，也因为愤怒。我走到窗口，不出所料，只见父亲站在挖好一半的齐腰深的坑里。我可以想象，他那贪婪的眼睛已经在清点自己将从昂温家拖走的东西了，因为克里斯托弗一旦跟随亲人入了土，家里还剩下谁来阻挡他的偷窃呢？这时我确切地感到，就是因为我父亲的挖坑，才让这个年轻人相信自己的病情在恶化，因为依我看，他其实比以前好多了。他脸上的表情是灵动的，他的肤色是健康的，我在他身上看不出任何疫病的迹象。

我小声对教区长说:"我去和我父亲说一声,让他立即走人,因为我认为,这个年轻的主人并不需要这样的服务,今天不需要,日后的几天也不需要。"

"不,安娜。你待在这儿,照顾昂温先生。我去打发乔斯·邦特。"

我没有反对,而是大大松了一口气。我用薰衣草水给克里斯托弗洗脸,鼓励他道,种种迹象表明健康正在恢复。这时,外面忽然传来大喊大叫的声音。我父亲在用最肮脏的语言咒骂迈克尔·蒙佩利昂,他不乐意听教区长说,屋里的年轻人远未到这样的时候,不需要用他挖的这个坟坑。此外,教区长也并不是站在那里不吭声,而是用我所听到他说过的最为和气的话语回答我父亲——他在著名的剑桥大学神学院从没学过粗话。

我父亲怒吼着说,由于他干活了,所以他就要得到酬劳,"不管昂温的屁股今天进不进坑。"

我走到窗口,看见了他,他的胸脯向前挺着,几乎顶在了教区长胸口上。他那副架势仿佛是要向房子的方向走过来——我想他是想拿他的酬劳,但是教区长伸出一只手,抓住了他。我父亲试图挣开这只手。他发现自己挣不开时,我看到他一脸惊讶。他举起拳头,我倒吸一口凉气,我太了解这拳头的分量了。迈克尔·蒙佩利昂一动不动地站着。我想,他并没意识到此人真的要打他。但是我低估了他。蒙佩利昂先生恰好等到我父亲把全身的力气用在这一击之际，在最后关头敏捷地向旁边闪开一步，这样一来，我父亲自己的冲力便使得他向前栽去。趁着他的脑袋向下，教区长在他后脖颈上飞快一掌，借他的前倾之势推了一把，狠狠地推了一把。一瞬间，我父亲在墓坑边上摇摇晃晃，他的双手疯狂地挥舞着，他那大张着嘴巴的惊异面孔几乎是喜剧性的。然后他向前跌倒，掉了下去，下方传来一阵湿泥土的啪唧声。我看到教区长向坑里张望，大概是想使自己放心，我父亲并没摔得太重，因为从坑里传出的滔滔不绝的咒骂已完全说明他并无大碍。教区长转身朝房子走来时，我从窗口退开，因为我怀疑，他并不想这一场景被人看见。

我随后到厨房给克里斯托弗做了一顿饭，因为他说他觉得有点儿想吃东西了。我把饭端来时，他吃得就像是一个健康青年，是的，他很快就会成为这样的健康青年，而教区长则与他说着笑话，说这个早上他俩如何骗过了死神。

这一天的晚些时候，我得知父亲被人从采矿人酒馆扔了出去，当时他一面喝酒，一面心疼他那没到手的赃物，并为他的落坑之辱而耿耿于怀，脾气变得越来越暴躁。我很高兴酒馆老板开始给他的恶劣举止划出底线，但我也为阿芙拉的孩子们担心，怕万一他把自己醉醺醺的火气发泄在他们身上。我把自己的担心告诉了埃莉诺，她想出个主意，不妨把孩子们给接来，就说戈迪家的百草园需要人手。那里当然有许许多多我们还没忙完的活,给我们想在这个季节栽种的大片植物翻土、除草、施肥。我去捎话,我尽可能委婉,这样阿芙拉便可以知道,如果她希望离开这个农舍,那么那里也会有她一席之地。但是阿芙拉看穿了我的暗示,立刻对我付之一笑。

"甭为我担心,丫头。我自有办法管住那头骡子。"

于是我就任她去了,只要她自个儿乐意。我自己则决意把父亲从我心头赶开,让他带给我的羞辱再次降低为仅仅是一个难以摆脱的悲哀——不眠之夜中又一个不愉快的念头罢了。

天蒙蒙亮我就起了床,一宿没睡好,我到井边打水。这是四月初的一个少见的好天气,大自然让我们感觉到美丽的春天正在到来。天气出奇地温和,我在院子里流连忘返,呼吸着缓缓温暖起来的大地那柔和的气息。这天早上天空非常美。从地平线到天穹,布满了毛茸茸的云彩,仿佛一个剪毛人把一束刚剪下的羊毛高高抛入了空中。我看着的时候,旭日的光线照亮了每一片云彩的边缘,将其变成银子,直到突然之间,羊毛变成了闪亮的金属网。然后,光亮再次发生变化,银灰变成深深的玫瑰红。"傍晚天红,水手欣喜;清晨天红,水手警惕。"父亲曾教过我这个谚语。我心不在焉地想着,这个美丽的天空预示着一场正在聚集的风暴,趁风暴到来之前,应该把羊赶进圈里。

我的冥想被一声悲嗥打断。一个噩梦中的形象蓦地映入眼帘。他的头颅从脑瓜顶上劈开一道，头发成了凝满干血的幕布。他满身是土，还抹着一片片黄泥，浑身赤裸，只是在身后拖着一条缠绕的被单，被单已被撕得不成模样。这家伙又高喊了起来，我意识到他喊的是我父亲的名字。我的第一个念头就是，一具睡尸醒了过来，从我父亲所挖的浅坟里蹦出，前来报仇。刚这么想了一下，我就将其摒弃，觉得不靠谱。凭着这一丝理智，我认出这个披着破烂尸布的人是克里斯托弗·昂温。

我的邻居们，那不多的几个骨瘦如柴的幸存者，闻听克里斯托弗的喊叫，也从各自的小房子里出来。大家都一脸的恐惧。我跑向他，请求他进屋里来，我好给他疗伤。"不，太太，我不进去，因为我所受到的最深的伤，超出了你的治疗范围。"我试图抓住他胳膊，可他把我甩开，靠在粗砺石墙上稳定住自己。

"你老爹想趁我夜里睡觉的时候杀死我。我躺在床上醒了过来，刚好看见他的铁锹劈向我。后来，当我再次醒过来时，我竟在自己的坟墓里！是撒旦的魔爪把我放在了那儿，可我仍然好好活着。算我命大，他犯了懒，一心贪图我的财产，只撒了薄薄一层土掩盖我，这土不够把我完全闷死。幸亏我是个采矿人，不怕把脸埋进土里。"闻听此言，人们纷纷点头。我们的采矿人一向有个传统，假如有谁在井下受了伤，便铲开一块地皮，趴在那里，把脸放进新挖开的土中，这样他就会恢复得更快。克里斯托弗继续说："然而，我不得不像个鼹鼠似的爬出来。我敢说,今天吃土的将会是他,他休想看见明早的太阳!"

"赞成!"路对面的一个声音喊道。"赞成!好久没惩治恶棍了!"现在人越聚越多,就像是纱线自动绕成纱锭。有人拿来一个斗篷,扔给克里斯托弗。"谢谢了,"他说,他的声音从糊了一层血与土的嘴唇中吐出,"那头猪不仅想要我的命——他还剥去了我睡觉时穿的睡衣。"

我站在那里看着他们,觉得自己就像是块石头,现在已经有了十几个人,他们匆匆向我父亲农舍的方向赶去。我站立在原地,既没跑去提醒他,也没去叫蒙佩利昂先生,或者去做任何能救他的事。我站立不动,所能想到的只有他那打人很痛的拳头,以及他那臭烘烘的呼吸。我站着,直到众人上了坡,看不见了。然后我走进房子,准备迎接这天的劳作。

早上预兆出的风暴在下午早些时候刮了起来。它从东北方席卷而来,雪如帘幕,像分开的书页般,一路越过远处的谷地,活脱是某人手中的书信,被一阵风吹散。这是一种极少见的景象,我站在山坡上的苹果园里,但见白色的雪幕缓缓前进,后面映衬着黑云,我看呆了。

就在这时,他们来找我,一群采矿人走上山坡,穿过树丛,就跟山姆丧命的那个晚上一样。这一回,是阿伦·霍顿带领着大家。他说,他们要我去采矿人自治会法庭作证,说说我在昂温家看见了什么。"你要是愿意的话,也可以给你父亲辩护。"

"我不想去,主席。"在阿伦·霍顿那庄严的声音之后,我的声音听起来轻飘飘的,似乎被风吹走了。"我什么都不想说。我所看见的,别人也看见了。请别要求我做这个。"

但是霍顿一定要我去,不去不成。于是,顶着漫天大雪,我与这些将要决定我父亲命运的人一同前往,而前往的地方恰恰是采矿人酒馆。

人们聚集在酒馆的院子里,就像那天晚上梅丽·威克福德给主席送来那盘铅矿石时那样。当然了,人数少了,因为采矿人自治会最新盟誓的二十名成员中,这几周又有三个染上了病。院子里有两张长酒桌,周边是高出一层的走廊,平日里,住店客人可以顺走廊进入自己的房间。当然了,自从"礼拜日誓言"之后,已经没有了旅行者。客房都空半年了。一些采矿人站到了走廊上,要么是为了躲开飞雪,要么是为了与自己的同伴们拉开更大的距离,具体是为什么,我也说不清。当主席一众走进时,六七个人趴在栏杆上,向下方的我们张望。离我们较近的那些坐在酒桌边的人,全都在漫天飞雪中裹紧了自己的毯子或斗篷。人人都表情严肃。我四下张望,寻找阿芙拉,但没找到,我思忖着,她是否太胆小了,不敢来到这些一肚子火的男人们中间。院子里的落雪似乎要盖住一切，甚至盖住阿伦·霍顿那洪亮的嗓音，他在那张较大桌子的尽头就座。

"乔斯·邦特！"

我父亲站在桌子另一端，双手被绑在前面，两个采矿人紧抓着他。见他对主席的话没反应，亨利·斯沃普，两个采矿人中高大的一个，用力按他后脑勺。

"你应该对主席答'在'！"

"在。"我父亲没好气地嘟囔着说。

"乔斯·邦特，你非常清楚致使你来到此处的那桩罪行。你不是采矿人，在正常的时候，本法庭本不审理你这样的人。但是我们是本地唯一剩下的主持公道者，正义将在这里得到伸张。今天聚集于此的人也一定全都知道，谋杀和企图谋杀超出了自治会法庭的审理范围。所以，我们把乔斯·邦特带来，并不是要他回答这些问题。但是下列事情我们却要他做出回答：审理之第一条，耶稣纪元一千六百六十六年四月三日，你被控进入采矿人克里斯托弗·昂温宅中，从那儿拿走了一个银水罐。你有什么要说的吗？"

我父亲又不吱声了，他的头垂在胸前。斯沃普粗暴地拉起我父亲的脑袋，朝他厉声道："面向主席，乔斯·邦特，说

'是'或'不',别等我动手!"

我父亲的声音几乎难以听见。他一定是感觉到了院子中人们对他的仇恨。就连他那被酒精弄迷糊了的脑子,也一定盘算了出来,让大家站在冰冷的雪地里,这只能更加激怒他们,并在最后惩罚他时徒增他们的怒火。

"是。"他终于说。

"审理之第二条,在同一天同一幢房子里,你被控从那里拿走了一个银盐碟。你有什么说的?"

"是。"

"审理之第三条,在同一天同一幢房子里,你拿走了两个做工精致的铜烛台。你有什么说的?"

"是。"

"审理之第四条,在同一天,你从克里斯托弗·昂温身上扒走了一件麻纱长睡衣。你有什么说的?"

就连我父亲似乎都为这最后一条感到了羞愧。他再次垂下头,他回答的"是",声音低微,几乎听不见。

"乔斯·邦特，由于你确实犯有以上罪行，我们认为你有罪。在我宣布对他的惩罚之前，有谁愿意为此人辩护？"

这时，所有的目光都转向了我，所有人的目光，包括我父亲的目光。我站在阿伦·霍顿右侧的墙根处，试图藏在阴影里。一开始我父亲的注视是雄赳赳的，就像一只昂首阔步的骄傲公鸡，但是当我默默回视他时，他的样子变成了惊异，然后是困惑，最后当他终于意识到我不会为他辩护时，他的整个脸都耷拉下来。这里面有愤怒，但也有失望，以及渐渐呈现的悲哀的理解。这时我不得不移开自己的视线，因为他所流露出的那一点点悲痛是我无法承受的。啊，我知道我会为自己的沉默付出代价。但是我不能为他辩护。或者更确切地说，不愿意为他辩护。

人们见我保持沉默，出现了一阵骚动和低语。当阿伦·霍顿确信我什么都不会说时，他举起一只手，要大家安静，人们安静下来后，他发言。

"乔斯·邦特，你一定知道偷窃一向是一件令采矿人愤怒的事情，他们在远离住处的地方辛勤劳作，必须早早把自己辛苦掘出的矿石独自留在一个个地方，无人看管。所以我们的法规里有足以威慑贪婪之手的惩罚。你的手不同寻常地贪婪，所以本庭特此以古老的方法对你进行治疗：你将从这里被带到昂温的矿井，用一把刀子刺穿你的双手，钉在井架上。"霍顿垂下眼睛看着自己那双毛茸茸的大手，这双大手扶在桌子上。

他抬起双手,然后重重拍下,他摇了摇自己的大脑袋。"执行吧。"他说,他的声音不再是方才那种响如洪钟的主席派头,而像是一个悲伤的老人。

他们带走我父亲时,光线在变暗。后来我听说,当他看见冰封雪盖的荒原上那黑乎乎耸立着的井架时,他哭了起来。我听说他徒劳地请求网开一面,当匕首刺进肉中时他嚎叫得像一头困兽。

按照规矩,一旦把刀子钉上,罪人便被丢下,无人看守。大家都知道,用不了多久,他的亲人就会来放下他。我相信阿芙拉会去做这事。我绝没想过她会不去,因为不管我怎么看我父亲,我也都不会丢下他,任他这样死去。

这天晚上,雪变成了雨。到了早晨,如注的大雨把山坡上的泥土冲刷下来,填住了两条小河,直到黄汤溢出堤岸。整个翌日,雨水都斜扫着我家窗户,仿佛是从一个永远泼不净的桶中泼来的。道路成了河,积水涌向房子,从门槛底下流进,直到所有不用的布都因用来堵水而湿透。打开房门就是放进大雨;迈步门外就变成落汤鸡。所以除非不得已,没人出门。

我相信父亲是在等待阿芙拉的过程中死去的,他到最后一刻还在盼着她来。否则的话,他肯定会做出狼的选择:毁手求生,让刀刃割开自己手掌上的肉和指间的肌腱,以获取逃脱与活命。也许他因醉酒而仍然头脑糊涂,没意识到时间在过去。

也许他因双手疼痛而昏了过去,没有感觉到那渗入肌肤的寒冷悄悄占据了身体,减慢了他的心跳,直到它停止跳动。我将永远无法准确知道死亡是怎样降临在他身上的。但是我想着他的身体被暴雨冲刷,那透湿的躯体逐渐缩拢起来。我仿佛看到他的嘴巴张得像个瓢,灌水,灌水,最后灌满,溢了出来。

因为阿芙拉没有去。她无法去。这一天,她的四个孩子当中,一下子三个都瘟疫病发作。最小的三岁丫头费丝,是唯一一个没病倒的。若是大些的男孩子们有一个没病,她就可以派去求援了。但是她无人可派。于是她选择了不把孩子们丢在这孤零零的农舍里,雨浇透了屋顶的茅草,炉火越变越小,孩子们难受得又哭又叫,她不能顶着瓢泼大雨,一路跑到荒原,去解救那个把传染病带给了孩子们并被她责怪的男人。

整整这一天以及尔后的一天,没人去她那里。我也没去,为此,我将永远自责。因为我们的疏忽和她的孤独,又生出了更多的愤怒。更多的愤怒和疯狂——以及过度的悲伤。对阿芙拉,也对我们所有的人。

第二天晚上雨变小了,到了早上,雨被一场罡风取代,风刮落了树枝上的水,开始慢慢吹干我们住所那浸水的石头和田地里湿透了的泥土。

父亲死了三天后我才得知。那天早上阿芙拉出现在我家门口，两手是泥，湿漉漉的泥点从罩衫上掉下来。她双颊塌陷，两只眼睛凹陷成淡紫色的窟窿。泥巴沾满了她的下半身，她抱着小女儿费丝，孩子紧紧抓着她的腰。

"告诉我他在这儿，安娜。"她说。一开始我不知道她在说什么。我脸上的茫然表情回答了她的问题。她发出一声野兽般的嗥叫，倒在地上，用拳头敲打壁炉。她满手的水疱震裂开来，把黄色的液体溅在灰色的石头上。"那他就还在那儿呢！让魔鬼抓走你吧，安娜！你把他丢在那里死去！"孩子吓坏了，也跟着哭了起来。玛丽·哈德菲尔德听到这吵闹声，来到我家门口，我俩一起抓住阿芙拉，尽力抚慰她。但是她在我们手中就像一条狂野的黄鼠狼，炝着蹦儿地要挣脱我们。

"松手！松手！因为我是唯一一个关爱他、会去管他的人！"

我决定在这种状况下不放开她，尽管她那夹枪带棒的话语弄得我心里酸酸的。我从心底里希望父亲解脱了自己，跑到别的地方去了。这是那种他做得出来的事：违背誓言，无论是对阿芙拉违背誓言，还是对全村违背誓言，甚至对上帝违背誓言，在他来看都无所谓。

用了好一会儿工夫，我才从她那混乱的哭丧中弄明白，她的三个儿子全都死了。这天早上她埋葬了他们。她把墓坑挖得足够大，把他们肩并肩手挽手地放在了里面。她自己手上受伤不仅仅是因为她在透湿的地上挖了一个这么大的坑，磨出了泡；当我从她伤口上挑刺的时候，她告诉我，她用编成三段的黑莓荆棘盖住了坟墓，这样，圣父、圣子和圣灵三位一体的力量就会为她的儿子们阻挡住巫婆和恶魔。我心中想，却没说出口，荆棘唯一能阻挡住的就是那些用鼻子乱拱的老母猪，别让尸体被拱出来。现在母猪在村子里溜来溜去，饥肠辘辘，见啥吃啥，其他牲畜也都如此，它们死去的主人无法再照料或关着它们了。

我给她受伤的手敷药，并用我所能找到的最柔软的布包上，她疼得直吸溜。我认为，在她埋葬了儿子之后，最不应该让她面对的事情就是处理我父亲的事。如果这三天里他死在了那儿，现场会是令人毛骨悚然的。但是如果他逃跑了，而发现他弃家出走，则会给她徒添悲哀。我说我打发布兰德或其他小伙子去昂温的矿井看看，可这一建议只是使得她再次恸哭起来。"他们全都恨他！我不让他们靠近他！你也恨他。你不必假装不恨。就让我自己去好了，把他应该得到的给他。"在她这种极度痛苦的状态下，我无法说服她，也无法反对她，于是我决定与她一起去。但是我让她把孩子交给玛丽·哈德菲尔德照看，这样小家伙就不会看见我们所发现的任何景象了。

哎呀，我简直无法领会这恐怖有多巨大，或者，也许我真的不该来。小小的侥幸：罡风在被冬季寒流冻死的欧洲蕨的枯枝之间，在死掉的石楠那没有叶子的光秆之间，哗啦啦地钻来钻去，所以我父亲的粪便和被啃吃掉一半的腐烂内脏，它们所发出的臭气便只能在阵阵的风中偶尔闻到了。野兽有充裕的时间啃嚼，所以井架上留下的东西更像是一扇被胡乱宰割的牛肉，而不像一具人的遗骸。

走向这具一塌糊涂的尸身，是我这辈子所做过的最为艰难的事情。我看见它时，便裹足不前，我想转身回去，请求某个外人来收拾它。但是阿芙拉大步前行。现在她的发作过去了，或者至少是改变了。她已变得冷漠而平静，不住嘴地低声嘟囔着。她径直走到井架前，去拔那柄钉着我父亲所剩残骸的匕首。它被深深敲进木头，当她用自己裹着绷带的手抓住它时，它纹丝不动。当她踏上一只靴子，把全身重量加在上面时，匕首才终于摩擦着骨头滑落。她看了它好一阵子，然后把它放在我父亲的头上，割下一大绺头发，塞进自己口袋。接下去她从我父亲的背心上撕下一块布，包住刀身，将匕首插进自己的腰带。

我们既没带镐，也没带锹，这儿的地面即使在这样的大雨之后也异常坚硬，我实在没办法挖一个像样的坑。然而，把尸身抬到别处去，这我想都不敢想。我怕阿芙拉会想要把它埋在自己的地里，埋在孩子们身边。但是她说她要将他就地掩埋，埋在昂温的矿上，这样克里斯托弗·昂温就会永远想到自己伸张正义所付出的代价了。于是我花了一个钟头的时间搬石头，堆积一个圆锥形石墓。至少，做成它还算简单，因为废矿料里有许多大块的蟾蜍石。石墓堆得足够高时，阿芙拉开始寻找木棍，然后她把衬裙的褶边撕成布条，将木棍绑在一起。我以为她要给坟墓做个十字架,但是她做完之后,我看到她做出的却是个侏儒状的东西。她把这东西放在了石头墓的顶上。我开始念《主祷文》,她也在嗓子眼儿里低声咕哝着,我以为她也在与我一起念。但是当我说阿门时,她却还在继续咕哝,咕哝完之后,她所画的符号并不像是十字。

鬼影憧憧

那个下午,我为父亲而哭泣。我去教区长家的厨房给埃莉诺沏马鞭草茶,站在那里等着水开之际,不禁热泪盈眶,眼泪控制不住,流了下来。哭的麻烦在于,一旦开了闸门,便再难止住。我一直没有充足的时间哀悼我的两个儿子,或哀悼我自己那毁掉了的想象中的生活——我曾想象着把他俩抚养成值得骄傲的男子汉。

我满脸泪水,肩膀抖动,但我还是试图沏茶。我从铁架子上拎起壶,然后呆站在那里,记不起来那简单的程序,忘掉了下一步该做什么。我一动不动地站在原地。这时,埃莉诺来了。她夺过我手中的壶,扶我坐下,然后抚摸我的头发,抱住我。一开始埃莉诺什么都没说,但是当我的抽泣平息下来时,她开始低语。

"告诉我。"埃莉诺说。于是我终于说了出来,所有的一切。父亲所有的野蛮粗暴;我那迷失而孤独的童年中所有的被忽视和被虐待。然后我告诉她,我所知道的他的堕落背后存在着的东西,那些他往一个胆战心惊的孩子耳中强灌进去的她不愿意听的故事。他小小年纪如何被舰上的粗暴水手们欺辱,如何学会喝下朗姆酒,直到不再在乎。他如何经受一名水手长助手的鞭笞,此人每次鞭刑之间都懒得清理鞭子,以至于鞭梢被血黏成一体,像一根血糊糊的棍子般击打在他背上,留下那么深的裂口，弄得他后来都无法完全抬起左臂。

我详细讲述这些时，埃莉诺畏缩了，就像当年我听这些故事时，也一定畏缩了并试图堵住自己耳朵一样。但是正如当年他不愿住口，我发现我也住不了口。我听见自己的声音嗡嗡着，嗡嗡着，全都是冗长的悲惨：他如何看着自己唯一的朋友受到不公正处罚，被绳子拖过船龙骨时，被结在船体上的贝壳从颌骨撕裂到小腿；他如何熬过了学徒期，终于上了岸，却被一个拉夫队抓住，又强行送回海上；以及那以后，他如何生活在恐惧中，即使在我们现在的这个内陆，他还生怕再被抓走，重新拖回到噩梦中去。

不知怎么搞的，讲述这一切，使我的头脑被洗净了，我能够再次清楚地思考了。通过这样聚集和整理自己的情感，我终于能够造出一架天平，我可以用它称出父亲天性的分量，在我对他的厌恶与我对他的理解之间，找到一个平衡。我对他惨死之事的内疚，抵消了他在生活中对我的亏待。衡量完之后，我觉得自己摆脱了他，我又能平静思考了。

埃莉诺静静地坐了好一会儿，终于说："我以前也总奇怪，为什么你父亲那样的人竟会遵守'礼拜日誓言'，留在了此地。我总觉得，他是那种只要能跑就跑的人。我想，能解释得通的是他对拉夫队的恐惧。"

"也许是这样，"我说，"但是我认为还有别的。我现在确实相信，他觉得自己受到了某种保护。"随后我告诉了她，在给我父亲垒石头坟安放他尸体的过程中，阿芙拉的奇怪举止。"阿芙拉一向很迷信。我认为，她让我父亲相信了，她弄到了符咒之类的东西，可以保一家人免受瘟疫感染。"

她说："哎呀，若真是这样，那么阿芙拉和你父亲并不是唯一信这种邪的人。"她去拿她的篮子，从篮子里取出一块脏兮兮的破布。她让我看了一眼，然后扔进壁炉。她已经给我俩沏好了茶，她心不在焉地呷着茶，望着布被烧掉。布上的字写得很难看，似乎这只写字之手不习惯于写字。在火焰将其烧黑之前，我看出上面的字是四个莫名其妙的词组：唵卟，咦喇，唏呃卟嘶，咭呗喇。

"这是我从玛格丽特·利夫塞奇那儿拿来的，昨天她的女婴死了。这块布是一个'女巫'给的她。她自称是阿尼丝·戈迪的鬼魂。鬼魂告诉她，上面的字是迦勒底语①，一种巫师神汉的强大咒语，他们每逢月圆，便赤裸着身体，身上绘着蛇，崇拜撒旦。鬼魂让她把这块布像蛇一般缠在婴儿脖子长瘟疫疖的地方。随着月亮变亏，瘟疫疖也会跟着变小。"埃莉诺伤心地摇着头，"要么是玛格丽特丧失了理智，凭空想象出那个并不存在的女人，要么是有人凭着这上面邪恶的胡话，骗取了她一个银先令。安娜，我不知道在这一切当中什么更令我震惊：是有人趁自己同伴绝望之机大捞一笔呢，还是她们借阿尼丝的

---

① 迦勒底语，古代两河流域居民的一种语言，属闪米特语。

名字骗人，从而玷污了我们对阿尼丝的记忆，或者是这里的人太绝望，太轻信，以至于听信午夜的呓语，用自己的最后一个子儿，来购买这些毫无用处的护身符。"

随后我向她讲起，我俩在戈迪家不期而遇的那个雪天，我发现凯特·塔尔博特那张"唵卟喇喀哒卟喇"符咒的事。"咱们必须把这些事告诉蒙佩利昂先生，"她说，"他必须对此进行谴责，警告人们不要堕入这种迷信之中。"教区长出去了，去给采矿人理查德·索普斯写遗嘱，但是不一会儿，我们听见安忒洛斯在马厩院子里呼气和喷鼻子的声音。埃莉诺去迎丈夫，而我则热些肉汤和燕麦饼，当我端着食物走进书房时，他俩正在极为认真地讨论着。

埃莉诺转向我："蒙佩利昂先生也见到过这种符咒。看来，这种疯狂与瘟疫一样，正在此地迅速蔓延。"

"一点不错，"蒙佩利昂先生说，"我回来，是接你俩中的一个去莫布雷家，他们的宝宝需要你们的药草知识。"他刚才是没穿大衣从马厩院子走进来的，看上去冻得发抖，于是我赶紧去给他拿来一件外衣。

"这么说不是瘟疫，教区长？"我一边问，一边帮他穿衣服。

"不，不是，这回不是瘟疫，或者至少现在还不是。但是我在赖利农场的田野里发现了宝宝的傻父母，他们在把可怜的孩子赤身裸体地从荆棘丛中递过来递过去。我赶到他们跟前时，婴儿幼嫩的身体早已划得遍体鳞伤了，那两个傻瓜还笑嘻嘻地说，他们防止了他受到瘟疫种子的攻击。"他一面拉下自己的衬衣袖子，一面叹息，"我板起面孔，严词厉色地要他们说出这究竟是怎么回事，但是他们最后告诉我说，他们是从阿尼丝的鬼魂那里得到的指示和符咒，阿尼丝的鬼魂暗中找过他们。我用自己的斗篷把可怜的孩子包了起来，让他俩把他抱回家去，我当时说我会派你俩中的一个立刻带上药膏去治孩子的划伤。"

我对埃莉诺说还是我去吧，因为我需要干点儿有用的事情，来分分自己的心。我尽可能快地配制药膏。荆棘叶本身具有抚慰荆棘刺所划伤口的功效，于是我用它配上银叶花、合生花、一点点凉薄荷，用杏仁油将它们调在一起。这是一剂散发着香甜气味的油膏，它的香气在我手上久久弥留。但是在我接近莫布雷农舍的房门时，一股臊臭味却驱散了我鼻孔中的香气。

仿佛可怜的婴儿还没被利用够，洛蒂·莫布雷正高举着宝宝，引导着他把细细的尿液尿入一个显然是刚从火上端下来的饭锅。我想不出这是为什么，可他们显然已经把一锅小便煮了一阵子了，因为满屋都是尿臊气。我进屋时她茫然地抬起头，婴儿的最后一点儿尿液滴在了她裙子上。

"洛蒂·莫布雷，你又在犯哪门子傻？"我一边诘问，一边小心地从她手中抱过呜呜哭的宝宝。这个男婴是忏悔节后我给接生的,甚至在当时我就奇怪,洛蒂这样一个本身就那么孩子气的人,怎么能够照顾好他。做父亲的汤姆也木头木脑,靠着在农田里帮人种种地,在矿井里搭把手而勉勉强强过着打工仔的穷日子,做一些邻居们需要他干的任何简单活计。但是他看起来却是个温柔体贴的男人,对洛蒂非常好,对宝宝如醉如痴。"女巫让我们把宝宝的头发放在他尿里煮,这样就可以使他里里外外都不沾瘟疫,"汤姆说,"教区长对我们的荆棘驱邪发了那么大火,所以我便想试试这个。"

我从自己家带来一张羊皮,我把它铺在炉火前。我尽可能轻地把小家伙放在上面,解开洛蒂包他的脏布。他开始发出细细的哭声,因为在有些地方,布已经黏在了流血的伤口上。

"那女人给你们出这主意,收了多少钱?"我问,尽量使自己的声音保持平和,以免吓着宝宝。

"头一回三便士,第二回两便士,"洛蒂答道,"我觉得挺划算,因为她说,一旦孩子染上瘟疫,治疗的符咒可比预防它的花钱海多了。"由于汤姆·莫布雷曾经时不时给我家山姆打打工,所以我恰好知道,即使在好年景,五便士也是他一个星期的收入。

我实在难以压住自己的愤怒。但是我尽最大的力压着,因为莫布雷夫妇这种头脑简单的人落入迷信圈套,总不好去责怪他们吧。但是我却对那个掠夺成性的女人义愤填膺,不论她是谁。由于气愤,我手腕子都软了。当我为孩子洗净划伤、涂上油膏时,我努力使自己的手指头像蝴蝶一样轻。涂完之后,我用埃莉诺给我的那块干净亚麻布把他包起来,折好口,把他与羊羔皮一起,放入莫布雷夫妇当摇篮用的掏空了的木头中。然后我把那锅臊臭的尿端出门,远远泼在院子里。洛蒂见状失声痛哭,于是我扶着她双肩,轻轻摇晃她。"给,"我一面说,一面拿出药膏,"这东西一个子儿都不花。明儿早上,如果屋子里够暖和,让他光会儿身子,这样空气就可以治疗他的划伤了。然后,就按照你看见我做的那样,把药膏给他涂上。尽可能喂饱他奶,远离任何你认为有病的人。这就是我们抵抗瘟疫的全部办法。还有就是祈求上帝的解救,因为解救是不会来自撒旦的,上帝也不会去解救那些鞍前马后追随撒旦之人。"然后,我叹了口气,因为她那茫然的目光告诉我,我是在对牛弹琴。

"这个锅好好刷刷,再用来做饭,"我说,"放上水,今晚就放在火上煮。明白了吗?"对于这番话,她无声地点点头。至少,刷锅,还是她理解得了的事情。

我离开这个农舍时,脚绊在了一块松动的石头上,向下摔倒时伸手扶地,手掌蹭破了皮。我的愤怒放大了这小伤小痛,不禁咒骂了一声。当我吸吮受伤的地方时,一个问题开始变得挥之不去。为什么我们所有的人,我思忖着,不论是布道坛上的教区长,还是农舍里傻乎乎的洛蒂,都试图把瘟疫归因于看不见的手？为什么瘟疫要么是上帝降下的对信仰的考验，要么是魔鬼在这个世界上制造的邪恶？我们坚信其中之一，将另一个斥为迷信。但也许两样都是假的呢？所谓半斤八两。也许瘟疫既不归属上帝，也不归属魔鬼，而仅仅是大自然中的一样东西，就像是我们脚趾头不小心绊上的石头。

我继续往前走，一面嘬着受伤的手，一面探求着心中的这些问题。我真的就该相信是上帝把石头放在了路上，来绊我吗？有人会言之凿凿：上帝之手放置了每一粒尘埃。我不这么认为。当然，如果因为那块石头，我磕破了脑袋，现在重伤躺着，生命垂危，那我可能就会比较倾向于相信上帝之手在从中运作了。所以，在这个世界的设计之中，到底有什么能让我相信事物的变动能引起上帝的注意呢？如果我认定他老人家不会关心一块石头的放置，那么我为什么要相信他会关心我这么一个渺小的生命呢？这时我忽然明白，我们所有的人都把太多的时间花在了思索这些我们最后也无法回答的问题上。我们总思考上帝，思考他为什么折腾我们，如果我们把思考这些事情的时间，拿一部分出来，多想想瘟疫是如何传播、如何毒害我们血液的，那么，我们离拯救自己的生命，可能就更近了一步。

尽管这样的思索挺让人烦恼，可却带来一线光亮。因为，如果我们可以被允许把瘟疫仅仅看作一件自然界中的事物，那么我们就不必费心去想着必须顺应某种重大的天意，此病方能消退。当我们明白找到工具和方法，找到决心，就不再受病害折磨时，不论我们村庄里全都是罪人，或都是圣徒，我们都可以像农夫辛勤拔去自己田里不需要的杂草那样,仅仅去攻击疾病本身。

我们怀着一种希望与恐惧并存的复杂心情,迎来了五朔节:希望。我想:任何一个寒冷的冬天结束之际,希望都会自然而然进入人们的心扉;而恐惧则是因为,暖和的天气将会导致疾病增加。这个季节,以一种我不习惯的从容,一点一点地到来,仿佛天空知道我们今年无法应付突然的逆变似的,而那种大起大落,则正是我们这里更为典型的特点:一天暖意融融,催促着青草嫩芽生长,第二天却寒霜突降,使所有新生的植物重新变回无生命的灰褐色。这一年,芽苗张开,花蕾开放成花朵,没有病虫害。水仙把田野装扮成金色,看不见的小小生物在这田野里四处忙碌。老苹果树绽放出满树银花,它们的香气随着温暖的和风飘荡。有一回,走在迷雾般的风铃草中,一段记忆忽然涌上心头:"这样的景象曾使我喜悦。"一瞬间,我停住脚步,停顿着,试图抓住这一心境。当我站在那里时,我想起了杰米,仍是一个婴儿,高举着小胳膊,试图抓住月亮。我的这番想象注定是会消失的。然后我继续前行,走向那又一张临终病床边正在等待着我的忧郁任务。

天气好,我的母羊产羔就容易,这是我的幸运,因为我还有那么多其他事要做。有的时候,看到这些小生命,我会感动,它们那干净的羊毛映衬着茂盛的新草,白得耀眼,它们四足跳着，因为活着而快乐。在另一些时候，我常常凝视着它们，心想自己是否还能活着看到它们长大，剪下它们的羊毛，或者让它们与公羊交配，产下它们自己的小羔。这种时候，我往往会对它们那单纯的跳跃嬉戏无名火起。"愚蠢的畜生，"我会这样嘟囔，"这个世界上处处都在倒霉，唯独你们在此快乐。"逢此心境不佳，往往是因为我听到一个又一个人病倒。

要知道，温暖的天气带来了比我们所以为有可能带来的更多的死亡。即使在如今美丽异常的库克莱特谷地，那里装饰着比我们最精美的圣坛布上的花边还要茂密的山楂花，但这样的地方，也已经无法掩饰我们的减员了。每个礼拜天，我们彼此之间的距离都在扩大，而教区长那岩石布道坛与最后一排礼拜者之间的距离却在缩短。

"我们这里在成为加尔瓦略——髑髅地①，"迈克尔·蒙佩利昂说，五月的最后一个礼拜天他在谷地向我们说教，"但是我们这里也是革责玛尼的庄园②，那个等待与祈祷的花园。就像我们神圣的耶稣基督一样，我们只能乞求上帝：'请给我免去这杯吧。'但是然后，与他一样，被主垂爱的教友们，我们必须还要说：'不要随我的意愿，惟照你的意愿成就吧。'③"

---

① 加尔瓦略，又称髑髅地，位于耶路撒冷西北郊，相传为耶稣死难地。
② 革责玛尼的庄园，耶路撒冷东，靠近橄榄山的地方，据说耶稣经常在此沉思默想。
③ 引自《新约·路加福音》第二十二章。

到了六月的第二个礼拜天,我们已创造了一项新的悲惨纪录:此时,我们当中埋在地下的人与行走在地上的人,已经旗鼓相当了。玛格丽特·利夫塞奇一死,意味着现在的死亡人数为一百八十整。有的时候,如果我晚上走在村里的大街上,我会感觉到那些亡灵的幢幢鬼影。随后我便意识到,自己开始步子变小,缩着身子,双臂夹紧,胳膊肘收拢,仿佛要给他们让出地方。然后我会思忖着,是否其他人也有这种骇人的念头,或者是否我自己在慢慢变疯。从一开始,这里便有恐惧,但那时的恐惧是遮着掩着的,而现在,人们的恐惧则赤裸示人。我们剩下的人彼此害怕,害怕我们每一个人都可能有携带的隐藏传染病。人们匆匆而行,偷偷摸摸得有如耗子,试图在路上别碰上其他人。

每当我看到一个邻居的脸时,几乎不可能不想象着他死掉的样子。随后,我就会发现自己的心中开始思索没有了此人在农耕或织造或补鞋方面的手艺,我们的日子将会怎么过。我们这儿各行各业都早已人才凋零。掉了掌的马就那么缺失着马掌行走,因为蹄铁工死了。我们没有了酿酒人和泥瓦匠、木匠和织布工、茅草匠和裁缝。大量的田地覆盖着未破碎的土块,既不耙也不播种。整幢整幢的房子空着,一家一家的人弃世而去,此地多少个世纪都为人所知的姓氏,也随着他们一道消失。

恐惧以不同的形式俘虏了大家。啤酒酿酒人安德鲁·梅里克跑到威廉爵士山山顶附近,给自己盖了一个简陋的茅舍,独自居住，只带上了他的小公鸡。他常常夜深人静时溜下山，到蒙佩利昂井，撂下话，他需要什么东西。由于他不识字，他便索性留下一个杯子，里面盛着他所需之物的样品——几粒燕麦，鲱鱼的骨头。

有些人则用醉酒来驱赶自己的恐惧，用纵欲来排遣自己的孤独。这类人中最不可思议的一例是简·马丁，那个曾照料我家宝宝的不苟言笑的小姑娘。这个可怜人眼睁睁看着自己全家人都进了坟墓，然后，尽管她比一个孩子大不了多少，却天天泡酒馆，喝得一醉方休。不到一个月，她便甩掉了自己的黑色衣服，以及那副紧绷着嘴唇的样子。有一回特别让我痛心，我偶然听到几个年轻醉鬼说笑，说她如何从"冷若冰霜"，变成"一个几乎无法合拢大腿的荡妇"。一天晚上，我碰上她在黑暗中跟跟跄跄回家，便把她带进我的房子，想让她在一张安全的床上暖暖和和地醒醒酒，早上再好好开导开导她。我喂她吃了点儿炖羊脖子，可她马上就全都吐了出来，第二天早上仍然那么难受，我认为她无法听进多少我努力对她说的话。

但是约翰·戈登的恐惧却引导他踏上了一条最为怪诞的道路。阿尼丝·戈迪遇害的那个傍晚，戈登曾殴打自己的老婆尤丽丝，从那以后他便成了一个离群索居、难以相处的人，所以初春时节他和他老婆不再来库克莱特谷地做礼拜，没人感到特别惊异。由于他们住在村子的最边上，我有好几个星期没看见约翰。尤丽丝我倒是见过，还简单唠了几句，所以我认为他们之所以没来谷地，是出于自己的选择，而不是由于疾病。尤丽丝一向是个寡言少语的女人。她不断受到老公的恐吓，以至于总是悄悄出现又偷偷消失，羞怯又沉默，生怕说出的话会这样那样地使自己卷入她老公不赞同的事情。我注意到尤丽丝更瘦了，比平日愈显憔悴，但是这样的事也发生在我们这里大多数人身上，所以我对此并没有多想。

然而，约翰·戈登样子的改变就完全是另一码事了。一日，我忙完一整天照顾病人的工作，天擦黑时去蒙佩利昂井取教区长家厨房订购的一袋盐。天在变暗，我用了好一会儿才辨认出前方那个佝偻着身子一瘸一拐穿过树林、沿着陡峭小路行走的身形。尽管傍晚的气温很凉，可这人却大光着膀子，只在裆里包着一块麻袋片。他瘦得像具行尸，他的骨头就像是突出的闪亮圆球，几乎戳穿了皮肉。他左手拿着一样东西，他用这东西重重地支撑着自己，因为行走显然是太耗费他力气了。在越来越浓的暮色中，我一开始没看出他右手拿着的是什么。但是当我走到蒙佩利昂井，走得离他更近些时，终于辨认了出来，他右手拿着的是一根用皮条编成辫子的鞭子，鞭梢上凿着一根根短钉。约翰·戈登沿着小路行走之际，我发觉，每走五六步，他便停下来，直起身子，举起鞭子抽自己一下。鞭梢上的一根长钉是弯曲的，就像是鱼钩，所以它一钩在皮肤上，就撕下一小块肉来。

我撂下盐口袋，向他跑去，边跑边喊。追到跟前时发现，他浑身上下伤痕累累，新流出来的血，滴在早先伤口结了痂的疤痕上。

"好了,"我喊道,"住手吧!不要这么惩罚自己!还是跟我走吧,我给你的伤口涂些药膏!"

戈登只是瞪着我,继续嘟囔着:"赞美主啊,依您裁决……赞美主啊,依您裁决……"他随着《赞美颂》的韵律抽动鞭子。那根弯钉子钩在他皮肉上,挑起一层皮。他一拽,皮肤便撕裂。我哆嗦了一下。他那低低的嗓音一点儿都没支吾。

随后,他从我身边走过,继续朝界崖方向前行,仿佛我根本就不存在似的。我拎起盐口袋,直奔教区长宅邸。尽管我极不愿意给蒙佩利昂先生再增添任何新的负担,可我认为,这一情况只有他才知道该如何处理。他在书房里,准备布道内容。我一向都不在书房打搅他,但是当我把我所看到的告诉了埃莉诺,她则坚持认为,这件事等不得。

我们一敲门,他立刻站起身,极为认真地看着我们,他知道我们不会为了小事而打扰他。当我告诉他我亲眼看见的事情后,他用拳头猛击桌子。

"八成是鞭笞派[①]!"

"可怎么会呢?"埃莉诺说,"此地远离城市,这种东西怎么会在这儿兴起?"

---

① 鞭笞派,天主教内的一个苦行派别。

他耸耸肩。"谁说得准?戈登是个识文断字之人。看来危险的思想会随风传播,就像瘟疫的种子一般,轻松找到我们,不论远近。"

我听不懂他俩在说什么。埃莉诺察觉出了我的困惑,转向我。

"这一直是一种大瘟疫中的可怕现象,安娜,"她说,"几百年前,每当疾病与战争发生,鞭笞派的人便行走于大街小巷。黑死病暴发时,他们再度聚集,有时还数量庞大,从一个城镇走到另一个城镇,一路上吸引遭受荼毒的人们加入。他们相信,通过痛苦的自我惩罚,可以平息上帝的愤怒。他们把瘟疫看作上帝对人类罪孽的惩戒。他们是些可怜的人……"

"可怜,却非常危险。"蒙佩利昂先生插话道。他在来回踱步。"一般情况下,他们只伤害自己,但是也有的时候,聚成暴民后,他们便指责是其他人的罪孽导致了瘟疫——许许多多回是犹太人。我读到过,在其他国家的城市,他们如何烧死数百个这样的无辜者。戈迪姑侄就是死在了类似的疯狂之中。我决不能再让一个人这样死去!"

随后,他停止了踱步。"安娜,准备些燕麦饼,再带上你的药膏和药水。我认为,咱们必须今晚就去戈登家。我决不允许这种歪门邪道在此泛滥!"

我遵照他的吩咐，把东西装进篮子，并加了些腌野猪肉和这天晚饭我因为做得太多而剩下的蛋奶沙司。到了外边，他拉我跨上安忒洛斯，我们一路前往戈登农场。刚下了大路，我就一眼瞥见个白花花的东西，在路边的草地上翻滚。我若明白是咋回事，本是不会言声的，但我以为那是一个因疾病而遭受痛苦的人，于是喊教区长停下。他无言地勒住缰绳，让安忒洛斯驻足，然后按照我指的方向策马前行。他比我更快地明白了真相，因为没过一会儿他便勒住了安忒洛斯，我认为他要掉转马头，返回路上，丢下那一对人。可那个女孩已经看见了他，发出一声哭叫，趴在上面的男人闻声跳起，慌忙提起裤子。简·马丁四仰八叉地躺在草地上，她的罩裙撩到头上，她喝得太醉了，甚至想不起来遮住自己的身体。

我出溜下马，走向她，拽下她的裙子，在草丛中寻找她不见了的内衣。与此同时，阿尔比恩·萨姆韦斯一声不吭地站在仍骑在马背上的教区长面前，笨拙地穿着衣服。萨姆韦斯是个采矿人，一个月前死了老婆。他有时在酒馆和我父亲一块儿喝酒，不过从不喝高。教区长轻声对他说话，他的声音出奇地平淡、悲伤，如果说有什么特别的，那也绝不是我，以及阿尔比恩所料想的那种愤怒。

"阿尔比恩·萨姆韦斯，今晚你在此干了错事。你不需要我就此对你说教。回家去吧，以后别再干这种丢人的事了。"

萨姆韦斯蹒跚地退开，朝教区长又是鞠躬又是点头，直到我觉得他都要失去平衡了。然后他转过身，迂回着，撒丫子狂奔，消失在了黑暗之中。这时，教区长跳下马背，大步走向我与简坐着的地方，我正在试图帮助她那软弱无力的脚穿进靴子。

"简·马丁！你给我跪下！"这声音是在怒吼。我吓了一跳，就连神志不清的简，都哆嗦了一下。

"跪下，罪人！"他朝我们迈近一步，一个黑乎乎的高大身形。黑暗之中，他脸上的表情难以分辨。我爬起来，站在他与瘫软的姑娘之间，姑娘也试图站起来，却一次次摔倒，她的四肢拒绝执行自己的功能。

"教区长！"我说，"您当然看得出这个姑娘此刻无法领会您的意思！我请求您，别谴责她了吧，如果您一定要谴责，那也要等到她头脑清醒了的时候。"

"你忘记自己的身份了。"现在他的声音轻了下来，但却冰冷。"这个姑娘非常清楚今晚她在此做的事。她与我一样信奉《圣经》。她拥有纯洁的身体，却将其装满了堕落。她是有意做这事的。她将受到惩罚……"

"教区长，"我打断他，"您知道她的遭遇。"

接下去是一阵沉默，只有安忒洛斯那柔软的嘴巴啃吃湿草的咀嚼声将沉默打破。我的脑袋里充满了自己血管怦怦的跳动声。我几乎无法相信自己竟说了这样的话。这时我听见身后传来呕吐之声,凝滞的空气中那难闻的气味告诉我,简·马丁把她肚子里的酒全都吐了出来。

"给她弄弄干净,然后牵住马,我托她上去。"他说。我用篮子里的一块布擦干净简的嘴巴。教区长把她举上鞍桥,示意我也上去,骑在她身后,尽可能把她扶稳在马上,而他则牵着马,向她的小房子走去。一路上我们没有说话;把她抬下马、扶她到小床上时,我们也没有说话;我们再次出发,去干我们原来要干的事情时,还是没有说话。

我很高兴天这么黑,这样我就不必面对教区长的眼睛了。我羞愧难当,是我使得他目睹了那场野合,这从而又招致我目睹他那么奇怪的大发雷霆——这一点,那么不像我所认识的他。我们骑马走过我刚才瞥见这对野鸳鸯之处,这时,他忽然发出一声深深的叹息。"这个年头,我们谁都无法像我们原本应该做的那样,控制住自己。我想请求你原谅我今晚的失态,我也会原谅你所说的话。"我在黑暗中低声表示同意。安忒洛斯又走了几步,教区长忽然再次开口。

"特别是,"他轻声说,"我希望别让我妻子知道这件事。"

"好的,教区长。"我低语道。当然了,他希望埃莉诺不要知晓我们的动物本性是如何粗俗表现的。

我们在沉默中前行。我们抵达戈登农场时,一开始尤丽丝不肯给我们开门。"我丈夫不愿意我趁他不在家时接待任何男人。"她用颤抖的声音说。

"不必担心,安娜·弗里思陪着我呢。见见你的牧师及其仆人,这总不会有何不妥吧?我们带来些吃的。你不想与我们一起进餐吗?"闻听此言,门开了一道缝。尤丽丝朝外窥视,看见了我和我的篮子,她贪馋地舔着嘴唇。我迈步向前,揭开布,这样她就可以看见里面的东西了。她哆哆嗦嗦地打开门。她裹着一条粗毯子,腰间扎着一根绳子。她说:"说实话,我饿坏了。我老公饿了我两星期了,每天只许喝一杯清汤,吃一块硬面包头。"

我走进小房子时,不禁倒吸一口凉气,因为家里所有的家具和陈设品都不见了踪迹。反之,室内的每一个角落都装点着用粗糙砍伐的木头做成的十字架。有的很大,支在墙上;其他的则小些,由树棍做成,用绳子拴在房梁上。尤丽丝看见了我目不转睛。"他现在就是这样过日子的,不种地,只做十字架,做了一个又一个。"这个石头墙的小房子里,温度比室外低,看来壁炉已经有段时间没烧火做饭了。我把燕麦饼、腌野猪肉和蛋奶沙司摆放在我用来包它们的布上,尤丽丝跪在地上,狼吞虎咽,甚至把绿色的药水都喝了个干净,连渣子都没剩。没有凳子坐,我俩就站在一边,看着她吃。我紧紧地抱着双臂,用手拍打着自己的两侧,试图暖和起来。

吃饱喝足后,她坐回到后脚跟上,深深地叹了一口气,这是她两个星期里唯一的一顿饱餐。然后,她爬着站起来,担心地看着我们。"请你们别把这事告诉我老公,"她说,"由于我不肯像他那样半裸着到处现眼,他已经很生我气了。这是我头一回违抗他,我为此重重受了罚。如果他知道我在禁食上也违背了他的命令……"她的声音越来越小,听不见了,不过她的意思已经足够明白。我拿起布,把地上的碎屑胡噜到一起,以免泄露她的秘密,而蒙佩利昂先生则轻声询问尤丽丝,她认为她丈夫怎么就信奉起鞭笞派教义来的。

"我也不知道咋回事,"她说,"不过冬天的时候,他得到了一本来自伦敦的手册,就研究了起来,后来就变得怪怪的。您听了可别生气啊,教区长,他对您的布道很有看法。他说您鼓励大家不要把瘟疫看成上帝在宣示自己的愤怒,这大错特错。他说,您应该带领我们大家进行公开忏悔,忏悔我们每一个人所犯的每一桩罪孽,这样我们才会发现那致使上帝震怒的罪过,并将其从我们中间彻底清除。他说,仅仅内省自己的灵魂,这是不够的,我们还必须鞭笞自己的肉体。他开始禁食,而且越禁越厉害。后来他烧掉了家里所有的草垫子,非坚持我们应该在光秃秃的石头地上睡觉。"她的脸有点儿红,继续低语,"我们也绝不可以在彼此的身体上寻求安慰,必须永远贞洁。"

戈登已经停止做任何农活,当她不和他一起跪拜,只能他自己一个人去耕地的时候,他就责骂她。"后来,一个星期的时间过去了,他把所有的桌椅板凳都拖到外面,一把火烧掉,把自己的两套衣服也扔进了火中。"他命令她也这么做,可她拒绝脱掉衣服,说他的这种着装方式是下流的。

"于是他大骂我,说我应该感谢他,他知道怎样使我俩免于被上帝的瘟疫之箭射中。"她的声音越来越小,直到我几乎听不清她在说什么。"他扒下我的衣服,烧掉了。"他声称,她的软弱,以及她没有进行充分的补赎,这将迫使他俩更加严厉地对自己的肉体禁欲苦行。就是在这时,他做了那条皮鞭,并在上面凿上了钉子。他先抽她,然后再抽自己。从那以后他每天都这么抽上一顿。

"您可以想办法和他谈谈,教区长,可我怀疑您的话他是否会听得进去。"

"你认为我今晚在哪儿能找到他?"

"说实话,我也不知道,"她说,"但是他现在已习惯于能不睡觉就不睡觉了。有的时候,为了做到这点,他就在荒原上行走,直到累得倒下。另一些时候,他躺在界崖顶端一块突出的岩石上,他说,这样一来,他会担心自己一旦睡着,便会摔下去,这有助于使自己醒着,直到天亮。"

"我看见他的时候,他就是在朝界崖方向走。"我低声道。

"是吗？"教区长说，"那么，我必须也去那儿。"

蒙佩利昂先生说罢站起身，把一只手温柔地放在尤丽丝肩头。"好好休息休息吧，我会尽最大的努力让你丈夫停止虐待。"

"谢谢您。"她低语道。于是我们离开她，把她留在了这幢光秃秃的凄凉农舍里，我要回到自家温暖的壁炉边，教区长则将去进行他的寻找。至于尤丽丝·戈登如何在赤裸的石头地上歇息，我就不得而知了。

蒙佩利昂先生这天晚上没有找到约翰·戈登，尽管他骑着安忒洛斯沿着界崖来回巡行，直到月亮偏西。第二天他也没发现此人的任何踪迹，第三天也是如此。实际上，整整一个星期之后，当布兰德·里格尼外出去寻找梅里尔家羊栏一只走失的羊时，一眼瞥见了一具尸体，样子很难看地躺在坠落的石头之中，正好位于界崖陡峭崖壁的下方。我们没有办法收回这具粉身碎骨的尸体，甚至没办法掩盖他，因为要是走到他跟前，就得走上一条始于米德尔顿石村的小道。这样一来，则意味着越过边界，根据我们的誓言，这是不许做的。于是约翰·戈登的肉身，正如他活着时一样，死后也在进行着苦修，他赤身裸体地躺在天幕之下，交由严酷的大自然摆布。

接下去的礼拜天，教区长在库克莱特谷地为约翰·戈登举行了一个追思仪式。这是一个爱与理解的布道,他说戈登一直在寻求取悦上帝,尽管他采取的行动是上帝所不喜欢的。"要知道,被主垂爱的教友们,记住,上帝在《圣经》中说:'我的轭是柔和的,我的担子是轻松的。'①上帝不愿意因他自己的缘故而让人承受痛苦。是他老人家在决定谁应该遭受苦难,是他老人家,以及他所指定的牧师,给你们做补赎,而不是你们自己去擅自这样做。"尤丽丝也在场,身穿其他村民听说她的境况后送给她的衣服。尽管遭受丧夫之痛,可她看上去反而好了一些,因为丈夫死后的这些天里,她总算又能吃饱饭了。村民们给她送去了食物和被褥。

但是她的缓解却短暂得简直残忍,因为尔后的一个星期她染上了瘟疫。正当我思忖着是不是人们的一番好意,送她草垫和衣物,反而给她带去了瘟疫的种子时,其他人却得出一个迥然不同的结论。有人悄声议论,或许约翰·戈登走的是一条正确的道路,那么做确实把瘟疫拒之门外了。有人小声传言,说蒙佩利昂先生的布道是错误的。大多数人不理会这种说法。但是正如我前面说过的,恐惧使得我们大家都发生了变化,损害了我们清晰思考的能力。不到一个星期,马丁·米勒就给全家人穿上了麻布片,给自己做了一根鞭子。兰多尔·丹尼尔也如法炮制,不过谢天谢地,他没要求老婆和婴儿也这么做。兰多尔与米勒家的人一起,在村子里走街串巷,到处鼓动其他人加入他们血淋淋的自笞。

---

① 引自《新约·马太福音》第十一章。

在教区长宅邸，蒙佩利昂先生又是愤怒又是自责。当我去收拾书房时，常常发现许多他书写过的纸，上面的字密密麻麻，并且划掉了又重写。他似乎每个星期都发现越来越难找到合适的字词，来做出能安慰我们、使我们团结一心的布道。就是在这一时期，他开始与他的老朋友哈瑟希奇的教区长霍尔布鲁克先生会面。我说"会面"，但我并不是把这个词用作它通常的意思。他常常走到蒙佩利昂井上方那高耸的山岗上，在那儿等待他的这位同事。霍尔布鲁克先生会走到他敢于走到的离得最近的地方，两个人进行交谈——如果您可以称其为交谈的话，他俩隔着鸿沟互喊。如果蒙佩利昂先生想写封信给伯爵，或者给他的恩主——埃莉诺的父亲，他就向霍尔布鲁克先生口述，这样一来，收信人就不必担心收到一封被瘟疫之手碰过的信了。

有的时候，蒙佩利昂先生会面回来后会从中获得一点点精神上的提振；而另一些时候，这种与外界的接触好像反而在他心头造成了压力。当我来教区长宅邸干活时，常常听见埃莉诺压低嗓音，用安慰的口吻，轻声对他说话，她总是在打消他的顾虑，总是在告诉他，不论现在的日子看起来多么黑暗，他都是在制造属于我们所有人的高尚。

就是在这样一个下午，我手端一盘茶点，站在门外，听见了他俩轻轻的说话声——特别是她的声音，我蹑手蹑脚地走开，以免打搅他们。过了一会儿我又端着托盘返回，听见里面没了动静，我轻轻打开门，向里窥视。埃莉诺精疲力竭地坐在椅子里睡着了。迈克尔·蒙佩利昂站在她身后，身体向她微倾。他的手悬在空中，恰好在她头顶上方。

我想，他是不愿打扰她休息，即使想要爱抚她。我诧异着，是否每一对夫妻在一起都如此恩爱。感谢您，上帝，我想到，感谢您把他俩留给彼此。然后，我站在那里，贪婪地偷窥他俩如此亲密，一种更为卑鄙的情感涌遍我全身。为什么他俩彼此拥有，而我却没有一个呢？

我立刻嫉妒起他俩来。嫉妒他，因为埃莉诺爱他，而我渴望得到比我所能得到的来自她的更多的爱。然而，我也嫉妒她，嫉妒她像一个女人应该被爱的那样，被一个男人所爱。为什么我就应该空房冷衾，而她却被热拥于男人之怀？我从门口蹑手蹑脚走开，努力稳定住自己颤抖的手，别让托盘发出咔嗒的响声，暴露了我。我走进厨房，走到洗槽边，放下托盘。我从托盘里拿起精致的碟子，先拿他的，再拿她的，一个一个，在坚硬的石头上摔碎。

大焚烧

头一次听见埃莉诺咳嗽时,我试图让自己不相信自己的耳朵。这是一个夜色温柔的夏天,温柔得有如那飘浮在清风中的蒲公英球,清风中满是蜂蜜的香味。我们做完了造访,这是头一次,造访的是健康人,而不是病人,我们借着明亮的夜色,向教区长宅邸返回。埃莉诺一直想拜访这七八个老年人,他们活过了瘟疫,尽管他们健壮的儿女都染病身亡。早在瘟疫暴发前,埃莉诺就非常关心鳏寡老人,但是后来发生的紧急的死亡之事则意味着,活着的人,不论多需要帮助,都得先放一放,由他们自己照顾自己了。

我们发现他们全都挺好,只有一个除外,詹姆斯·马利恩,一位掉光牙齿的弓腰屈背的老人家,我们发现他坐在黑暗中,由于营养不足而皮包骨头,情绪极为低落。我俩把他抬到温暖的空气中,喂他好好吃了一顿晚饭。我不惮麻烦,像喂婴儿似的把食物碾成糊糊。当我用勺子把这软软的食物喂进他嘴里,接住流下他下巴的汤汤水水时,我想起喂自己孩子时的情景,于是眼泪便不请自来地涌满了眼眶。后来,他用他那爪子般的手攥住我胳膊,他那满是黏液的眼睛注视着我,声音颤抖地问:"为什么我这么一个早已活腻了,等着被收割的人,反而被放过,而那么多年轻人,却还没长熟就被拨走了呢?"我拍拍他的手,摇摇头,无法控制住自己的嗓音来回答他。

我和埃莉诺返回教区长宅邸，在路上谈起了这事，瘟疫为什么染上一些人，却没染上另一些人，对于这个问题，我们仍然没有弄明白。安德鲁·梅里克之类的个别人远离大家，生活在洞穴或茅草屋里，当然逃过了传染。就我们所知，只要接近病人，便开始患病。但这一点是我们早就知道的。我们至今没搞清楚的是，为什么同住一幢房子的人，有的却活了下来，他们与病人同吃同睡，甚至呼吸病人呼吸的空气。我说起斯坦利先生有一回对那些肯听他话的人讲，他认为对我们来说，谁病谁不病，这似乎是无规律的，因为这完全取决于上帝。

"这我知道。"埃莉诺答道。我们一边走，她一边漫不经心地去揪那缠绕在树篱中的杜鹃花枝。有一回，我曾向她演示如何从花中吮花蜜，现在，我们走着的时候，她就把花放到唇上，像平凡的乡下女孩一样，吸吮花中的甜蜜。"斯坦利先生还始终相信，上帝把痛苦赐给那些死后会被免除折磨的人。这个观点我理解不了，安娜。然而，我们又怎能知道呢？蒙佩利昂先生已不会在自己的布道中谈论这样的问题了。现在他只是努力提振我们的精神，增强我们的决心。"

随后我们陷入了沉默。我试图把自己的思想集中于此时此刻，不再去想那些无法估量的事情，我眺望着红隼懒懒地盘旋，谛听着长脚秧鸡粗厉的啼叫。埃莉诺咳嗽的时候，我对自己说，我听到的是秧鸡叫。我既没停下来，也没扭头看她，而是继续行走。几分钟后，她又咳嗽了，这一回一清二楚，不会有错。她停了下来，剧烈地咳嗽，把一块花边手帕捂在嘴上。

我赶紧转过身去,用一只胳膊搂住她肩膀,扶住她。我的面孔想必是流露出了我心底里所想的,因为她看着我,一边咳嗽,一边试图微笑。咳嗽过去后,她戏谑地将我推开,说:"喂,安娜,可别仅仅因为咳嗽,就把我给埋了啊!"

然而我已经吓得根本笑不出来了。我用手摸她脸,但是由于这个夜晚很热,我俩又走了这么远的道,所以我也说不好她额头的热度算不算发烧。

"坐下,"我指着花楸树荫里的一大块平整的石头说,"坐在这儿,我跑回去给你叫蒙佩利昂先生。"

"安娜!"她说,口气不容置疑,"立刻给我打住!你千万不能这么做!"她摸了摸自己额头,甩甩脑袋,仿佛要甩掉她想必是感觉出来的热度。"我想我八成是着了点儿凉,我可不想让你这么大惊小怪地吓唬我!我恳请你管好自己就行了。你不是小孩,不应该闻风丧胆,毕竟你我一起见过并做过那么多事情。如果我真的病了,我会第一个告诉你。在此之前,你千万别让蒙佩利昂先生为此瞎着急。"

她继续快步前行。我跟随着,追上她,伸手去挽她胳膊。她任我挽住,我一边行走,一边努力注意一切细节——她的手如何揽在我腰上,她的身体怎样轻轻摆动,她步幅的大小。我不再看明媚的金凤花,不再听鸟儿婉转啼鸣。我的耳中轰鸣着自己的心跳,我的眼睛泪水模糊,眼泪在面颊上止不住地流淌。

埃莉诺停了下来，看着我，她的唇边浮现出一丝微笑。她抬起那只攥着小小花边手帕的手，要用手帕擦我的泪水，但是却半途停了下来，把白手帕揉作一团，塞进篮子。

这个动作透露了一切。我失声痛哭，就站在田野中央。

＊

对那无话可讲的尔后的三天，我该说些什么呢？埃莉诺的热度升高了。她咳嗽、打喷嚏，就像其他患者曾经咳嗽和打喷嚏一样，我和迈克尔·蒙佩利昂努力照料她，就像我们曾经努力照料其他许多患者一样。

我在得体与责任所允许的范围内，尽可能多地守在她身边。因为在她最后的时刻，最需要待在她身边的当然是她的迈克尔，而我能做的事就是尽量不劳他动手。但是有些事我却无法做，他时不时被叫走，到其他临终者的病床边，去履行他的职责。于是我发现自己又与心爱的埃莉诺单独在一起了。我用在薄荷水里泡过的亚麻布，洗她潮热的脸，我观察她细嫩的皮肤，心怀恐惧地等待着那一时刻：她发红的全身盛开出那种瘟疫所特有的红黑色玫瑰花瓣。她的头发那么细密，像银花边般，湿湿地贴在她前额上。

对我来说，她已成为许许多多事物。那么多的事物，一名仆人无权也没理由想象自己所伺候的那个人会成为的事物。由于她，我知道了母亲的关爱有多热烈——我自己的母亲没能活着给我以这种关爱。由于她，我有了一位老师，我不再无知，不再是文盲。有的时候，我俩一起在教区长宅邸的厨房里鼓捣草药时，我会忘记她是我的女主人；有的时候，我甚至会把我所掌握的在辨识或煎熬草药方面的知识传授给她，她从没提醒过我，要我注意身份。在内心深处，我会小声说：她是我朋友，我爱她。夜深人静，有时，疲乏使得我思想混乱，我就会因为她的状况而责备自己。我认为，这是对我的惩罚，惩罚我罪恶的放肆与嫉妒。白天，我神志较为清醒的时候，我知道她的疾病与其他人遭受的痛苦毫无二致，但是在夜晚，我却管不住自己的心。每回迈克尔·蒙佩利昂前来坐在她身边，妒火就在我心中升腾。我会离开她房间，因为他更有权守护她，我心如刀绞。一开始，他让我退下时，我只是退到她门外，坐在那里，尽可能离她近。蒙佩利昂先生发现我在那里时，便好心地扶我站起，用明确的话语告诉我，不要在此逗留，也许我回到自己家里去更好，有事会派人去叫我。

让我长时间离开她，这本不是他几句话就能做到的。第二天，当我把凉布放在她额头上时，她仿佛看出了我的心思。她叹了口气，无力地微微一笑。"这感觉真舒服。"她低语道。她的手在我手上虚弱地颤抖着。"我是个幸运的女人，在自己的生命中得到了这样的爱……得到了迈克尔这样一个丈夫，得到了你这样一个好朋友，安娜。"她的眼睛闭上了一会儿，然后睁开，注视着我。"我很奇怪，你是否知道自己发生了多大变化。也许，这算得上是这可怕的一年所带来的唯一一件好事。啊，当你第一次来我这儿时，我就发现你闪烁着才智，但是你却遮挡着自己的聪慧，仿佛你担心如果别人看出它，会发生什么事情。你那时就像是一束风中的火苗，几乎要被吹熄。我需要做的只是用玻璃把你围起来。而现在，你是多么光彩吐艳啊！"她闭上了眼睛，无力地握着我的手。

过了一会儿，她的呼吸慢了下来，所以我以为她睡着了。我尽可能轻地站起身，蹑手蹑脚朝房门走去，想端走盆子，拿走用过的布，但是她再次开口说话，她的眼睛仍然闭着。"我希望你会在心底里把自己当作蒙佩利昂先生的朋友，安娜……因为我的迈克尔将会需要一个朋友。"哽咽堵住了我的喉咙，使我无法回应她。可她似乎并不需要一个回答，因为她把脸转向了枕头，真的睡着了。

我离开不会超过十分钟，但是我返回时，可以看出她的病情加重了。她的脸愈发潮红——面颊上已经迸出了纤细的血丝，清晰可辨，就像是蛛网。我把凉布放在她头上，但是她在我手底下动来动去。这时她又说起话来，用一种尖细的小姑娘般的奇怪声音说话，我知道她是在谵语。

"查尔斯！"她喊道。她咯咯笑着，这轻快活泼的笑声完全不像她这种危重病人所能发出的。她呼吸急促，仿佛在奔跑或骑马。我想象着她，一个穿着丝绸裙子的女孩，在她父亲大庄园的绿色猎园里玩耍。她平静了一会儿,我希望她重新沉入睡眠。但是随后她眉头紧锁,她的双手在被单上紧紧绞在一起。"查尔斯?"她用更尖更孩子气的声音喊着这名字,但这声音也是苦恼的、激动的、渴望的。

我很庆幸目睹这一场景的是我,而不是教区长。她在呻吟。我抓住她的手,喊她,但是她沉入到了我远远无法企及的地方。然后突然之间,她的面孔发生了变化,她的声音又成为那种我所熟悉的成年人的声音,但却是在用一种使我脸红的亲昵口吻低语:"迈克尔……迈克尔,还要过多久?你说呀,亲爱的?求求你……"

他已经打开了房门,在我没听见的情况下,走进了房间,他开口说话时,我打了个激灵。"好了,安娜,"他说,他的声音有一种奇怪的冰冷,"如果她需要什么,我会叫你的。"

"教区长,她的病情在加重。她在说胡话……"

"这我自己看得出来,"他厉声道,显得心烦意乱,"你可以走了。"

我不情愿地站起身,退至厨房,等着他叫我。我坐着,等待着,又愁又累,我一定是就这么睡着了,因为我是在鸟叫声中醒来的。阳光从高高的窗扉洒入,落在厨房的地面上,形成一道道宽阔的带子,仿若五朔节花柱上的黄丝带。我在黄油般的夏日光亮中轻手轻脚爬上楼，站在她寝室外边，谛听里面的声音。

一片寂静。我轻轻打开房门。埃莉诺深陷在枕头里，脸上的潮红已然消退。她像她的被单一样苍白，像石头般静无声息。迈克尔·蒙佩利昂在床脚横躺着，四肢伸展，双手伸向她所躺之处，仿佛要去抓她那逃逸的灵魂。

我竭力压抑了三天的哭泣，这时再也压不住了，我发出一声悲痛与孤独的呻吟。迈克尔·蒙佩利昂没动弹，但是埃莉诺却睁开了眼睛，朝我微笑。

"烧退了，"她低声说，"我已经醒了，正在这儿干躺着，想喝杯牛奶甜酒。我没办法叫你，因为我不想打扰我可怜的迈克尔，他累坏了。"

我飞快地跑下楼梯，做牛奶甜酒。煮牛奶的时候，我觉得自己在这将近一年的时间里，似乎头一回想唱歌。这天埃莉诺从床上起来了一小会儿。我扶她坐到窗户边上的一把椅子里，百叶窗大开着。她张望着外边她所钟爱的花园，蒙佩利昂先生注视着她，仿佛在看一个幻象。我不断找借口回到这个房间，送来食物、干净亚麻布、一壶壶热水，只是为了使自己确信这不是在做梦。

第二天，她说她感觉很好，足以去花园透透气，当我不让她在没人扶持的情况下自己走时；当他忙前忙后，一会儿拿来她用不着的披肩，一会儿又设法给她根本不需要的遮阳的时候，她就笑话我俩。

这一天和尔后的几天，迈克尔·蒙佩利昂就像是一个获得新生的人。他已经认定埃莉诺这回必定死于瘟疫，然后又发现她从普通的发烧中恢复过来……我不必去想象他所感觉到的奇迹，因为这奇迹我也感觉到了。他那一度愁云密布的面孔，现在眉头舒展，眼角上又出现了笑纹。他的脚步就像小伙子一般轻盈，他以一种焕然一新的精力，去担当他那严峻的职责。

埃莉诺坐在花园南角的一张长凳上，呼吸新鲜空气——这里是她自己弄出的一个美丽的休闲之处，花团锦簇，布满了她所喜爱的玫瑰花。我给她端来一杯肉汤，她让我待在她身边，聊着鸢尾花簇是否能分栽之类的小事，我俩已经好久没这样愉快地闲聊过了。

蒙佩利昂先生看见我俩在这儿，便从马厩院子里大踏步快速走来，他刚才骑马去了戈登农场，处理尤丽丝·戈登死后遗留的事情。因为戈登一家只是佃农，而且约翰·戈登走火入魔之际毁掉了家里所有的动产，所以遗产方面本不存在什么大的问题。但是邻居们对戈登做的那些十字架却颇感棘手，不知该如何处置。教区长认为，应该心怀虔敬地祈祷并将它们烧掉，此事他亲自督办。他刚刚办完这事回来。

天气非常热,当教区长在她身边的花园长凳上坐下时,埃莉诺戏谑地在自己脸前扇着手。

"夫君,你一身柴烟和马汗味!让安娜给你烧点儿水洗洗吧!"

"好呀。"他一边说着,一边微笑着站起身。我按照她吩咐的去做。当我退入房子时,我听见他在用极为热烈的声音对埃莉诺说话。一会儿,我端着一盆水和几块布走出来,他正在动作很大地做着手势。

他说:"我真不知道在此之前为什么就没想到这一点,但是我站在那里,对那些燃烧的十字架祈祷的时候,我清楚地看出了这个,仿佛上帝他老人家亲自把真谛置入我心中!"

"向上帝祈祷吧,但愿你说得对。"埃莉诺说,她一脸热切。

说罢她站起身来,他俩一起肩并肩沿着小道走开,丢下我一个人站在那里,被忘掉。过了一会儿,我把东西放到长凳上,进屋去干活。不论如此强烈吸引住他们的是什么,我一面想,一面把一块抹布扔进桶里,反正等到他们认为应该告诉我的时候,我就都会知道。但是当我用力擦石头地的时候,我的嘴里却苦苦的,仿佛在咀嚼一个坏掉了的果子。

第二天是礼拜日，我与村里其他所有的人一起知道了迈克尔·蒙佩利昂认为上帝给予他的启示。

"为了拯救我们的生命，教友们，我认为我们必须进行一次大焚烧。我们必须抛弃自己尘世的物品——凡是那些我们的手碰过、身体穿过、呼吸触及过的东西，能抛弃的全都抛弃。大家把东西收集起来，送到这里，然后像当年希伯来人受命庆祝自己被从法老那儿解救出来一样，清洁我们的房子。清洁过之后，今晚我们聚集于此，一边祈祷一边将我们的物品奉献给上帝，以求得自身的解救！"

我看到谷地里的人都皱着眉头，摇着脑袋，要知道，人们已经损失巨大，教区长所建议的进一步牺牲，很不符合大家的心思。至于我本人，我想起年轻的乔治·维卡斯从病床上抬起身子，嗓音嘶哑地说"全都烧掉"。假如我当天就那么做了，烧掉他的工作箱，以及那些用从伦敦运来的布所做的半成品衣服，我不知道，村子里有多少人会免于一死。

这个念头折磨着我，我没心思听蒙佩利昂先生讲话，所以我无法详细描述村民们究竟是怎样终于勉强被说服同意了的。我知道他说起了尤丽丝·戈登，说起她接受了人们好心馈赠给她的东西后，如何染上了瘟疫，那些衣物和物品来自瘟疫光顾过的家庭。我知道他说起火的清洁能力，火从初民时代起就被人们当作再生的象征。我知道他像一贯的那样,口若悬河,高谈雄辩,我知道他使用着他那动听的嗓子,这嗓子是上帝专为此目的而给他制作的工具。然而,我们大家早已被说疲了。说一千道一万,瘟疫已经把我们带到了什么境地?

随着下午的时间一点点过去,拿来焚烧的东西只是十分缓慢地增加着。教区长和埃莉诺当然是以身作则,把自己的许多东西都搬了来。但是拿书房里的东西时,就连埃莉诺都发怵了,声称自己下不去手烧书。"因为尽管书里面可能会藏有瘟疫的种子,可书里面也会有为我们消除瘟疫的知识,只是我们尚无足够的智慧正确阅读。"

至于我,有一件东西我难以割舍:杰米出生后的第一个冬天我给他做的一件坎肩,这件坎肩后来又留给了汤姆,打算等他长得足够大时穿。我把它藏了起来,因为自己的软弱而局促不安,我聚敛起自己不多的东西,拿去焚烧。在主日做大扫除,这似乎怪怪的,但是教区长所讲的话却使人深信,即使打扫房子这样的普通之事,似乎都已变成神圣的了。我烧了一大锅又一大锅开水,先是在教区长宅邸烧,然后又在我自己的小房子里烧,浇烫了桌子、椅子,以及教区长家和我家的每一块木板和每一块石头。

黄昏,我们聚集在谷地里时,我精疲力竭。我凝视着这堆令人伤心的东西——这些羸弱的生命的全部家当。这么多月以来头一次,我想起了布拉德福德一家,想起了他们锁在孤独寂静的布拉德福德府中的那些财富。我想，安全地待在自己牛津避难所的布拉德福德一家，是本村唯一完整保留下来的家庭。我想象着他们有朝一日回来，坐在精美的桌子边，铺着亚麻台布，摆着银餐具。我仿佛看见上校肥嘟嘟的手指头敲击着桌子，嫌上菜太慢，而玛吉·坎特韦尔的鬼魂则在阴影中无声地啜泣。也许到了那时，我们整个村子的人全都成了鬼，就连布拉德福德一家都不敢进这个鬼村了，尽管这里有他家的大宅子和那么多精美的物品。

我们大家现在确实是被剥夺干净了。在这堆东西的最底层，是利夫塞奇家的小童床，他家孩子死在那张小童床里，制作它时曾伴随着何等巨大的爱与快乐的期待啊。紧身短裤软塌塌地扔在物品堆上，它们曾紧裹着强健的年轻采矿人肌肉发达的身体。物品堆中还有许许多多的被褥、填满稻草的床垫，它们曾提供了多少美好的休憩。所有这些默默等待着火炬的微不足道的物品，在向我述说着另一种损失，那无法堆积起来为我们所看见的损失：夫妻之间每日里的温存示意；母亲望着自己沉睡的宝宝时心中所感觉到的静谧；对所有死者的具有独一性的、私人的怀念。

迈克尔·蒙佩利昂站在石头布道坛边上，右手高举着火把。那堆东西高高耸立在他面前，我们站在下方，像平时一样，相互隔着数米距离。"万能的上帝啊，"他喊道，声音在谷地回响，"遥想当年，您曾愉悦地接受了您以色列的孩子们献给您的火祭，所以您也会愉悦地接受我们的这些东西，我们是您的一群遭受苦难的羔羊。用这火来清洁我们的家,也清洁我们的心,把我们从遭受疾病袭击的惩罚中最终解脱出来吧!"

他将火把投掷在从草垫子中散落下来的稻草上,火焰贪婪地向上舔食。这是一个晴朗的夜晚,凉爽无风,在我们这儿,这种夜晚多见于冬季,盛夏反而稀少。火焰以红与金扭结在一起的柱形向上升腾,火花疯狂蹿起,仿佛想要加入到那闪着白亮冷光的星星的行列。炽热炙烤着我的脸,灼干了我面颊上的泪水。我们在熊熊大火的咆哮声中,唱起了我们自大瘟疫以来唱过无数遍的《诗篇》:

> 你不必怕黑夜惊人的颤栗,
> 也不必怕白天乱飞的箭矢,
> 黑暗中流行的瘟疫,
> 正午毒害人的痢疾。
> 在你身旁虽倒毙一千,
> 在你右边虽跌仆一万,
> 疫疾却到不了你身边……①

我们唯有这一次,是怀着如此的深信吟唱这些词语的。我记得我们的歌声曾怎样在教堂中升起。现在,我们的声音减少了那么多,如此疲惫,如此嘶哑,机械地拖沓过一个个音调。由于我们彼此间站开了一定的距离,大家无法保持共同的节

---

① 引自《旧约·诗篇》第九十一篇。

拍，有些人跑了调，以至于我们的颂歌，一句接着一句，变得越来越不整齐，越来越不协调。

随着我们的歌唱，烈焰中心的物品失去了原有的样子，变成仅仅是黑乎乎的形状，成为那明亮旋动着的火焰的陪衬物。过了一会儿，火焰中的黑色区域塌陷成一种类似于骷髅的空洞形状。这一形象吓了我一跳，我眨了眨眼；再看时，骷髅已然消失。

在歌唱与噼啪作响的火焰声中，我们没有听见那个女人的喊叫，直到她来到我们中间。我身后出现一阵骚动，我扭头去看，但见小布兰德·里格尼和梅里尔家最近的邻居罗伯特·斯尼，正夹着一个挣扎的人，往火边拖。这女人一袭黑衣，头裹一条黑纱巾，纱巾垂落下来，遮住脸。当两个年轻人推她上前，把她扔在迈克尔·蒙佩利昂面前的地上时，歌声戛然而止。布兰德一把揭起面纱。原来是阿芙拉。

教区长问："这是怎么回事？"与此同时，埃莉诺俯下身，扶阿芙拉起来。阿芙拉把面前的黑纱往后一撩，四下张望，仿佛要在人群中寻找一个匿身处似的，但是布兰德紧紧按着她肩膀。

布兰德喊道："这就是那个'鬼魂'，她的造访曾欺诈了我们所有的人！我抓住了她，你们都看见了，身穿黑丧服。她躲藏在界石旁边的树林里，试图恐吓我妹妹夏绿蒂，骗她用一先令买个符咒,保护小弟弟塞思免遭瘟疫。"他掏出一块布,上面歪歪扭扭地写着外国字,很像埃莉诺从玛格丽特·利夫塞奇的死婴脖子上取下的那块符咒。他举着它让大家看清楚了,然后扔在地上,用靴子将其踹入泥土。

"不要脸!"人群中一个女人的声音喊道。我扭头去看,发现是凯特·塔尔博特,她满脸悲怆。"贼!"汤姆·莫布雷高喊。接下去全体会众都乱了营,痛斥阿芙拉。阿芙拉跪到地上,双手捂住脸,躲避那些向她啐来的唾沫和飞来的土块。

"把她扔到水里!"有人呼喊。"让她木枷示众!"另一个声音喊道。

我想,教区长若不迅速采取行动,人们将会变成一群暴民,无法收拾。我们大家全都像受伤的动物,我们的伤口是那么的绽裂,我们的恐惧是那么的巨大,以至于我们都想暴捶任何人,特别是像阿芙拉这样有邪恶行径的人。我心头充满了憎恶与气愤,觉得自己非常想向她啐唾沫。随后我自己也不知为什么,我四下张望,看见了人群边上阿芙拉女儿费丝那小小的身形,她泪流满面,张嘴大哭,由于大伙愤怒的喧嚣,这哭声没人听见。我转过身,背向那些嘲笑的面孔和指责的手指,跑到孩子跟前,把她抱入怀中。不论这里要发生什么,我都不想让这小姑娘亲眼看见,她毕竟是我同父异母的妹妹,是我唯一活着的血亲。孩子吓破了胆,所以我抱开她时她没挣扎。我抱着她向山坡上的小路走去,走到一半时,教区长的声音压过了人们的喧嚣，清晰地响彻这个盆状谷地。

"肃静！不要用这样亵渎的咒骂玷污这神圣的地方——这里，是我们的教堂！"

使我吃惊的是，大家全都静了下来，我转过身，听他接下去会说什么。

"对这个女人的指控确实是严重的，将会就此进行审讯，她将回答这些指控。但不是此时，不是此地。那是明天的事情。现在回到你们家里去吧，祈祷上帝接受我们今晚的献祭吧，请他老人家聆听我们求他神圣恩惠的祈祷吧。"

接下去是一片低语，但是这些习惯于服从的人们，按照他的话做了。我把费丝带回我的小房子，这个孩子在我家里整宿翻腾，哭泣流泪，在噩梦中游荡到我无法跟随的地方。至于我自己，我睡得断断续续，醒来时满屋子焖燃灰的难闻气味。

我有什么资格因为那天晚上所发生的事而责怪迈克尔·蒙佩利昂呢？

一个人，不论他多么智慧，多么好意，都无法对所有的事情做出正确的判断。这天晚上他错了，大错特错，这个错误确实让他付出了惨痛代价。我认为，这是因为他太高看小布兰德了。他记得布兰德在玛吉·坎特韦尔遭难时曾勇敢而忠诚，更令他感到骄傲的是，这个少年还承担起夏绿蒂和塞思的兄长角色，在雅各布·梅里尔死后，挑起了梅里尔农场的重担。

由于是布兰德和罗伯特发现的阿芙拉的罪行，教区长便责令他俩关押她到次日审讯。他并没有想起要告诉他俩应该如何关押她，也没告诫他俩不得私自惩罚她。但是这两个年轻人太愤怒了，于是罗伯特便想到不妨让她吃吃苦头，两人一拍即合。

罗伯特·斯尼在自家农场里养着猪。他是个好庄稼汉，发明了许许多多聪明的办法来增产。他的一项发明就是快速把猪粪变成有用的肥料。具体的做法是起出圈里的泔水和猪粪，把它们与马厩里失效的干草一起，放进一个深深的石灰岩洞——山坡上的一个天然池子，很方便。他在岩洞的底部开了个槽口，可以通过这个槽口，把沤透了的粪肥铲到车上，送去施撒。

布兰德和罗伯特把阿芙拉扔进了这个没有光亮的臭粪坑。后来，当我看到这地方时，简直无法想象她居然在此活过了一宿。有腐蚀性的恶臭扑面而来，辣嗓子噎喉咙。粪水哗啦哗啦，黑乎乎的，满是泡沫，晃来晃去荡涤着石灰石——我估计，它的深度至少让阿芙拉不得不仰着头，才能避免稍一动弹就把粪水溅进嘴里。然而由于她所站立其间的粪肥仅仅是半固体,不可能静止不动,要避免陷得更深就意味着要不断用手在滑溜溜的石墙上去抓能抓握的地方。她的肌肉由于用力而酸痛,她的肺叶由于恶臭的气体而火辣辣,阿芙拉一定用尽了自己全部的意志来保持清醒,因为假如她一时昏厥,她就会被闷死淹死。

第二天早上他们从坑里拖出并带到村里公共绿地的那个女人不再是阿芙拉了,而是一个胡言乱语、完全崩溃了的东西。两个年轻人试图把她弄弄干净,往她身上泼了一桶又一桶冰冷的井水,泼得她像只落汤鸡,浑身哆嗦。但是她身上仍然散发着恶臭,只要你踏上草地,这恶臭便迎面扑来。她那浸泡了一宿的皮肤,生满了疱疹。她太虚弱,太累了,站不住,于是便躺在草地上,像个新出生的婴儿似的蜷着身子啜泣。

埃莉诺看到她时哭了起来。迈克尔·蒙佩利昂双拳紧握,大步朝布兰德和罗伯特·斯尼走去,我真以为他会揍他俩。布兰德脸白得像个死人,对自己的所作所为愧疚至极。就连更为好勇斗狠的罗伯特·斯尼都低头看着地面,不敢迎视任何人的目光。

我一向讨厌这个公共绿地上所上演的惩戒人的景象,我们同村的村民因诅咒、因骂人、因不敬神的行为而在此木枷示众。当然了,我们的木枷远不如贝克韦尔的颈手枷那么可怕。在那个集市城镇,人们来来往往,相互没有过深关联,站颈手枷①就意味着成为烂水果、臭鱼头或暴民们能拿到手的任何脏臭东西所击打的目标。一个女人因卖淫而在那儿示众，被一个飞来物打瞎了一只眼。而在我们这个小地方，人总不能如此对待邻居。但是脚踝骨被枷在锯齿状的木头里，在火热的日头底下烤，或在冰凉的小雨中淋，忍受好几个钟头谴责的目光，以及粗鲁的孩子的口哨——这，我认为，也都超出了大多数受罚者所应得到的。甚至斯坦利牧师都很少要犯罪者上木枷示众，而蒙佩利昂先生则积极阻挠这种惩罚。

十几个人聚集在这里，看阿芙拉受罚——鉴于我们人丁大幅减少的现状，这一数字已经算是不少了。人群中有玛格丽特·利夫塞奇的鳏夫戴维，他无疑是在回想妻子对"迦勒底护身符"所怀有的巨大希望，以及他们的孩子佩戴着它死去时，这些希望又如何残忍地破灭。凯特·塔尔博特也在场，她那价钱不菲的"唵吓喇喀哒吓喇"符咒并没能救活她丈夫。梅里尔姐弟和莫布雷夫妇也来了。头脑简单的人只是想讨回公道。还有一些其他人，但是假如他们曾被所谓的鬼魂骗走过银钱的话，那么他们也并不是全都想承认。

我认为这些控诉人聚集起来是要给予一个严厉的惩罚。但是当布兰德和罗伯特把一副惨相的阿芙拉带来时，似乎所有的人都失去了报复的欲望，一个接一个地散去。教区长在阿芙拉

---

① 颈手枷，中世纪一种木柱上的架子，上有放置头和手的洞，用来将罪犯的颈与手枷住，作为惩罚示众。

身边蹲下,把自己的头凑到她的头边。他轻声对她说话,要她偿还骗走的钱,他会为她赎罪。我无法看出她是否听懂了他所说的任何一句话。教区长要人用马车把她拉回家去,我和埃莉诺与她一起坐在车上。她那么虚弱,我们不得不扶着她。由于她哭喊着要自己的孩子费丝,我们便在我家停下,接上了孩子。在剩下的路途中,孩子大睁着眼睛,一声不吭,蜷缩在妈妈身边,紧贴着妈妈大腿。

在阿芙拉的农舍里,我们烧了热水,试图给她洗澡,把她手指甲缝里的粪肥抠出来,给她那冒水的伤处涂上药膏。有那么一小会儿,她任凭我们侍弄,但是当她的心智逐渐回到身上时,她的脾气也恢复了,她开始朝我俩嘟囔难听话,命令我俩走开,用最肮脏的话骂我俩,这些话我在此就免述了吧。

我不想就这么丢下她,也不想把小孩子费丝留在她身边。"继母,"我轻声说,"求求你了,让我把孩子带走一两天吧,等你恢复了力气再给你送回来。"

"啊,不成,你这个狡诈的淫妇!"她尖叫着,疯狂地紧抓着胆战心惊的小姑娘。"让你和你的阴谋都生疮去吧!你以为我不知道?"她压低声音,注视着我。"你以为我看不透你的心思?你现在不是我的继女。啊,不是。对我们这种人来说,你太金贵了。你是她的走狗!"她一边说,一边用颤抖的手指着埃莉诺,"这个不下蛋的母鸡想要偷走我最后一个孩子,对吧?"埃莉诺畏缩了,她的脸变白了,甚至超过了她天然的苍白。她紧抓住椅背，仿佛要晕倒。

阿芙拉的音调再度提高，话语那么快地从她嘴中吐出，快得我几乎都听不出来说的是什么了。"这就是你们想要的，我知道是怎么回事。我不许你们在我亲生女儿面前中伤我。我不许你们把谎言灌进她耳朵！"

我清楚地看出，阿芙拉的激动只会愈发引起费丝的不安。我朝埃莉诺做了个手势，我俩离开了这里，不过我俩的好意告别并没有阻止住身后的滔滔咒骂。

我整整一上午都为孩子担心。尽管费丝三岁了，可我却从没听她说过一句话。如果不是她好像听得懂人们对她说的话，我真会把她当成聋子或智障儿。然而，我开始相信，是恐惧——我父亲活着的时候对我父亲的恐惧，我父亲死后则是对古怪的阿芙拉的恐惧，吓得她失去了说话的意愿。下午，我拎着一大篮吃的东西，以及给阿芙拉敷的药膏，再次返回这个农舍。她不肯给我开门，用脏话骂我，我最后只好把食物放在台阶上，走开了。次日的情况还是一样，接下去的一天也是如此。每一天，费丝都默默地站在窗前，大睁着眼睛，一脸忧伤，注视着我，而她母亲则以不适合她听的话语咒骂着。但是第三天，我站在院子里的时候，没看见孩子。当我问阿芙拉费丝在哪儿时，她仅有的回答是高音调的哭唱，这哭唱中的字词我听也听不懂。

我回到家，找我的邻居玛丽·哈德菲尔德。我请求她替我去探望阿芙拉，试试与阿芙拉不那么近的人是否能叫开门。玛丽摇着头，一脸怀疑。

"我不喜欢这个请求，安娜。我不会说我喜欢。这个阿芙拉试图充当魔鬼的爪牙，如果她不想接受自己继女主动提出的帮助，那么要我说，就让魔鬼抓走她好了。"

我恳求她别这么想，求她想想那个处于危险中的无辜孩子。闻听此言，她考虑了一番，同意照我请求的去做。但是她返回时，并没有取得比我更大的进展，因为阿芙拉仍然拒绝开门，还冲倒霉的玛丽凶巴巴地嚷嚷了一顿，嚷嚷得那么难听，弄得玛丽发誓再也不去那儿了，哪怕是为了孩子。

我发现自己无法放下对费丝的担忧。次日，我仍然没见到她的影子，尔后的一日也没见到。于是这天夜里，我坐到很晚，然后摸黑向阿芙拉的农舍走去。我不知道自己希望达到什么目的，只不过想，把阿芙拉弄醒，也许一时的吃惊会使她放松一会儿戒备之心，我可以趁此机会了解费丝的状况。

但是阿芙拉并没睡觉。从大老远我就看到屋子里被熊熊的炉火照得通明，这本身就很怪，因为这天晚上很热。我走到近一点儿的地方时，透过窗户可以看见蹦来蹦去的影子，走得再近一些时，我意识到阿芙拉在跳舞，在火前蹦跳，像精神病发作似的把双手高高向上举起。我本没打算偷偷摸摸，或暗中监视，但是由于窗户上毫无遮盖，我便站在一丛月桂树的树影中，寻思着这奇怪的举止究竟是何意思。她把自己的头发剪得几乎露出了头皮，身穿一件肮脏的睡衣，显露出睡衣下面那饿得骨瘦如柴的身体。她又蹦又跳，用刺耳的尖厉高音，吠叫着莫名其妙的吟唱："啊喇嗒哩，喇嗒哩，啊嗒哩，嗒哩，啊哩，哩……咦——！"随后她冲向炉火，抽出在火中燃烧的柴架，放在泥土的地面上，形成一个X形的叉。她俯卧在地四次，每次卧在叉形的一个开口处，然后高举双臂，似在祈求。她好像在把房梁上的某个东西引向自己，可这东西究竟是啥我却没能立刻认出。她双手举着这黑乎乎的东西，但是由于她背对着我，所以我无法辨识，只是觉得这东西在动，是活物。

我承认：我这时害怕了。我不相信巫术，不相信符咒，也不相信噩梦或梦魇，以及供女巫驱使的精灵鬼怪，但我却相信恶毒的念头——相信疯狂。当一条蛇从阿芙拉的手中蜿蜒游出，缠在她腰上时，我一心所想着的就是尽可能快、尽可能不出声地跑开。

然而我并没有跑，而是生了根似的站在那里，极为迫切地想把费丝从她这个现已疯了的母亲手中带走。我相信是我心中残留的做母亲的勇气，那种存在于一个女人身体中的力量——这力量会驱使她为自己的宝宝做她做梦也不相信自己有能力去做的事情。我一头向房门冲去，撞开房门，站在那里，面对阿芙拉和她的蛇。

她看见我时发出一声尖叫，若不是那难以形容的臭气熏得我无法呼吸，我也会发出尖叫的。我不用看就知道了那是具尸体，孩子早已死掉。阿芙拉把费丝的尸身像个木偶似的挂在角落，拴着手腕和脚腕，悬在房梁上。孩子的脑袋优雅地歪向一侧，一束刘海遮住了她那被弄得一塌糊涂的面孔。阿芙拉曾试图用白灰掩盖住死者那黑色的瘟疫肌肤。

"发发慈悲吧，阿芙拉，把她放下来，让她平静地躺着吧！"

"慈悲？"她尖叫道，"谁慈悲了？告诉我，在哪儿能找到平静？"然后她嘴发嘘声，放手中的蛇来咬我。平时我并不怕蛇，但是火光把它两只闪亮的眼睛映得通红，那叉状的信子朝我一吐一吐地晃动，我承认自己害怕了。没有什么我可以为费丝，或为阿芙拉做的，我在自己的一时怯懦之中，尽可能快地拔腿逃离了这个地方。

这天晚上教区长来了阿芙拉的农舍，第二天早上他又与埃莉诺来了一趟。但是阿芙拉已将门闩死，窗户也全都遮盖上了。她不停地狂乱吟唱，也不对他们恶言相骂，只是跳啊跳，仿佛他俩根本就不存在。教区长站在屋外，为费丝的亡灵做惯常的祈祷，而阿芙拉那怪异的声音则高高升起，用某种无法听懂的异教语言吟唱，盖住了教区长的祈祷。来之前在教区长宅邸，我们曾试想过找一帮人去砸开门，把孩子的尸体弄出来，但是教区长决定不这么做，因为他认为气急败坏的阿芙拉和孩子那高度腐烂的尸体，对人们太危险了。

他说："看来咱们对这孩子所能做的只是把她埋葬，这个，可以放在合适的时间再去做，等到阿芙拉的疯狂累垮了她之后。"他还有一个担心没说出来，而埃莉诺则悄悄告诉了我。迈克尔·蒙佩利昂对带人去农舍不放心，他认为人们不会懂得阿芙拉的举止仅仅是疯病所致，他不想把这种恐惧和谣言弄得尽人皆知：大家遇到一个驱使着蛇的女巫。我从心底里清楚，他是明智的，但孩子那受虐的尸体却在我脑海中挥之不去。这使我许多个晚上睡不好觉——现在仍睡不好觉。

瘟疫消失了

我没有再去阿芙拉的农舍。我告诉自己，孩子死了，那儿没有用得着我的事情了。虽然我心中低语着，我不应该放任阿芙拉疯狂，但是我不听自己的心声。真正的情况是，我觉得我对自己理智的控制，还没有强大到足以抵挡对那幢房子的恐惧。当然了，现在，我并没有办法知道我若去了是否会带来一点点不同，我曾有许多个昼夜，因这样的决定而内疚。

很快，我便管住了自己的思想，全然不再想阿芙拉的任何事情。我有许许多多别的事要考虑，这有助于我不去想她。要知道，在大焚烧以后的两个星期中，村里发生了一些事。一开始我们都没注意到。后来，当开始注意时，又谁都没有把它给说出来。迷信、希望、怀疑，这些都与我们这个如影随行的老朋友——恐惧，结下了盟约，阻止我们开口。

我刚才说，发生了一些事。但事实上，我开始注意到的则是，某些事没有发生。因为，自从七月的最后一个礼拜天之后，我们再没听说有谁咳嗽、发烧，或者生瘟疫疖了。正如我说过的，第一个星期我并没有注意到这点，因为我仍然关心着那些已经病了几天、正在走向死亡的人的数量。但是到了尔后的一个礼拜天，当我们在谷地相聚时，我出于习惯点起了人数，竟惊异地发现，上一次来此参加礼拜活动的人，又全都来了。将近一年时间里的头一次，没有再缺少一张面孔。

迈克尔·蒙佩利昂一定也注意到了这点，不过他没直接说出来，而是做了一番关于复活的布道。前一个星期，雨水绵绵，那个由于焚烧我们物品而被熏黑了的光秃秃的圆圈，已全都覆盖上了充满希望的新绿。教区长把我们的目光引向那里。

"看见了吗，教友们？生命是持久的。正如火焰无法压制卑微如小草者的生命活力，死亡也无法消灭我们的灵魂，苦难无法泯灭我们的精神。"

第二天早上，我去院子里找个鸡蛋，却发现一只外来的公鸡在骚扰我家母鸡。这家伙胆子很大，我轰它时，它不跑，反而勇敢地向我迈上一步，顶着精致的红鸡冠子，斜眼看我。

"哟，不速之客啊！不会有错，你是安德鲁·梅里克的公鸡！"我说这话的时候，它扑腾着翅膀跳到了水井的辘轳上，发出一声雄浑的报晓啼鸣。"你回这儿来做啥，我的扁毛朋友，而你的主人却孤孤单单待在远处的山顶上？"它没回答我，而是飞了起来，不像我以为的那样，朝着威廉爵士山那隐居之处飞，却朝东边梅里克早已遗弃的小房子方向飞去。

这只公鸡怎么就知道回老巢安全了呢？这将永远是个谜。但是那天晚些时候，安德鲁·梅里克也回家了，他的大胡子长得那么长、那么密，活脱脱像是《旧约》中的先知。他说，他之所以回来，是因为他相信自己公鸡的判断。

您以为我应该说，当人们和禽畜都越来越相信瘟疫确实离开我们时，大家都欣喜若狂了吧？不，我们并没如此。因为我们遭受的损失太大了，我们精神上受到的伤害太深了。要知道，我们当中每有一个人仍然行走在地面上，就意味着有两个人躺在了地底下。不论走到哪儿，我们都会经过朋友和邻居那草草堆成的伤心坟墓。我们大家全都精疲力竭，因为在这一年当中，我们平均每一个人都承担起了处理两三个死者的责任和工作。有些日子，就连思考，似乎都成为一种负担。

但这并不等于说我们的心没有轻松下来，随着大家一个接一个地终于意识到，没人再死了，自己幸免了，就连最沉重的心都如释重负。因为，生命并非毫无意义，哪怕是面对悲痛。当然了，人类就是被如此设计的，否则的话，我们如何继续活下去呢？

●

在教区长宅邸，迈克尔·蒙佩利昂与埃莉诺之间出现了分歧，这是我所见到的他俩的头一次分歧。她认为，他应该为瘟疫的消除举行一次感恩祈祷；而他却觉得，时机尚不成熟，公开承认大家心知肚明的事情，这诚然有好处，可也存在着宣布过早的风险，两者权衡，风险大于好处。

"假如我说错了，将会造成什么后果呢？"我偷听到他对她说。我在走过客厅的门廊，被他说话的语气吸引住了，于是驻足谛听，尽管我知道自己不该这样。

"如果说我们在此做了什么事情，那么就是我们已经成功地把苦难锁定在了我们自己身上。因为整个德比郡没有一例瘟疫是从这个村庄传出去的。何必匆匆忙忙计较一两个星期的早晚，而拿我们所做出的全部牺牲来冒险呢？"

"但是，亲爱的，"埃莉诺回答他，她的语气温和，却毫不妥协，"这里的一些人，比如寡妇汉考克和哈德菲尔德，孤儿梅丽·威克福德和简·马丁，以及许许多多其他人，他们目睹了自己所有的亲人埋进坟墓。他们受到的苦难太多了。我知道你相信瘟疫已经过去，那你为什么还要拖延不宣呢？不应该让他们继续在此孤独苦熬，多熬一天都不合适。他们应该自由地去看望自己的亲戚，或者请亲戚来这里看望他们，这样他们就会开始找到自己所能够找到的爱、快乐，以及新的生活。"

"你以为我不体谅他们？在这苦难的年月中，我的心里何尝不是只有他们？"他说最后这句话时，声音中有几分抱怨，这种口吻，在他俩以往的谈话中，我从没听他使用过，"绝望是我们脚下的一个大坑，我们就在它的边缘上摇摆。如果我宣布了，却宣布错了，瘟疫仍然存在，那么你岂不就是让我把这些人推入深渊，再休想拉他们回来吗？"

我听见她转身向房门走去时裙子发出的窸窣声。"你来做出最好的决断吧，夫君。但是我请求你，不要让这些人永远等下去，并不是所有的人都像你一样目标坚定。"

当她走过门廊时，我退入书房。她匆匆走过去，没看见我，可我却看见了她，她那可爱的面孔扭曲着，努力抑制着眼泪。

我并不知道这事最后是怎么决定的，但是就在我偷听他俩谈话的几天之后，埃莉诺悄悄告诉我，教区长定于八月的第二个礼拜天，向大家宣布最近没有新病例发生。虽然并没有正式宣告，但这消息却不胫而走，迅速传遍全村。当指定的那一天终于到来时，我们聚集在洒满斑驳阳光的谷地，来参加那我们满怀热情地希望是最后一次在此举行的礼拜仪式。人们毫无恐惧地彼此接近，很久以来头一回握手，亲密地站在一起，轻松地闲聊着，等待着教区长。

他终于来了，身穿白色法衣，法衣边缘上的花边精美得像是泡沫。他从没穿过这样的衣服——当初他就任的是清教徒腾出来的教士职务，所以他选择了朴素的穿着，以免把我们的热情引向这类他认为与我们的崇拜方式关系不大的小事上。他身边的埃莉诺也是一身洁白：一件简单的夏季棉布长裙，上面用白丝线绣着精致的图案。她怀抱着自己采来的鲜花，它们全都是她一时性起，在自己的花园里，以及在通往教区长宅邸的小路旁过于茂盛的树篱中采摘的。它们当中有精美的粉红色锦葵，有蓝色的飞燕草，有花朵长长的百合，还有一枝枝芬芳的玫瑰。教区长开口说话时，她朝他灿烂微笑，她容光焕发，在斑驳的阳光中，她那明亮的浅色头发闪闪发光，如同一顶亮晶晶的冠冕般笼罩着她的脸。"她就像个新娘。"我想。但是葬礼也有鲜花，而裹尸布，也是白色的。

"让我们来感谢……"这是迈克尔·蒙佩利昂所来得及说出的话。回答他的是一声粗厉刺耳的尖叫，这尖厉的声音响彻空中，在谷地那弯曲的高高坡壁间回荡。只是在这声音停止之后，我才从杂音中分辨出，这声音是一句话，英语的一句话。

"谢——啥——？"她再次尖叫。

蒙佩利昂听到第一声喊叫时便蓦地抬起了头，现在，我们所有人的目光都朝他所注视的方向望去。

我们中间的任何人本都可以阻止阿芙拉。我就可以这样做。疯狂已把她蹂躏得瘦如轻烟。当然了，她右手攥着一把刀，当她胡乱挥舞着它，从我身边冲过时，我认出，这刀就是她费尽力气从我父亲手上腐烂的肌腱中拔出来的那把采矿人大匕首。她的另一只胳膊也没闲着，而是紧夹着她女儿那残存的尸体，这尸体她异想天开地保留着。所以，从左边抓住阿芙拉会比较容易。但是我们并没有扑向她，而是全都匆忙地跟跟跄跄向后退去，尽可能拉开自己与这恐怖女人之间的距离。

"蒙——佩——利——昂！"她像秧鸡似的尖叫出这几个字来，这声尖叫发自她身体的极深之处，人类的声音一般是不会从那里发出的。

唯有他，没有退却，而是回应她的喊叫，他迈步朝她走去，他稳步走下岩石布道坛，平静地走过他俩之间的绿草地。他就像一个迎接自己爱人的人，走上前去。他张开双臂时，把法衣上的花边拎成一个大大的弧形。轻风吹得这精美的织物滚滚翻动。这是一张他要把她罩入其中的网——这就是当时我心中突然产生的疯狂念头。阿芙拉现在跑了起来，她的匕首高举在头顶。

他大踏步迎上，双臂抱住她，就像父亲一把抱起一个由于欢欣而变野了的孩子一样，把她搂入怀中。他的大手揽着她细瘦的腰，尽管从她的额头上我可以看出她在用力，但是他的力气那么大，她根本无法挣脱他的紧抱。埃莉诺朝他俩跑去，她扔掉鲜花，大张开双臂。若不是那把匕首，你真会以为他们是一家人，久别后重逢呢。

蒙佩利昂在对阿芙拉说话，他的声音是一种充满安慰的低声喁喁。我听不见他的话语，但是她身体上的紧张却似乎在逐渐消退，当他松开她时，我可以看见她的肩膀因抽泣而一起一伏。埃莉诺用左手抚摸着阿芙拉的脸，而她的右手，则抬起来去拿那柄匕首。

　　本来会一切顺利；本来会就此结束。但是教区长那紧抱阿芙拉的双臂，也抱住了费丝腐朽的尸体。这种紧抱对那细细的骨骼来说力量太大了。我听见咔吧一声响：就像是鸡叉骨折裂的声音。小小的头颅从脊柱上滚下，落在草地上，并在那儿滚动，空洞的眼眶极为醒目。

　　我一阵恶心，扭过脸去，所以没看见阿芙拉究竟是怎样在一阵新的发作中疯狂起来，挥动匕首的。我只知道这仅仅是一瞬间的事。一瞬间，夺去了两个人的生命，使另一个人的生活完全毁掉。

　　埃莉诺脖子上的伤口非常宽，呈曲线形。有那么一秒钟，它只是一根细细的红线，有如一抹微笑般朝上弯曲。但是随后，鲜红的血开始汹涌喷出，染红了她的白衣裙。她瘫倒在地上，她抱来并散落在那里的鲜花，像停尸架似的接收着她。

　　阿芙拉随后把匕首转向自己，一刀刺入胸膛，一直捅到刀柄。然而，她仍然踉踉跄跄地站立着，疯子那不可思议的力量使得她站立不倒。她跌跌撞撞走到孩子头颅所在之处，然后跪下，俯下身，以无可挑剔的温柔，双手将头颅捧起，贴在嘴唇上。

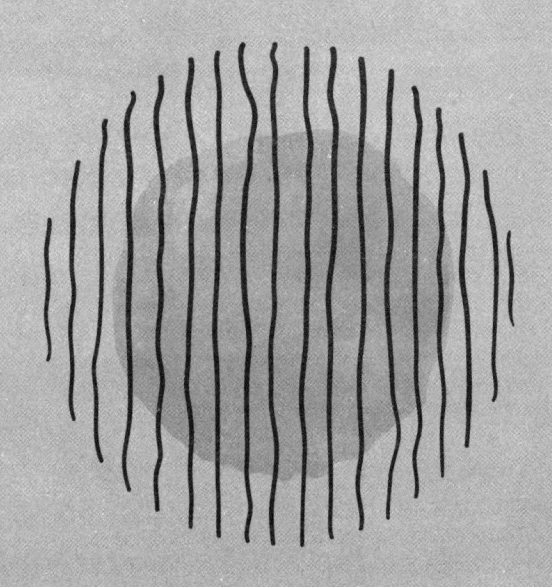

一六六六年
秋

我俩躺在那里，
轻声说起这多灾多难的一年之前，
我们在自己生活中所爱的一切。

苹果采摘时

人们把费丝埋在了我父亲农舍的院子里，紧挨着她两个哥哥的长眠之处。我请求他们，哀求他们，把阿芙拉也埋在这儿。但是人们既不看我眼睛，也不听我乞求。没有一个人愿意让她躺在本村的地界之内。最后，小布兰德来帮我。我俩一起把尸体抬到荒原，布兰德在满是石头的地上给她挖了个坟坑，就在我父亲的石头坟旁边。

埃莉诺被埋葬在了教堂墓地。由于瘟疫已经结束，没理由不这样做。小米查·米尔恩是死掉的石匠的儿子，他使出浑身解数雕刻墓碑。但是瘟疫夺去他父亲生命时，他还只是个新手，技艺不够精湛。我不得不指给他看，埃莉诺的名字，他刻错了两个字母。他敲掉错字，全力予以修补。

在墓前为死者祈祷的是斯坦利先生，因为迈克尔·蒙佩利昂已经无法亲力亲为了。他在谷地耗尽了最后一点力气，人们终于不顾他挣扎，把他从埃莉诺尸体边拖走。他曾抱着她直至暮色降临，大家说什么都无法使他离开现场。最后，还是老教区长斯坦利先生命人强行把他拉开，以便将埃莉诺的尸体合乎体统地入殓。

是我给她入的殓。入殓之后，我继续尽全力为她服务，去实现她上回躺在病床上我们全都以为是瘟疫时她说出的意愿。"做我迈克尔的……朋友"，她曾这么说。她怎么就认为他会允许我做他朋友呢？然而，我做了我力所能及的。我伺候他。他根本不注意我，就此而言，大多数时候，我只是个影子。埃莉诺一死，他仿佛就开始了一个旅程，每一天都渐行渐远，躲避在自己的心灵深处。

照料悲伤的蒙佩利昂先生，至少给了我一个控制自己悲伤的途径。每天走在埃莉诺曾经行走过的地方，每一个钟头我都让自己的心去想，这个时候她会做什么，或者说什么，这成为一种使我心灵平静下来的方式。至少，这样做卸去了我自己的思索负担。只要我一天到晚都效仿埃莉诺，我就不必苦苦思考自己的状态，或自己那前景黯淡的未来了。

她死后的第二天，他走出教区长宅邸，我跟随着他，唯恐他一时想不开，跳到界崖底下去。他没去界崖，而是走到蒙佩利昂井上方的荒野，他的朋友霍尔布鲁克先生根据我并不知晓的一个早先的约定，在那儿等他。他在此口述了自己在瘟疫之年中的最后两封信。第一封信，他告诉伯爵，他相信瘟疫终于消除，他请求通往本村的道路重新开启。第二封信写给他的恩主——埃莉诺的父亲，告诉他她的死讯。然后，他回到教区长宅邸，此后便再没出门。

翌晨，太阳升起没一会儿我就来到教区长宅邸，希望趁他起床之前便动手干活，这样他就不至于忍受这幢大房子中的空洞寂静了。然而，我却发现他站在花园的小径上，就站在埃莉诺常喜欢在那儿剪花之处的附近。我不知道他已在此站了多久，但是后来，我拿着干净床单去他房间换寝具时，发现他的床没睡过。

我沿着小径向他走去，他没有动，也没抬起眼皮，没和我打招呼。我不能就这么从他身边走过去，于是我也站在那里，与他一起注视着花园旧砖墙处瀑布般花团锦簇的夏末玫瑰花丛。

"她特别喜欢这地方，"我小声说，"有的时候我就想，这是因为这些花像她，洁白如雪，只有一点儿淡淡的红色。"

这时他猛地向我转过身，朝我的脸举起一只手，他的动作那么快，以至于我怀着一个经常挨打的孩子的本能，哆嗦了一下。但是当然了，他并没想打我，只是要我别出声。他的手指头放在我嘴唇前面。"别说话，拜托了。"他说，他的声音沙哑粗糙，就像是锉刀。然后他转过身，蹒跚地朝房子走去，我被丢在了小径上，为自己的言行失检而苦恼。

次日的情况也一样。我来干活时,在他房间里没找到他。床铺仍然没有被睡过的痕迹。我在书房里寻找他,在客厅里寻找他,然后又在马厩里寻找他,希望他是骑马出去做一些有益身体的锻炼了。但是安忒洛斯昂首站在厩房里,因自己所不习惯的囚禁而气馁。

上午过了一半的时候我才找到他。这一回,他悄无声息地站在埃莉诺的寝室里,凝视着她头枕过的地方,仿佛他仍能辨出留在那里的压痕似的。我开门时,他没转身,也没动。他的腿在轻轻颤抖,也许是因为一动不动站在那里太久了,太累了。他的额头上凝聚着汗珠。我什么都没说,只是静静走到他身边,扶住他胳膊肘,用极轻极轻的力量,领他从床边走开,回他自己房间。他没有做出任何努力来抵制我,而是任由我领着他走,他什么话都没说。当他坐进自己椅子时,他深深地叹了口气。我端来一大罐热气腾腾的水,给他洗脸。短硬的胡茬儿摩擦着脸巾,这使我突然之间清晰地记起了山姆·弗里思,我记起他在地底下干了好几天活之后,胡子拉碴地回到家,我是如何逗他,别过脸去不让他亲吻,直到他让我用他特意准备好的那把磨得锋利无比的剃刀刮干净他的脸。

从埃莉诺死去的那天起,教区长就再没刮过脸。我犹犹豫豫地问他,是否要我给他刮。他闭上眼睛,没有答话。于是我拿来工具,动起手来。他的脸与山姆的脸多么不同啊。山姆·弗里思的脸就像是一块未播种的土地,宽阔而空白。教区长的脸则布满了因表情而产生的纹路,现在则由于疲惫与悲伤而憔悴枯槁。我站在他椅子后面,向他俯着身,我的手指头,满是奶油状泡沫,滑溜溜的,轻轻在他皮肤上涂抹。然后我仔细擦净手,开始使用剃刀。我的左手沿着他的面颊拉紧他的皮肤。我的脸离他的脸只有几厘米。这么干着的时候,我的一束长发松散下来,从帽中垂落,拂扫在他喉咙边上。他睁开眼睛,回视我的注视。我向后躲。剃刀从手中滑脱,碰在钵上当啷一声响。我觉得一阵红潮爬上了我的脸,我知道自己刮不下去了。我把剃刀交到他手中,拿来面镜子,这样他就能自己将其刮完,然后,我退出房间,说去端肉汤。我用了好一会儿工夫才镇定下来,把肉汤给他端去。

这以后,他不再在房子里四处走动了,只是日日夜夜待在自己房间里。第一个星期结束时,我请来了斯坦利先生,希望这样会对他有些好处。老人离开教区长的房间时十分不安。我给他取来帽子时,他似乎在做思想斗争。最后,他终于转向我,犹犹豫豫地盘问我教区长的精神状况。

这一下子使我感到非常尴尬。这并不是因为我认为自己的看法毫无价值——以前我确实一度这样认为。我尴尬,是因为我认为自己无权披露蒙佩利昂先生的私人行为,即使是对心怀善意的斯坦利先生。

"我不能做出判断,先生。"

于是老人嘟囔了起来,主要是对他自己而不是对我嘟囔:

"我认为悲伤毁了他,没错,完全毁了他。我认为我对他说的话他一点儿都没听懂。要不然我劝他接受上帝的意愿时,他干吗竟然笑呢?"

斯坦利先生太担心了,所以第二天和第三天又都前来造访,但是蒙佩利昂先生要我别放他进来。斯坦利先生第三度登门时,我向教区长通报。他嘴边的纹路由于恼火而加深。他从椅子中站起,在房间里踱来踱去。

"我想让你给斯坦利先生捎句话,如果你做得到的话。请重复这个,安娜:Falsus in uno, falsus in omnibus。"

我把这句拉丁文复述了一遍,我这样做的时候,忽然想到自己能理解其中的意思。我没管住舌头,不由脱口说出:"一事错,事事错。"

蒙佩利昂先生疾转过身,扬起眉毛。"你怎么竟能懂得它?"

"对不起,教区长,过去的一年我在此学习时,学了一点儿拉丁文,非常非常少的一点点……医书,您知道,大都是拉丁文的,我们,这是……"

他忽然阻止我,不想让我说出她的名字。"明白了,明白了。那么你可以给斯坦利先生传这个口信了,请他不要再来拜访我。"

懂得这句话的意思是一回事,领悟其中的意图却又是另一回事。我不知道蒙佩利昂先生试图向老人家表达的是什么。但是我传递这个口信时,斯坦利先生变得极为严肃。他立即离开——再没有来。

不在教区长宅邸的时间里,我有许多事情要做。除了照顾我的羊,村民们还仍来找我要滋补液和治小病的药,我还得关心戈迪家的百草园,割下夏天的药草,得闲时便将其晾干。我思忖着,阿尼丝曾经说过,有一长串女人料理过这些植物,了解它们的药性,是否命运真的要我做这一长串女人中的下一个呢?这个想法压抑着我,我不去想它。戈迪百草园对我来说再也不是一个安静的去处了。这里有太多的记忆:关于埃莉诺的,她弄不清一些植物,转而问我,眉头满是疑惑;关于老梅姆的,她熟练地将新采摘的药草编成束;关于阿尼丝的,她本应该是我的朋友⋯⋯这些回忆本身并不坏,但是它们却总是通往其他的回忆:梅姆临死时喉咙里的咯咯作响;那些人拉紧绳子杀害阿尼丝时所发出的醉醺醺的嚎叫;埃莉诺那一动不动的惨白身体,我摸着她变凉。我想到,治病者的心,不应该这样充满死亡的形象。但是有些记忆是无法像杂草那样被连根拔掉的,不管你多想这样做。

村庄本身,则在震惊的状态中蹒跚前行。它并没有因为道路的解封而突然重新活跃起来。有那么不多的几个人,一旦自由，便迅速逃离了此地，但是绝大多数人却并没有如此。他们留在这里，以一种疲惫的茫然，从事着自己的活计。外界几乎没有什么人敢于来此造访。夏天结束时，几个死者的亲戚大着胆子来到这里，要求继承权，但是大多数外面的人，则心怀恐惧，唯恐我们村有可能仍然潜伏着瘟疫，这种恐惧看来是太巨大了。

哈瑟希奇的教区长霍尔布鲁克先生是第一个来访者。我高兴地和他打招呼，希望这么一位老朋友的到来可以缓解蒙佩利昂先生的抑郁。但是我们的教区长却见都不肯见他，要我立刻将他打发走。他日复一日地坐在自己的椅子里，只是踱步时才站起来。星期变成了月，他忧伤不减，最后，夏天的叶子终于逐渐掉落，又是一个季节。

许许多多个星期，我都寻找着方法，试图使他振作起来。我努力给他带来好消息。我的寡妇邻居玛丽·哈德菲尔德与米德尔顿石村的一个人缘很好的蹄铁匠订了婚。乐观的贵格会小信徒梅丽·威克福德，与严肃却饱受伤害的简·马丁结成了好姐妹，这对于她俩的心灵多么具有治愈作用啊。但是没有一条消息能稍许触动他。

我请求他想想自己的马，这匹良驹由于需要锻炼而在厩房里烦躁不安。我试图唤醒他的责任感，建议说，某个人可能需要他去安慰，或者另外一个人可能需要他去做祈祷。事实上，很少有人来请教区长。一开始，我以为这是一种自然而然的含蓄，出于对他本人所遭受的巨大痛苦的尊重。但是后来我意识到，许多村民都对这饱受磨难的一年中他的所作所为有意见。有些人甚至私底下悄声指责，说他对这里的重大损失负有责任。而对其他人来说，他本人就是痛苦的象征，是他们黑暗日子的具体化身罢了。这种不公正使我感到痛苦，在我对自己的努力气馁时，想到这一点，则有助于我更温柔地待他。因为我认为，也许他自己也多多少少嗅出了村民们的情绪，而这则会加重他的抑郁。

但是尽管我竭尽全力要充满希望，可有的时候我却非常绝望。因为无论我说什么，无论我多温柔或多坚定地表达自己的要求，他都是以那同样无动于衷的耸肩来相答，仿佛是在说，对于这些事情，他完全无力去做，无力去感觉。他以前拥有的全部力气，不管是心灵上的还是肉身上的，似乎都在持续不断地衰退着。于是我们的日子就这样过着，每一天都与前一天一样空虚，一样安静，直到我终于认为，我只是在忠于埃莉诺之托，干熬着自己的时间。我眼见着蒙佩利昂先生在自己的房间中日益憔悴，对此只有我在做唯一的见证。

后来，在苹果采摘时，布拉德福德母女返回了村庄。我已记述下了我是如何邂逅伊丽莎白·布拉德福德，以及她要求蒙佩利昂先生去看她生病的母亲，从而重新燃起蒙佩利昂先生的全部怒火，提起他们一家放弃自己责任逃离此地的那件事。我也已记述下了我那糟糕的尝试,试图安慰他,以及他任由《圣经》掉落在地的样子。

我可以进一步告诉您,我关上他房间的房门后,好不容易才没奔跑。他抓我前臂的地方留下了一道鲜红的印记,我揉着它,生自己的气,但也更为困惑了。我从厨房离开教区长宅邸,想都没想便朝马厩走去。

在他任由《圣经》掉落在地之前,他曾拖长声音念诵那优美的《诗篇》:

> 你的妻子住在你的内室,
> 像一株葡萄树结实累累;
> 你的子女绕着你的桌椅,
> 相似橄榄树的枝叶茂密……

他的妻子当着他的面被割喉倒地。我的橄榄树苗已被毁掉。"为什么?"这自动生成的问题在我头脑中轰鸣。多少个无眠的夜晚,就是这个"为什么",困扰着我无法平静的心灵。但是提出这个为什么的也应该是他……"那么就让她直接去与上帝告解吧,请上帝宽恕她的所作所为……但是恐怕她会像我们这里的许多人一样,发现上帝是个糟糕的聆听者。"他真的竟然相信,我们所有的牺牲,我们的痛苦和苦难,是毫无意义的吗?

我需要一个人待着，但是我却无法承受自己那沉重的困惑。我打开安忒洛斯的厩房门，溜了进去，我背靠在墙上，尽可能稳住自己。这匹马再次后腿直立，然后，站立着，喷着气，打着响鼻，用一只棕色的大眼睛，斜眼看着我。我俩这样待了好几分钟。当我判断出它无意伤害，我便缓缓坐到稻草上。

"啊，安忒洛斯，我来是告诉你，他终于迷失了，"我说，"他完全丧失了理智。"当然了，事实就是如此。他疯了。不会有别的解释。马似乎察觉出了我的忧伤，因为它不再那么不安地昂着头了。它不时地抬起蹄子，又放下，就像是一个不耐烦的人在用手指头敲击桌子。

"不要再等他了，朋友，"我说，"我和你必须接受这个事实，他已经向黑暗屈服。我知道，我知道，这是难以置信的，他毕竟曾经向我们展示过那样的力量。"我从口袋里掏出一张揉皱了的纸。这是埃莉诺刚刚遇害后，蒙佩利昂先生写给埃莉诺父亲的那封信的草稿，是他口述的最后一封信，道路解封之前的最后一封信。那天我与他站在那里——不敢让他走出我的视线，是的，我必须承认，我也害怕独自面对自己的悲伤。他甚至无法把握他那雄浑的声音，将这样一封信喊完，在结尾部分，他的嗓子发出的是小男孩那种劈裂的尖音。当他向霍尔布鲁克先生挥手作别，转身朝教区长宅邸走去时，他团起草稿，任其从手中掉落。我追过去，捡起了它，以防日后有一天，他想要他所写之信的记录。

那天他的心情特别差——有谁心情好呢？然而，他的信仰那时似乎尚未动摇。我在马厩昏暗的光亮中，再次阅读这封信，使自己恢复对此的相信，尽管辨别这些草草书写的字迹非常困难：

……我们最最亲爱的人永远地长眠了，她头戴光荣之冠，身穿不朽的衣装，这使得她闪闪发光，就像天穹中的太阳……亲爱的先生，请允许您悲痛欲绝的牧师向您和您的家人描述这一真相。在这眼泪之谷中找不到半点儿幸福与实在的安慰，仿佛生活在虚假之中。铭记这样的铁律吧：事前不敢祈求上帝祝福的事，是切不可做的……

先生，请原谅此信的粗陋文风，如果您知道我的头脑是混乱的，您就不会对此感到奇怪了；然而，请相信我，亲爱的先生，我是您最为恭顺，最充满爱慕，最满怀感激之情的仆人……

啊，我想，他当时头脑并不像现在这么混乱。因为我怀疑，他这么粗暴地轰走伊丽莎白·布拉德福德，或者如此亵渎《圣经》，在做这些事情之前，他是否敢于祈求上帝的祝福。假如埃莉诺还活着，她就能够告诉我该为他做些什么。但是话说回来，假如埃莉诺真的还活着的话，他也不会是这种状态了。我坐在那里，呼吸着马儿和干草那甜腻腻的浓郁气味。安忒洛斯喷了个响鼻，然后把大脑袋垂到我的脖子上，用鼻子拱我。我缓缓抬起手，捋过它长长的鼻子。"咱们都没死，"我说，

"那么我和你就必须好好活着。"

它并不躲避我的触摸,而是拱我的手,仿佛要求更多的爱抚。然后它抬起头,好像在努力嗅闻外面空气中的气味。如果说一头牲口可以被说成具有一种渴望的表情,那么我觉得此刻安忒洛斯正是这个样子。"咱们走吧,"我低声道,"咱们走,咱们好好活着,因为别无选择。"我缓缓站起身,从挂钩上摘下它的缰辔。它看见缰辔时并没躲闪。只是一只耳朵抽动了一下,仿佛要说,这是什么?它低下头,我尽可能轻地把缰辔给它套上。我抬起厩房门上的横木时,牢牢抓着安忒洛斯,不过我非常清楚,如果它想冲出去,我是很难拽住它的。它突然昂起脑袋,抽动着鼻孔,呼吸着那渴望已久的草香气。但是它并没有紧张,也没有一跃而起挣脱我的手。我把脸贴在它脖子上,用低低的声音说:"好,再等一小会儿,咱们就走。"

在院子里,我跨上它无鞍的脊背,我小时候学过这样骑马。我当年骑的马都是些瘸腿的老马,所以无鞍的安忒洛斯在我胯下有一种令我惊奇的感觉。它浑身肌肉,就像一朵挟着雷电的云。假如它想甩我下来,它可以立刻就把我摔趴在地上,我已经做好了发生任何事情的准备,心想我要尽可能在它背上多坚持些时间。然而,它感觉到我的体重时,只是轻轻地踏着蹄子,等待着我给它信号。我用舌头发出哒哒的声响,我们如同平稳的波浪一样出动了。它猫一般敏捷地跳过墙,我几乎没感觉到它落地。

我掉转马头，向着荒原奔跑。风嗖嗖吹过，吹掉了我的帽子，吹散了我的头发，头发像旗子般在脑后飞扬。血液在我头脑里悸动，巨大的马蹄击打着地面。"我们活着，我们活着，我们活着"，马蹄声在说，而我的脉搏则击鼓般地响应着这话语。我活着，我年轻，我要活下去，直到找出一个活着的理由。这天早上我骑着马，嗅闻着那被马蹄践踏的石楠的香味，体验着风像针一般扎在脸上，直到把脸刺痛。这时，我明白了，我们共同的悲伤将迈克尔·蒙佩利昂打垮，却锤炼了我，使我坚强，而这两者的程度是一样的。

我骑马纯粹是为了动，而不在乎跑到哪里。过了一会儿，我发现自己置身于一片宽广的草地上，我意识到，这儿是界石所在的田野。那条千人踏万人踩的小路，在这瘟疫年中，已经荒草蔓蔓。界石本身也在高高的草中难觅踪迹。我一点点将安忒洛斯减速为小跑，然后是更慢的行走，我骑着它沿着这条横岭徐行，直到找到了那块上面被凿出槽洞的石头。我从马背上出溜下来，马儿耐心地站在那里，啃食着地上的青草，而我则跪下来，拔去石头旁边的草。我双手放在石头上，然后把面颊贴在上面。我想到，二十年以后，一个和我差不多的人也许会坐在这块石头上歇息，她的手指头会在这些槽洞中闲摸，没人会记起为什么凿出这些槽洞，也没人会记起我们在此付出的巨大牺牲。

我抬起头，顺着山岭向下方的米德尔顿石村望去，想起自己曾多么渴望跑到那里，去逃避。现在，已经没有誓言约束我了。我拾起缰绳，重新跨上安忒洛斯，飞奔下山坡，只是在穿越村庄时才慢下来一点儿，然后继续飞奔，跑入村庄彼端的原野。我敢说，米德尔顿石村的善良居民们不知道我这是怎么了。在我掉转马头，向我们高坡上的村庄折返之前，已经日上三竿了。接近界石时，我们慢了下来，这匹孔武有力的骏马减速为小跑，它的步伐令人惊异地平稳。抵达教区长宅邸的院子时，它的脚步就像拉轻便马车的小马一样沉着稳重。

迈克尔·蒙佩利昂大踏步走出门，他只穿着衬衣，满脸的愤怒与怀疑。他跑向我和马，一把抓住马笼头。他灰色的眼睛上下打量着我，我忽然意识到，我的样子不很雅观，由于叉腿骑马，裙子拉到了衬裙上方，头发披散到腰际，帽子丢在了荒原，脸蛋红扑扑的，满是汗水。

"你神经错乱了吗？"他说，他的声音在院子的石头之间回荡。

我高高地骑在安忒洛斯宽阔的背上，俯视着他。头一回，我没有躲避他的目光。

"你没有吗？"我如此反问。

安忒洛斯一扬脑袋，仿佛要挣开迈克尔·蒙佩利昂抓它笼头的手。教区长瞪着我，他的眼睛此刻像石板一样茫然。他突然掉转目光，放开了马，双手捂住脸，使劲用手掌根摁眼睛，摁得那么用力，我都怕他会把自己的眼睛弄伤。

"是的,"他终于说,"是的,一点儿不错,我确实觉得自己精神失常。"说罢,他跪在了肮脏的马厩院子里。说实话,看着他这样垮下来,我想到的是埃莉诺:他这副绝望的惨状会使她多伤心啊。我想都没想自己要做什么,便跳下马,把他抱在怀里,因为埃莉诺肯定会这样做。他的头贴在我肩膀上,我紧紧抱着他,就像一个人会紧紧抱住从高处坠落的另一个人一样。透过他薄薄的衬衣,我可以感觉到他后背上结实的肌肉。我已经两年多没这么抱过一个男人了。接下去是:一阵欲望刺穿了我,我呻吟了一声。他闻声脱离我的怀抱,看着我。他的手指拂过我的脸,抚摸我散乱的头发。他的双手插进这纠结的发丛。他紧抱住我的头,把我的嘴拉向他的嘴。

厩房伙计看见我俩时,我们正是这一情景。他一直藏在马具室里,生怕由于我骑马狂奔而致使他自己挨批评。现在他站在那里,眼睛睁得大大的。我俩都吓了一跳,慌忙分开,把安忒洛斯那黑乎乎的庞大身躯隔在中间。但是该看见的他已经全都看见。我设法控制住自己的嗓音,使其足以说话。

"这么说你在呢,理查德师傅。安忒洛斯就交给你了。它需要喝水,我认为,它平静得足以忍受一次洗刷,已经好久没给它洗刷了。你务必要给它洗得彻底些。"我真不知道自己怎么就能在说这番话时保持嗓音不颤抖。我把马缰递给他时,手在哆嗦,我朝厨房走去,不敢回头看。不一会儿,我听见开门和关门的声音,还有上楼梯的脚步声。我双手摁住太阳穴,试图使自己的呼吸平稳下来。然后,我拢起自己散乱的头发,尽可能整齐地在脑后盘成一个髻。我用挂在厨房墙上的一口闪亮的平底锅当镜子,看头发盘得如何,这时我却忽然看到了他的映象,他从我身后走了过来。

"安娜。"

我刚才并没有听见他下楼梯,但是他此刻就站在厨房门口。我走上前去,但是他伸出双手,抓住我的两个手腕——这一回很温柔,令我无法脱身。他说话的声音那么轻,我几乎听不清楚。"我不知道如何解释自己在院子里的行为。但是我为此向你道歉……"

"不!"我打断他,但他松开我一只手腕,把一根手指放在我嘴唇上。

"我失常了。这一点你比任何人都清楚。这几个月,你看见我成了什么样子。我不知道如何对此做出解释,这远非我的任何语言可以描述。但是我的心中好像有一种骚动,我无法看穿它的迷雾。我无法清楚地思考——事实上,大多数时间我根本就无法思考。我的心头只有一个重负,一种无形的恐惧,这种恐惧自动形成了痛苦。然后是更大的恐惧,唯恐产生更多痛苦的恐惧……"

我几乎没听他所说的话。我知道他不想要我做我接下去做的事。但是我身体里的欲望是那样强烈,我毫不在乎。我抬起手，把自己的手放在他仍在我唇前的手上，然后张开嘴，轻轻用舌头舔他指尖。他呻吟起来，当我用力吸吮他的手指时，他用他那仍抓着我手腕的手，把我拉向他自己。我俩一起倒下，我想，任何事情都无法使我们停下来。我俩疯狂而用力地相互占有，就在这石头地上，粗糙的石板摩擦着我的肌肤，这疼痛似乎与我心中的疼痛十分匹配。我不知道我俩怎么就上了楼，但是后来，我俩一起躺在了散发着薰衣草气息的床上。这时我俩温柔了些，放慢了节奏，彼此尽情爱抚。事后，雨水沙沙地轻打在窗户上，我俩躺在那里，轻声说起这多灾多难的一年之前，我们在自己生活中所爱的一切。至于这瘟疫年本身，则一个字都没提。

下午的晚些时候，他似乎轻轻地打起了瞌睡，我爬下床，穿上衣服，去喂我家的羊。雨已止了，轻风在湿漉漉的野草间低语。我正在叉草垛上的干草，他走了过来。

"我来干吧。"他说。说罢他夺过叉子，停顿了一下，俯身掸去我衣裙上的干草，他这么做的时候，温柔地抚摸我。他以熟练农工的简洁动作低头叉着干草。在我的指挥下，他把干草拖到田野，拖到羊群在花楸矮林的荫蔽下吃草的地方。我俩一起，很快就干完了散布干草的活。母羊扬起毫无表情的可爱面孔，看着我俩，然后继续埋头吃草。他拨拉开一团紧密的干草，打开的草团突然释放出白色车轴草的香气。他捡起车轴草，深深地嗅闻。当他扬起脸时，他的脸上挂着一种我已经几乎一年多没见过的微笑。"就像是我小时候夏天的气味，"他说,"要知道,我本应是个农夫。也许现在我还想当农夫。"在一阵骤起的风中,一根挂满水的树枝抖动起来,淋湿了我俩,并飘落下几片残留的树叶。我打了个冷战,他伸手从我头发上摘下一片叶子,放在嘴唇上,亲吻。我俩在暮色中走下山坡,当我们接近我的小房子时,他拉住了我的手。

"安娜,今晚我能睡在你床上吗?"

我点点头。我俩走进房子,进门时他低下头。我动手生火,但是他阻止了我。"今晚,我来伺候你。"他说。他牵我到椅子上坐下,把我的围巾围在我肩上,动作是那么温柔,就像最近这个月我经常用一条温暖的毯子围住他,卷起来塞好一样。他俯身到壁炉前,把炉火生得噼啪响后,便跪到我面前,轻轻脱下我的靴子,然后脱掉我的袜子,把自己修长的手温柔地放在我洁白的大腿上。"你的脚很凉。"他一面说,一面用两个宽阔的手掌夹住我双脚。他从炉架上拿起壶,把热水倒入盆中。他给我洗脚,用拇指揉我脚底。一开始,他的这种我所不习惯的爱抚令我很不安。我的脚不好看,由于蹩脚的靴子和频繁地走路而粗糙坚硬。但是当他继续揉捏,按摩我皲裂的脚跟时,我的紧张之结化解了,我醉心于他的揉捏,头靠在椅子上,闭上眼睛,任自己的双手在他蓬散的头发中游动。好长一段时间之后,他的手停了下来。我睁开眼睛,与他那凝视着我的目光相遇。这时他轻轻把我拉到他身上,于是我跨坐在他的两条大腿上。他撩起我的裙子和衬裙,极为温柔、极为缓慢地进入我身体。我双腿缠绕着他,双手捧着他的脸。我俩的眼睛都盯着对方的眼睛,似乎全都一眨不眨,直到快乐的热浪将我俩融为一体。

完事后,他把我抱回椅子,不让我起身去拿吃的。他在我的坛坛罐罐中摸来摸去,拼凑了一盘简单的食物:奶酪、苹果、燕麦饼,还有啤酒。我俩从同一块木板上,用手抓着吃。我觉得这是我有生以来吃过的最美味的一餐饭。我们望着熊熊的炉火,彼此几乎没怎么说话,但是这是一种有人陪伴的宁静——不是往常那种把我的神经撕扯得生痛的空洞的寂静。当我俩终于爬上床时,我们只是长时间躺在那里,相互凝视,我俩的手紧攥在一起,我俩的黑发在枕头上相互混合。凌晨的某个时候,我再次占有他,一开始是慢慢地,然后激情四射。我爬到他上面。他抓着我的手腕,快乐得叫出声来。我感觉得到自己那薄薄小床上的稻草在移动,旧木板咯吱咯吱地响。当我俩终于分开时,我坠入精疲力竭、一点儿梦都没做的睡眠,头一回,一觉睡到大天亮。

房间里满是稻草的香气,稻草从小床被折腾裂了的床缝中漏到了地上。晨光从窗扉的菱形玻璃射入,洒落在他修长宁静的身体上。我用一只胳膊肘支起自己,注视着他,用手指尖划出他胸前一个个明亮的轮廓。这时他醒了,但是没有动弹,只是望着我,他眼角边的鱼尾纹愉快地聚拢。我看着自己放在他胸膛上的手,看着自己手上那微微发红、因干活而粗糙的皮肤,便想起了埃莉诺那秀美洁白的手指,思忖着是否自己较为粗糙的肌肤令他厌恶。

这时，他拿起我的手，亲吻它。我缩回手，为它的样子而不好意思，不由得把心中的念头脱口说了出来。

"你和我睡觉，"我低声道，"想着的是埃莉诺吗？你是在回忆和她躺在一起吗？"

"不，"他说，"我没有这样的记忆。"

我以为他说这话是为了安慰我。"你不必这么说。"

"我这么说，只不过因为这是事实。我从没和埃莉诺睡在一起过。"

我噌地一下坐了起来，瞪着他。他灰色的眼睛看着我，这双眼睛就像两块烟熏的玻璃一般晦涩，难以看透。我抓起被单的一角，遮住自己的裸体。他淡淡一笑，伸出手，把被单扯开，他的手指尖抚摸我赤裸的皮肤。

我抓住他的手，让它停下来。"你怎么能这么说？你——你俩结婚三年了。你俩彼此相爱……"

"是的，我爱埃莉诺，"他轻声说，"所以我才从没和她睡过觉。"他重重地叹了一口气，真实的情况在我脑海中浮现：我在他俩身边的所有时间里，从没看见过他们彼此触摸。

我放下他的手,再次抓起被单,遮住自己。他几乎没动,只是静静地躺在小床上,他的身体很放松,仿佛他只是在说最为平常的事情。他没看我,而是看着那低矮的房梁。他的语调是耐心的,那种一个人用来向小孩子解释事情的语调。"安娜,你要明白:埃莉诺有比她身体需要更为巨大的需要。埃莉诺有一个苦恼的灵魂。她需要赎罪,我必须帮助她。埃莉诺小的时候,犯了一桩大罪,这桩罪你是无法知道的……"

"可我知道,"我打断他,"她告诉我了。"

"是吗?"他说,现在他扭过脸来看我,他的眉头皱起,灰色的眼睛在变黑,"你俩够亲密的呀——我不知道的亲密。我应该说,也许亲密得超过了合适的程度。"

我飞快地想到,他光着屁股躺在我床上,是没资格来评论我与他妻子的友谊是否合适的。但是我的心里太乱了,无法对此多想。

"埃莉诺告诉了我她的罪孽。但是她悔悟了。当然……"

"安娜。悔悟与救赎之间是有很大区别的。"他终于坐了起来,他的后背靠在粗糙的木墙上。现在我俩在小床上相互面对。我已把双腿蜷起,用被单包住了整个身体。我在发抖。

他抬起他的那双大手,在自己面前张开,就像是天平的两个秤盘。"埃莉诺的色欲导致她未出世的孩子丧失了生命。一条生命,怎么来抵偿?《圣经》上说,以眼还眼。但就这件事而论,又怎么还呢?她怎么向那个因为她的行为而未能活下来的生命赎罪呢?由于这罪孽是色欲引起的,所以我认为,她应该过一种令其色欲无法得到满足的生活,以此来赎罪。我越使她爱我,在天平上,与她罪孽相对的救赎就会越重。"

"可是,"我结结巴巴地说,"可我听你说过,雅各布·梅里尔临死的时候,我听见你安慰此人,告诉他,由于是上帝使我们充满了欲望,所以上帝能够理解并原谅……还有,你抓住阿尔比恩·萨姆韦斯与简·马丁野合时,你也因自己对那姑娘的粗言粗语而责备了自己……"

"安娜。"他打断我,他的声音生硬起来。他说话的口气,仿佛他的耐心在消蚀,仿佛他所命令的那个孩子没有正确按照他所吩咐的那样去做似的。"我那样对雅各布·梅里尔说,是因为我非常清楚,太阳落山之前他就会死掉。所以,向他说赎罪有什么用?他那病入膏肓的身体能赎什么罪?至于简·马丁,如果我关心她像关心埃莉诺一样,那么我就决不会姑息,而是惩罚她,惩罚她的身体和心灵,直到她的灵魂被净化。你不明白吗?我的埃莉诺,我必须确保她被净化,否则的话,就会有永远失去她的危险。"

"你就没有欲望吗?"我强压住自己,用细小的声音说。

"我?"他笑了起来,"我自己嘛,我效法罗马天主教信徒。你没听说女人是魔鬼的粪渣滓吗?你知道罗马天主教徒怎样教导禁欲者控制自己的性欲吗?他们想女人的时候,就训练自己的思想转而去想女人身体肮脏的排泄物。我不允许自己看埃莉诺,我对她秀美的面庞视而不见,对她芬芳的气息嗅而不闻。不!我看着这美丽的可人儿,硬让自己去想她的胆汁,去想她的脓液。我一心想着她耳朵眼儿里全是黏糊糊的耳屎,鼻孔里全是绿鼻涕,想着她尿盆里臊臭的东西……"

"够了!"我喊道,捂住自己的耳朵。我觉得恶心。

"他身强力壮,但是他意志的力量恐怕远远超过他的身体。这种意志力驱动着他去做任何常人都做不了的事情,不论是好还是坏。相信我,我见到过这个。"几个月前,埃莉诺曾这样对我说。现在我知道当时她心里想着的是什么了。

他现在跪在床上,光亮勾勒出他的身体。他的音色中增添了他在布道坛上时的那种洪亮的铜音。"莫非你不知道,我,丈夫,在家庭王国中就象征着上帝吗?莫非不是我驱走了埃莉诺的淫荡?我把自己的欲望变成了神圣之火!我因对上帝的爱而燃烧!"

然后,他大笑起来,一种阴郁的干笑。他向后倒在小床上,闭上了眼睛,脸上一阵抽搐,仿佛他突然感觉到一阵巨大的疼痛。他的嗓音降为沙哑的低语。"而现在,上帝似乎并不存在，我以前都错了。我对埃莉诺的要求，我对自己的要求，全都错了。因为我当然爱她，想要她，不论我多么死命压制自己的感觉。我那么做，错了；我要求这个村庄做出牺牲，也错了，大错特错。由于我，那么多本应能拯救自己的人全都死了。我有什么资格带领他们走向灭亡？我以为自己代上帝说话。傻瓜。我的全部生活，我所做的一切，我所说的一切，我所感觉的一切，全都基于一个谎言。一切都是假的。所以现在，"他说，"我终于学会了做自己喜欢做的！"

说着他向我伸出手，但我比他更快。我从他手下溜脱，滚下小床。我盲目地抓起我所能抓到的散落在地的衣服，逃出了房间，一边跌跌撞撞下楼梯，一边把罩衫从头顶套进。我唯一的念头就是跑掉。

我摇摇晃晃地盲目跑向教堂墓地。我想要埃莉诺。我要抱住她，爱抚她，告诉她，他竟然这么利用她，我很难过。我美丽的朋友，充满了感情，为爱而生。我力争通过与他睡觉，使她离我更近些。我试图变成她，在我所能做到的各个方面变成她。然而，通过从他身上获取我自己的快乐，我却偷窃了她——偷窃了本应属于她的东西，她的新婚之夜。我来到她的墓碑处，躺下来。当我摸到那个没经验的石匠刻错后修补的地方时，这小小的不够尊重掘开了我悲伤的堤坝，抽泣使得我浑身颤抖，直到墓碑上滑溜溜的，全是我的眼泪。

我躺在那儿，靠在她的墓碑上，这时，我忽然听见他喊我。我不想见他。这张曾如此感动过我的脸，这个我一直渴慕的身体——突然之间，他的整个人都令我恶心。我出溜下墓碑，蹲下，然后爬到那个巨大的十字架处，它庞大的身形可以遮住我。我靠在上面，就像我过去常做的那样。但是上面所刻的文字摸起来不再感觉鲜活了。我不再觉得刻它的人要对我说些什么。我听得见靴子在教堂墓地的小道上嘎吱嘎吱响。我跑过起伏不平的草地，向教堂大门跑去。自从三月的那个礼拜天教区长面对我们大家关闭它之后，我就再没进过里面。我踏上门廊，手放在门上。刚才摸过冰凉的石头，感觉木头很暖和。我一推，门开了。我溜了进去，随手轻轻关上门。一阵翅膀的扑腾声宣告鸽子已经在钟楼住下。为什么不呢？没人再敲钟，不会发生任何事情打扰它们的栖息。

教堂里的空气似乎很不新鲜。祭坛附近的铜烛台上，斑驳的绿锈有如花朵。随着鸽子咕咕叫着落下，寂静又重新渗回。我潜行向前，出于根深蒂固的习惯性敬畏，极力使自己的脚步别发出声响。我双手抚摸那老旧的石造洗礼盆，回忆着那两个快乐的早晨：抱着宝宝，来接受把圣水淋在他们头上。山姆把自己梳洗得少见的光鲜，他的脸闪闪发光，亮得像是会裂开。

天真的山姆。有的时候我对他那全都写在脸上的感情感到丢人——见到孩子们快快活活，他便发出粗鲁的大笑；在我身上摸来摸去时，动作就像动物；在我们的床上，一快乐就不停地哼哼。我曾多么嫉妒埃莉诺啊！嫉妒她有那么一位风度翩翩、心思敏感的夫君。我怎么竟毫不知情？然而，又有谁能知道这样的事情：翩翩的风度掩盖着一种最不自然的冰冷；敏感的心思扭曲成为性变态。

蜡的气息，潮湿的石头，空空的长椅。我逐一想象着那些坐满每一排长椅之人的面孔。我们大家坐在这里，聆听着他，相信着他，就像埃莉诺曾经相信他一样。我们信任他所告诉我们的一切，做什么事情对，做什么事情好。现在，三分之二的面孔永远离去了——埋在了外面的地底下，或者散葬于我们在极端状态下挖的浅坑里。我站在这里，希望为他们构思出一篇祈祷文，但却什么都想不出来。我试着念那老一套的陈词旧句。我的声音听起来比我所打算发出的更为响亮，却像鹅卵石稀里哗啦落入井中一般毫无意义。"我相信上帝，那万能的父，天与地的创造者……"我的回音低声嗡嗡，消失在耗子匆匆奔跑的抓挠声中。

"你相信吗，安娜？你仍然相信上帝吗？"

这声音来自布拉德福德家所专用的那一排。伊丽莎白·布拉德福德早就在那儿跪着了，高高的橡木长椅靠背挡住了她，所以我没看见她，现在她站了起来。"我母亲仍相信。她相信上帝的震怒与报复，上帝挫败了法老的骄傲，降火焚毁了索多玛城①，给约伯②降下种种磨难。就是她要我来这儿的，尽管我

---

① 索多玛城，《圣经》所载的罪恶之城，在死海的东南方。
② 约伯，《圣经》中上帝的忠实仆人，以虔诚和忍耐著称。

怀疑这对她能有啥用。昨天傍晚起，她就在分娩，离预产期还有整整一个月呢，外科医生已经放弃了，他说，她这样年纪的女人怀孕，就是找死，今天她肯定会死，因为孩子绝对生不下来。他一宣布完这残忍的预测，就跨上马背回去了。"

说罢，她又坐回到长椅上，她的声音变成了孩子气的低语。"血，安娜。我从没见过那么多血。"她双手捂住脸，捂了好一会儿，随后我看到她又直起脊背，"啊，"她说，就像昨天我看见她在教区长厨房里那样，又重新打起精神，"她要我做的我已经做了，我已在这如此神圣、如此受崇敬、被你们所有这些受到上帝垂爱的勇敢之人视为圣洁的教堂里，为她做了祈祷。现在我必须回家去了，再度听她的尖叫。"

"我和你一起去。"我说。我见到了太多的死亡，所以如果能救下一条命，我就会去救。"接生，我有一点点经验，也许我能帮帮她。"

有那么一瞬间，她的脸上闪现出一种表情，一种一闪即逝的希望的表情。但是随后她想起了我是什么人，她自己又是什么人，她的脸上重新呈现出那种骄横的鄙夷。她嗤了一下鼻子，傲慢地微笑着。"这么说女佣比伦敦的外科医生懂得的都多喽？我看未必。不过你愿意去就去吧。反正她要死了。还要劳你给蒙佩利昂带话呢，告诉他上帝是如何完完全全实现了他对我们家所做的预言。"

我跟在伊丽莎白·布拉德福德身后，努力压制着心头升起的怒气。在教堂门口，我停了一下，四下里寻找教区长的人影。没有他的半点儿踪迹，于是我跟随着布拉德福德小姐来到拴着她牝马的地方，我在她身后爬上马背。我们一言不发地驱马上山，来到她家府第。

这幢建筑一副荒芜之相。车道的石缝里长满了高高的蓟草。车道边原本修剪得整整齐齐的灌木又重新变为参差不齐的树丛，野草占据了所有旧日的花坛。布拉德福德小姐从马背上下来，把缰绳递给我，理所当然地认定，我会为她把马牵进牲口棚。我一句话都没说，把缰绳递还给她，转身朝府第的大门走去。她发出一种半是嘘声半是叹息的声音，把牝马牵到马厩里。即使在这巨大的大门外边，我都可以听见府第里的尖叫。布拉德福德小姐返回后，我俩进门，经过蒙着布的家具那庞大的身形，登上通往她母亲寝室的楼梯。

对于血，她并没有夸大。地板被血弄得滑腻腻的，一团团浸血的亚麻布和餐巾，扔得到处都是。伺候布拉德福德夫人的姑娘我不认识。她伸手去拿新的毛巾擦那止不住的流血时，眼睛瞪得像铃铛。我迅速高声开列我所需要的东西："不管是肉汤还是肉冻，给我弄些来，拿点儿好葡萄酒，把热面包泡在里头，因为如果想活过大出血，她的当务之急就是增强体力。再给我拎壶开水，拿个大盆，以及任何你可以找到的能润滑的东西。"姑娘一头跑出房间，仿佛唯恐慢一点儿就走不开了似的。

我走上前，布拉德福德夫人没表示什么反对，或许是因为她现在太虚弱了，无法再浪费力气，又或许是因为她不愿放过任何能救自己于绝境的渺茫希望。我们一进门，她就停止了尖叫，我认为，她之所以尖叫，与其说是出于疼痛，还不如说是出于长时间躺在自己血泊中所产生的恐惧。她虚弱无力地向女儿伸出手，伊丽莎白跑上前去，深情地亲吻她。不论伊丽莎白多么看不上我的技术，她显然也还是想平息母亲的恐惧，因为她用充满安慰的语气说，她听到人们如何赞扬我的接生技术，她还说现在一切都会好起来。我隔着她母亲看着她，轻轻摇头，因为就这种极为绝望的状况，我不想误导任何人。伊丽莎白注视着我的眼睛，点点头，表示她完全明白我的意思。

热水一端来，我便洗手，把布拉德福德夫人两腿间浸透血的毛巾拿开。我不需要女仆给我拿来的黄油，因为身体里流出的液体，已使她的产道足够滑润了。尽管她年纪不轻，可她的肌肤却健康结实，她的身体好像也很适合生孩子，因为虽说她身材苗条，她的骨盆却很宽大。我的手一伸进去，就摸出子宫口已完全张开，我很容易就把手指头捅了进去。羊水膜还没破，于是我用指甲把它抠开。布拉德福德夫人随之发出一声微弱的喊叫，重新堕入半昏迷状态。我迅速动手，不想在我救出孩子之前她就丧命。我用手探寻胎儿的胎位，一下子就摸了出来。我不由得感到奇怪，为什么那个外科医生认定无望而放弃了呢？假如他坚守在这儿，他本可以很容易做成我现在试图做的事情。这时我忽然想到，他来这里时一定是得到命令，故意不管。

这个婴儿，由于是早产，很小，我得以毫不费力地将其扭转过来。我催促伊丽莎白·布拉德福德唤醒她母亲，这样她就可以用力了。这女人太虚弱，使不出太多的力，有那么一会儿，我担心我们会因此而失败。但是不知怎么的，她从自己身体深处的某个地方聚集起了那一点点我们所需要的力量，一个完美的、宝贵的小女婴降生了，活生生地被我捧在了双手之中。

我低下头，嗅闻她那新鲜的新生气味。我注视着她深眼窝里的蓝眼睛，从里面的映象中看见了我自己新生命的开始。在这一刻，我觉得这个小姑娘足以回答我所有的问题。拯救这小小的独特生命——单单这一件事，似乎就使我有足够的理由活着。这时我知道了这就是我应该继续做下去的：远离死亡，走向生命，从诞生到诞生，从种子到开花，在奇迹当中过自己的生活。

一剪断脐带，把它系好，布拉德福德夫人的流血便减缓为淋漓。胎盘毫不费力地脱落，她能够喝些肉汤了。我默默地咒骂那个放弃了这女人的外科医生。他若是早几个钟头给她接生出来，她就不会躺在这儿大出血了，两条人命就肯定都能保住。现在布拉德福德夫人若想活过如此大量的流血，真得需要一个奇迹了。然而，我要为她竭尽所能。我让伊丽莎白·布拉德福德赶紧骑马到我的小房子，并告诉她在哪儿能找到一瓶荨麻滋补水，我认为这种药水能增强她母亲的体力。

"荨麻？"她说话的样子仿佛这个词从她嘴里吐出她都觉得恶心。即使在如此危机的状况下，这女人仍能够冷笑出来。"我相信我是找不到这样的东西的。"她把一只手轻轻放在母亲苍白的额头上，当她看着母亲那疲惫的面容时，她那冷酷的目光柔和了下来，"我会让她喝你认为她需要喝的东西，不过你必须自己去拿，因为我担心我不在的时候，妈妈会不行。"

我觉得这话有些道理，便答应了，我指示女仆如何把宝宝弄干净，一旦条件允许，就把她放到她母亲怀里。如果布拉德福德夫人要死去——这看起来非常可能，那么我也想让这宝宝至少能有宝贵的几分钟，体验母亲怀抱的温存。我向马厩走去，走到一半的时候，忽然意识到自己冷到了骨髓。我仍然只穿着这天早上逃离迈克尔·蒙佩利昂时顺手抓起的那件薄薄的哔叽罩衫。我转回身，想去借伊丽莎白的斗篷。厨房的门是离我最近的门，于是我匆匆向它走去，一头闯入。

伊丽莎白·布拉德福德背对着我，但是刹那间我便明白了她要做什么。她已将她那精纺羊毛的衣袖撸到了胳膊肘上方，以免弄湿她的长裙。她面前的长凳上摆着一桶水，她的两条小臂都浸在水中，她的肌肉由于按着婴儿而紧绷着，尽管这并不费力。我一个箭步蹿过去，也不知道哪儿来的那么大力气，一把将她推开。她没抓住滑溜溜的婴儿，摔向一边。我迅速将双手伸入桶中，捞出这小小的身体，紧紧抱住她。水桶摇摇晃晃，从长凳上翻了下来，里面的水泼溅在伊丽莎白·布拉德福德的裙子上。宝宝被水浸得冰凉，于是我揉搓她，就像我对一只降生在寒冷夜晚的小羊羔一样地用力揉搓。她喷着水,眨着眼,发出一声愤怒的哭叫。感谢上帝,她安然无恙。

紧接着宽慰之后的是愤慨,这愤慨如此强烈地在我身上暴发,我一把抄起冷杉木台案上放着的一柄挂肉钩,怀里紧搂着孩子,朝伊丽莎白·布拉德福德冲去。她朝旁边打了个滚,躲过我一钩,在湿滑的石头地上颇为困难地爬起来。我的行为也把自己吓坏了,我后退一步,扔掉钩子。我俩一言不发地瞪着对方。

她最后终于说:"孩子是个杂种,通奸的产物。我父亲不愿意沾上这桩丑闻。"

"也许你说的是真的,你这个杀人的混蛋,可你无权要她命!"

"不许你这么对我说话!"

"我愿意怎么对你说话就怎么说!"

我俩现在在相互尖叫,就像一对泼妇。她举起一只手,要求停止争吵。

"你看不出来吗?"她说,现在她的声音是哀婉的,"结束这件事,这是我母亲重新开始的唯一机会。否则的话,她的生活就完了。你以为我真的就想杀她？杀我母亲的孩子，与我流着同样的血的孩子？我这样做只是为了从父亲的暴怒中拯救母亲。"

"把孩子给我，"我说，"把她给我，我会用爱来把她带大。"

她站在那里，思考着，然后摇摇头。"不，这不成。我们不能让家丑在这个村子里传扬，人人看着，人人议论。而这姑娘在府第的阴影中长大，却不得进入府第，这对她也没好处。因为她早晚会听说自己的真实出身。这类事情，一向都是如此。"

"啊，那么，"我说，我现在冷静多了，与她一样地算计着，"给我些钱，我带她远离此地，我可以向你保证，你们将再也听不到我俩任何一个的消息。这件事，你和你母亲可以爱怎么编就怎么编。"

伊丽莎白·布拉德福德闻听此言扬起眉毛，两片嘴唇紧绷在一起，考虑着。她沉默了好一会儿，我在她的眼睛中寻找她对她母亲怜悯的痕迹。但是那里面没有半点儿这样的感情，只有冷静的估算。这件事，就像所有有关布拉德福德家族的事情一样，会被放在天平上称，而这架天平只严格地依照自我利益的分量而抬起或降低。我无法再忍受这张没有嘴唇的冷酷面孔了，于是低头看着宝宝，试图为她想出一番祈祷。我只想出了一句。

求求了。

尽管我心中百般希望，可我却想不出任何接下去的内容：没有正式的祈求，没有《圣经》中的金句，没有礼拜仪式中的只言片语。我所背下的经句、《诗篇》和祈祷词也全都忘得一干二净，就像好不容易学会的单词，费尽力气写在石板上，却只需一块湿布轻轻一抹，便绝对被擦得不见踪迹一样。在太多太多次没有得到回应的祈祷之后，我失去了祈祷的能力。

"行，"伊丽莎白·布拉德福德终于说，"行，这样做也许很好。"

我把宝宝暖暖和和地裹好，然后我俩在玛吉·坎特韦尔心爱的旧厨房台案前坐下，在细节上讨价还价。这没花费我们多长时间，因为我对自己所要求的条件态度坚定，而伊丽莎白·布拉德福德则急于把我打发掉。双方达成协议后，我上楼去她母亲寝室。她的脸色令人惊异地好。她喝了肉汤，努力吃下了一片泡过葡萄酒的面包，闭着眼睛躺了下来，我还以为她睡着了呢。但是我站在那里时，她睁开了眼睛，当她看见婴儿，她那肿胀的通红眼睛里闪着泪花。"她还活着！"她疲惫地颤声说。

"她活着，而且她还要活下去。"然后我告诉了她我与伊丽莎白达成的协议。她挣扎着从枕头上抬起头，用她那无力的手指头抓住我的手腕。我以为她要反对，但是她却亲吻我的手。

"啊，谢谢你！谢谢你！上帝保佑你。"但是随后她的眼睛睁大了，她的低语开始变得急切，"你们必须走，快些走，今天就走，趁我儿子或他父亲还不知道这孩子仍活着。"

然后她指着床脚的一个箱柜。箱柜里面一个暗藏的小抽屉里，一枚祖母绿戒指和一串绿宝石项链映衬着黑丝绒，闪闪发光。"拿上它们。需要的时候，用在她身上，或者等她长大后，把它们给她。告诉她，她妈妈但凡有法子，本是会爱她的……"

由于这番用力，她变得脸色苍白，我知道，只要我在这儿抱着孩子，她就会激动下去。于是我匆匆用她的一条精纺羊毛披肩做了一个温暖的吊带，把宝宝包在里面，紧贴着我身体。然后我在她床边跪下，拿起她洁白的手，放在孩子柔软光滑的头上。"放心吧，她将永远受到爱护。"

我下了楼梯，来到外面伊丽莎白·布拉德福德牵马等我的地方。我们三个骑马前往我的小房子，宝宝的喁喁细语变成了哭声。一到家，我就给了伊丽莎白一瓶荨麻滋补药水，并告诉她服量，以及她母亲应该如何服用。而从她手中呢，我则接过一个钱包，里面盛有比我以为能看到的更多的金币。

我提着桶进入牛栏时，母牛谴责地望着我。"对不起，让你久等了,"我说,"不过今天你的奶将派上大用场。"在房子里,我记起自己的奶水,稀稀的,淡青色,于是我撇去牛奶里厚厚的油脂,用一点点水把剩下的奶调稀。我把宝宝抱在臂弯里。她的嘴现在大咧着,发出新生儿那微弱的哭声。我轻拍着她柔软的面颊,直到她转向我的手指头。这是一件混乱的事情,进展很慢。我把牛奶滴进她嘴里,只要她肯吃,就不停地滴。她停止了哭叫,不一会儿便打起了盹儿。于是我把她放在壁炉边的稻草上,自己则忙着收拾起我准备带走的不多的物品。家里的东西所剩无几。我给杰米做的那件棉坎肩,大焚烧时没舍得交出去;埃莉诺的一本医书,我俩曾熟读钻研,直到把眼睛都看痛了。这两样东西我带上作纪念。还有几瓶治疗婴儿发烧和腹泻的草药。我痛心地记起,有天早上在埃莉诺的花园里,她曾试图教我如何使用菊花退烧,我当时决意充耳不闻。多快啊,那天过后没多久,我便被迫改变了自己的想法。

随后,我把过去一年的事情从头脑中扫开,努力去清晰地思考未来。我决定把自己的土地和房屋赠给贵格会孩子梅丽·威克福德,这样一来,如果她想住在村子里,她就有了一个远比那租佃的田舍更为牢靠的家了,并且拥有了除铅矿以外的东西,可以用来构建未来。那一栏羊,我要送给玛丽·哈德菲尔德,换她那匹老骡子,我们可以骑它离开村庄——至于去哪儿,我也并不真正知道。

我仍然保存着那块埃莉诺教我识字的石板。我把它拿出来，写下自己对财产的处置，这时小房子的门忽然开了。他没敲门就进来，在突然射入的光亮中，我分辨不出他的面孔。我从凳子上跳起，把桌子隔在我俩中间。

"安娜，别躲我。我对咱俩之间发生的事情感到难过，对所有的事情都感到难过。比你所认为的更为难过。但是我来此并不是为了说这个，我也知道，你还不准备听我解释这些事。你绝对有权如此。我来这儿只是为了帮你离开此地。"

我的样子一定显得很惊讶，他匆匆讲下去："我知道今天上午布拉德福德府发生的事情——发生的所有事情。"我要插话时，他举起一只手，"布拉德福德夫人活着，恢复了些力气。我刚从她那儿来。我今天一直在反躬自省。你，安娜，让我记起了自己的职责是什么。我打算不再像以前那样了，陷于个人的悲痛不能自拔。因为，虽然你也悲痛，可你却生活着，还有用，给别人带去生命。毕竟，一个人并不非得需要信仰，才能为信神的人带去安慰。我认为，你今天救下了两条命。"他向前迈了一步，仿佛要绕过桌子，到桌子对面我所站立的地方来。但是我脸上的表情使他止住了脚步。

"安娜，我来这儿不是为了向你讲这些事，因为我完全想象得出，你会感觉自己早已听腻了我的感伤话题。我来，是因为我不知道你是否意识到自己处于危险之中。听我的，安娜，你的处境极为危险。伊丽莎白·布拉德福德很快就会想到，你是唯一一个活口，目睹了她今天企图实施的谋杀。她父亲已经想要这个婴儿死了，而对这样的人来说，再加上你这条命，将是小事一桩。我想要你骑上安忒洛斯，"他的眼睛在一丝极小极小的自觉有趣中弯了起来，"因为你我都知道，你驾驭得了它。"

我说了一些反对之词，说我计划好了向玛丽要她的骡子，但是他再次要我安静。"你需要速度。很凑巧，我刚刚遇见拉尔夫·普尔弗，一位贝克韦尔的矿石商人。他今天要带着一批峰区的铅矿石，动身前往利物浦港口。他已同意，如果在他启程之前你赶到贝克韦尔，他就护送你到埃莉诺的父亲、我的恩主那儿，他的庄园离普尔弗所经之路很近。我已写好一封介绍信，说明了你的处境。我认为这对你来说是个不错的选择，安娜，因为埃莉诺的父亲是个非常好的人，那个庄园也非常之大。我相信他会给你安排个工作，如果不是搞家务，就是在村子里或农场里。布拉德福德家的人不会想到去那儿找你。他们更愿意到伦敦公路上寻找。但是你现在必须走。"

于是我离开了自己的家，甚至没工夫最后看一眼那些曾承载了我生命中全部快乐和大部分悲伤的房间。当我再次拎起襁褓，紧紧抱住宝宝时，她都没有醒。在院子里出现了片刻的尴尬，迈克尔·蒙佩利昂伸出一只手，意思是扶我跨上安忒洛斯。我背转过他，自己上了马，我宁可笨拙地攀爬，也不愿意碰他的手。

我策马上路，开始小跑的时候，忽然意识到，不能就这样结束。于是我在鞍桥中转回身,看见他仍站在那里,他灰色的眼睛注视着我。我朝他举起一只手,他也举起自己的手。随后,安忒洛斯抵达了通往贝克韦尔大路的拐弯处,我得回过头来了,我必须把全部注意力集中于下坡的狂奔上。

尾声

我不能说自己仍然有信仰。
也许,有的是希望。
我俩达成一致,不妨暂且如此。

海浪,海浪

很久很久以前,埃莉诺·蒙佩利昂给我看过一首诗,诗人把大海比作牧场。这首诗曾令我激动不已,因为它是一个女人写的,当时我还没有这样的概念,女人也可以从事吟诗作赋之类的事情。我怀着激动的心情背下了它,至今仍能背诵:

> ……大海像草地一样平坦;
> 盐分使它绿色盎然。
> 船儿在上面款款漫步;
> 舟子们像羊儿一样,歌唱,交谈……

当时我还从没见过海洋,所以觉得这诗写得非常巧妙。但是现在,我每天都望着大海,我便觉得玛格丽特·卡文迪什①

---

① 玛格丽特·卡文迪什(1623—1673),纽卡斯尔公爵夫人,是英国文艺复兴时期的剧作家、诗人和科学家。

根本就不了解海洋。

如今我在这儿有自己的房间,我可以在房间里静静地研究、工作,避开女眷房那喋喋不休的闲聊和孩子们的吵闹。这个宅子又大又漂亮,坐落在城堡的大墙里,而城堡则高高地耸立于壁立千仞的山顶上,前面是大大的弧形海湾。我的房间是圆形的,有一个带格子的窗户,窗户俯瞰着花园,以及花园彼端那低矮城镇的蜂巢状屋顶,最后是一望无际、波光粼粼的大海。在屋里,我可以看见来自威尼斯和马赛,以及其他更远港口的船只,它们卸下玻璃器皿与锡器,卸下机织的挂毯,装上金粉、鸵鸟羽毛、象牙之类的返程货物,有时还包括那最令人伤心的"货物":一队队拴着铁链的高大的非洲人,他们注定成为奴隶。我同情他们,同情他们的可怕旅程,希望他们至少在海上时风平浪静。

至于我自己,我不指望再去任何地方了。但是如果真的去,我也决不乘船。把我带离英格兰的波涛可不像玛格丽特·卡文迪什在诗中描绘的那样垄沟般平坦,而是如同噩梦中锯齿状的悬崖,刚把你扔进谷底,又将你抛上崖顶,绝不在地面多作停留,抛扔、跳跃,从不平静。我们的船整日整夜都像孩子的雪橇疯狂滑下结满冰的山坡一样,冲下波涛的表体。船骨在呻吟,水手们咒骂着撕碎了的风帆和磨坏了的绳索,我呼吸着难闻的焦油味和呕吐气味,一心盼望着死掉。说实话,我太难受了,常常希望自己死了算了。只是想到孩子,以及我要让她活着的决心,给了我坚持下去的意志。

但是我并不是想在此详细描述我们来到这里曾经历了什么样的重重困难。我只是要说，简言之，安忒洛斯轻松地把我带到了贝克韦尔，我在那儿给宝宝雇了个奶妈，便与普尔弗先生及他的铅矿石一道上路了。但是当我们来到通往埃莉诺老家的路口时，我却掏出迈克尔·蒙佩利昂的介绍信，撕成碎片，望着它们被风吹走。我告诉普尔弗先生，我不想劳烦他送我去那儿了，而是想继续跟着他前往港口。即使是现在，我也不知道是什么使得我在此事上如此固执，但是我当时觉得，割断与旧生活的全部联系，这样做似乎很好。我突然之间非常清楚地知道，我不想每天都在埃莉诺曾经行走过的另一个地方行走。因为我毕竟不是埃莉诺，而是安娜。现在该找个地方，让我和孩子可以在那里过一种全新的生活。

我在一家港口客栈租了间房，在尔后的几天中，我不时为自己的草率而感到后悔，因为决定下一步怎么走，现在看来绝非简单之事。这段时间，我几乎睡不着觉。因为我们的房间与钟楼差不多并排地挨在一起，钟楼的大钟每个钟头都敲钟报时，而每回敲钟只是帮助我数出自己干躺在那里发愁未来有几个钟头了。凌晨时分，我会疲倦得睡着，而海鸥却又醒来，在空中尖叫，仿佛太阳一出，世界就会灭亡似的。

最后，我并没有做出选择，而是选择找上了我。客栈老板看来是个正人君子，那天早上海鸥刚一开始喧闹地合唱，他就来敲我房门。他的样子极为激动不安，说有个年轻绅士满城打听我的行踪。"你听了可别生气啊，他到处嚷嚷说你偷了他家珠宝——这我可不信；你要是贼，岂会用真名。另一点也挺奇怪：他不断提起你的这个婴儿，没完没了地提。他对婴儿似乎比对珠宝要上心得多。我并不想干涉客人的事情，太太，可这家伙来者不善，如果你也觉得不妙，那倒不如索性搭乘下一条船，一走了之，不管是什么船，不管它去哪儿。"

恰好，一条运载峰区铅矿石的大帆船是这天早潮唯一要驶离的船，驶往威尼斯的大玻璃工厂，我对那个水城一无所知，这条在码头边上隐约可辨的大帆船看上去也很难禁得起风浪。但是正如我说过的，我别无选择。于是我用布拉德福德家的金币订了一个小舱房，并给奶妈加了些钱，她号啕大哭着说，当初可没说还要出海。于是我离开了家乡，我下方的舱室盛满了我的双脚踩过一辈子的矿石。我很快就数不清过了几天几夜了，我和宝宝躺在用万向架固定的铺上，颠簸摇晃，我以为我们的故事将会就此结束，绿如玻璃的海水会冲破木船体，把我们带入深深的海底。

后来，一天早上，我醒来时海上风平浪静，温暖的空气中满是小豆蔻的香味。我抱起宝宝，来到甲板上。我永远不会忘记那照在闪闪发光的白墙和金穹顶上的耀眼阳光，不会忘记这个城市的样子：一路顺山蜿蜒而下，拥抱着宽阔的蓝色海港。我问船长这是什么地方，他告诉我，我们来到了奥兰港[①]，安达卢斯阿拉伯人的老家。

[①] 奥兰，阿尔及利亚港口城市，临地中海。

行李里我所带的不多的几件物品中,有埃莉诺的那本书。这是阿维森纳《医典》的宝贵的最后一卷。尽管它很沉,可我还是把它装入了行囊,作为对埃莉诺的纪念,也是对我俩试图一起完成的工作的纪念。我想到,有那么一天,我会读懂这些拉丁文,记下这部伟大之书中的全部内容。我和埃莉诺曾感到惊异,那么久以前的一个异教徒,居然拥有如此了不起的丰富知识。这时我想到了在这本书写出后,穆斯林医生们可能发现的所有东西,突然之间,我觉得,我被带到这个阳光明媚的城市,就是为了让我多学些现已成为我职业了的技艺。我同奶妈结了账,安排了她的返程,我推论,在这么大的城市,我可以另找一个奶妈。

船长试图打消我下船的念头,他说起巴巴里海盗和粗鲁的西班牙流亡者。但是当他看出我决心已定时,便好心地给我以帮助。船长知道此地有位艾哈迈德大人,这并不奇怪,因为此人的著作和游历,已经使其成为巴巴里最为著名的医生了。至少,使我吃惊的是艾哈迈德大人做决定的速度,鉴于我的状况和条件,他立刻接受了我。后来,我俩彼此熟悉之后,他告诉我,当时他刚做完午祷回来,他在午祷中曾祈求安拉可怜可怜他这么一个疲惫的老人,给他派个帮手来吧。随后,他一进女眷房,便发现我在与他的妻妾们一起喝咖啡。

现在我是他的一个小妾,名义上的,并无肌肤之实。他说这是他可以把我带进他家并赢得当地人尊重的唯一办法。由于我显然不是处女,所以毛拉①不需要男监护人代我表示同意,于是仪式从简。从那以后我俩常常谈论信仰:他用来衡量自己每天每一时刻的坚定信仰,以及我自己信仰中残留下来的那一点点脆弱又破旧的东西。我把它看作城垛上褪了色的残破战旗,被子弹射得千疮百孔,如果它曾经有过一个模样的话,那么谁也说不出它原来究竟是什么样子。我告诉艾哈迈德大人,我不能说自己仍然有信仰。也许,有的是希望。我俩达成一致,不妨暂且如此。

我认为艾哈迈德大人是天底下最智慧、最和善的人。他当然也是最温柔、嘴巴最甜的人。他恭维我所带给他的技术,但是通过我来此的这些年,我已经很了解他了,现在我明白,这只是他们这儿的人嘴上抹蜜的说话方式。艾哈迈德大人的医术不像我老家那些兼做外科医师的理发师那样,用尖利的探针在身体上放血,或者拔火罐。他的办法是健体和营养,他把时间全都用在了研究健体术和疾病的性质上:疾病是如何传播的,传给谁,生病的过程是怎么回事,或者疾病在这个人身上与在那个人身上有何不同。

我认为,我来到这儿的时候,他正处于一个束手无策的绝望阶段,因为穆斯林对妻妾要求非常严格,女人即使病倒在床,都不敢见陌生男人。多年以来,大量妇女,她们的丈夫不愿意让她们得到他的诊治,他对此极为苦恼。所以我相信,任

---

① 毛拉,伊斯兰教神学家。

何一个智力正常的女人愿意跟他学医，他都会欣然接受。我呢，则帮助女人们安全分娩，告诉她们如何保护自己和孩子的健康，以此来报答他对我的信任。随着我继续研究和学习，我希望一辈子在此从事这种有意义的工作。我在读阿维森纳，或称伊本·西那，我已经学会了这样正确称呼他，我读他的著作，这著作不像我原来想象的那样，是拉丁文的，而是阿拉伯文的。

我用了很长时间才使自己的眼睛习惯了此地的明亮。要知道，一个人在雾蒙蒙的世界生活太久，便会觉得这里的明亮鲜艳是刺眼的。这里有一些颜色，我甚至不知道如何向从没见过它们的人进行描述。从没见过橘子的人，怎能说出橘子的颜色呢？我窗外树枝枝头挂着的水果叫柿子，有的时候，它们在蓝天的映衬下那么的光鲜，我都会说，它们的颜色就像刚刚敲打出来的铜器，在阳光下熠熠生辉。而另一些时候，它们的色泽则更像是金灿灿的桃红，淡淡地闪着光，有如艾哈迈德大人的孙子们在女眷院子里奔跑翻滚时的脸蛋一样。

我们这儿有大量各种各样鲜艳的颜色，只是没有绿色。这里没有草，棕榈叶上覆满了细沙，细沙用自己黄澄澄的尘埃斗篷，把棕榈叶整个儿盖住。我想，棕榈叶也许是绿色的，这绿色是我最思念不过的颜色。一天，在艾哈迈德大人的书房里，我发现了一本大书，书的封皮是用纹理细密的皮革做成的，恰好被染成了我老家夏天草地的那种颜色。我把这本书拿到我的房间，支在我目光可以在上面逗留的桌子上。我并没有意识到它是艾哈迈德大人的神圣经书,这本书无信仰者是不许碰的。三年中唯有这一次,他对我严词厉色。我解释过之后,他向我道了歉,给我送来一块丝毯,上面满满地绣着一棵大树,阿拉伯人称这种树为"阿尼撒",生命之树。它那成对的叶子和树枝碧绿碧绿,比埃莉诺在我们过去那个美丽花园里所种的任何植物都更为碧绿。

与我的眼睛一样,我的耳朵也必须学会适应这地方的不同。我过去总害怕寂静,现在却变得渴望寂静。要知道,这里不论白天还是夜晚,都那么嘈杂。街头熙熙攘攘,小贩的叫卖声持续不断。现在日落了,几十个高高的清真寺宣礼塔上又发出召唤大家去做祷告的喊叫,急切而热情洋溢。日落后做祷告的这一个钟点是我最喜欢的在城中散步的时间,因为空气开始凉爽,步履也变得不那么匆忙了。许多女人现在都认识我,我在街上溜达时,她们就和我打招呼。按照当地习俗,她们根据我头生孩子的名字称呼我,所以我在这儿不再是安娜·弗里思,而是乌姆·贾米——杰米的母亲。我很高兴自己小小的儿子以这种方式为人所记住。

我过了好久才给布拉德福德家的婴儿起名。在那次可怕的航行途中,我什么也不叫她,也许那是因为我确信我们无法活下来。来到这儿后,艾哈迈德大人建议叫她艾莎,这个词在他的语言中意为"生命"。后来,我从市场上的妇女们那里了解到,这个词的另一个意思是面包。这是个很贴切的名字,因为她支撑了我。

她在女眷院子里等我,当她蹦蹦跳跳地径直从艾哈迈德大人的长房夫人玛丽亚姆的小花园向我跑来时,她的白罩袍拖拉在尘土之中,玛丽亚姆在这个小花园里种植药草,给自己的茶当香料。空气中突然充满碾碎的薄荷和柠檬麝香草那浓郁的香气。玛丽亚姆发出一连串叱责,但是她那刺着花纹的脸上却浮现出和善愉快的波纹。我微笑着向这位老妇人行额手礼,去拿我的面纱,它挂在大门口的一个挂钉上,了无生气,却随时待命。

然后我四下张望,寻找另外一个。她藏在贴着蓝瓷砖的喷泉后面。玛丽亚姆歪了一下头,示意我她的隐身之处。我假装没看见她,嘴里喊着她的名字,径直越过那里。我突然猛转身躯,一把抓住她,抱进怀里。她快乐地咯咯笑着,一面用柔软的小手轻轻拍我面颊,一面用湿漉漉的嘴唇亲吻我的脸。

我在这里的女眷房中生下的她。艾哈迈德大人给我接的生,但是起名我却不用他帮忙。当我把小小的白罩袍套在她头顶上时,她熟练地把它拉扯到位,这样一来,我所能看见的就是她那双大大的灰色眼睛了。她生着她爸爸的眼睛。

我们向玛丽亚姆道别,推开沉重的柚木大门。热浪抓住我们的面纱,令其在我们身后翻滚。艾莎拉着我的一只手,埃莉诺攥着我的另一只,我们一起,融入我们这个城市拥挤的人流之中。

Year
of Wonders
后记

真实的历史，艺术化的故事

这本小说是受到英国德比郡埃姆村村民们真实事迹的启发而虚构的。

我头一次前往埃姆是在一九九〇年夏天，完全出于偶然。当时我是《华尔街日报》驻伦敦记者，报道中东新闻。在加沙、巴格达之类炎热而纷乱的地方采访之余，我想在英格兰乡间换换空气。就是在这样一次远足中——或者用英国人优雅的说法，在这样一次消夏漫游中，我碰上了一个引起我兴趣的路标，指示通往"瘟疫村"的道路。我在那里，从圣劳伦斯教区教堂的展览中，发现了那段村民们饱受磨难并做出自己惊人决定的历史。

这段历史如此感人，如此可怕，在我的想象中扎下了根。尔后的几年中，当我在波斯尼亚和索马里之类的地方报道有关当代的悲惨新闻时，我的思绪常常回到埃姆，我开始意识到，我所渴望讲述的就是这个故事，而不是别的。当我到一个与埃姆村大小差不多的弗吉尼亚村庄定居下来后，这种感觉变得更为强烈了。在弗吉尼亚乡间，我脑海中那个把自己隔绝起来并付出惨重代价的故事，变得更加栩栩如生。我思忖着，做出这样的选择，结果发现自己三分之二的邻居都在一年中死掉，那会是一种什么情景呢？信心、人际关系和社会秩序是如何存留下来的？

前年夏天，我返回埃姆去做进一步的历史调研，并唤起了对峰区简朴美丽景色的记忆。我与埃姆的地方史学家约翰·G.克利福德（John G. Clifford）一起度过了一段时间，他是内容丰富的《埃姆瘟疫，1665—1666》（*Eyam Plague 1665-1666*）一书的作者。我参观了面积虽小却布置得十分在行的村博物馆。美国作家威廉·斯泰隆（William Styron）曾经写道，历史小说家得到的事实记录越是"口粮短缺"，写出的东西才会越好。关于埃姆，已经有大量的作品——书籍、戏剧，甚至一出歌剧，唯有事实依据仍然缺欠。在埃姆，瘟疫之前村里究竟有多少人口，传染如何来到这里，死了多少人，有关这类问题，争论仍在继续。但是与此同时，也有大量的轶事口口相传，流传至今，我从中借鉴了不少：藏有跳蚤的那匹布有可能是瘟疫的传播媒介；把人活着埋掉的贪婪掘墓人；知道回家安全了的有先见之明的大公鸡。

至于其他的，我则钻研十七世纪的医书、杂志、布道和社会史。我的藏书中现在有诸如《奔宁山脉铅矿采掘史》（*A*

History of Lead Mining in the Pennines）之类的巨著，以前我从没想到过自己会拥有这样的书卷。阿尼丝·戈迪的"坦白"则采自理查德·扎克斯（Richard Zacks）关于性的生动文件集《历史表白》（History Laid Bare）中对苏格兰女巫审判的一段描写。（阿尼丝的坦白不同于许多其他在酷刑之下逼供出来的交代，在那类交代中，被指控的女人极为绘声绘色地声称自己与魔鬼发生了性关系。更为标准的台词是，撒旦是一个不合格的性伴侣。）

虽然我使用了部分埃姆村村民的真实姓名，但是我只是当自己的描述与他们已知的生活细节出入不大时，才这样做。至于虚构部分，我则用改变或编造的名字来进行表述。因此，迈克尔·蒙佩利昂反映的是埃姆真实的教区长、具有英雄与圣徒情结的威廉·蒙佩森（William Mompesson），不过真人的情况只是用在了小说人物值得敬佩的性格与行为方面。我对该人物较为阴暗面的描写，则完全是出自想象。威廉·蒙佩森与妻子凯瑟琳（Catherine）有两个孩子，在大家同意隔离之前，孩子就已被送出了埃姆村。凯瑟琳选择了留下，照顾病人，她本人也死于瘟疫。她死后，威廉·蒙佩森在他的一封信中写下了一段话："我的女仆身体仍然健康；谢天谢地，因为她若是裹足不前，我可就麻烦了……"我试图想象这个女人会是谁，她如何生活，她会有什么样的感觉，这一切，给我的小说提供了故事。

我之所以给本书起名 Year of Wonders，是因为我试图想象安娜有可能听到的那些话,以及附随着那些话产生的所有宗教上的反应。就我这么一个缺少虔诚心的世俗之人来看,约翰·德莱顿选择使用拉丁文 annus mirabilis(奇迹之年)来形容发生了瘟疫、伦敦大火和英荷战争的可怕的一六六六年,似乎并不太贴切。但是安娜当然会相信"上帝以神秘的方法实施着他的奇迹"。她也一定熟悉上帝对梅瑟所说的话:"尔将行我奇迹"①——这奇迹包括向埃及人降下人类有史记载的第一场瘟疫。

安娜与十七世纪和她同时代的人一样,不知道瘟疫究竟是什么,以及如何传播。鼠疫,或曰黑死病,是产生强大毒素的细菌所造成的大规模感染。鼠疫疖,即横痃,是坏死并出血的淋巴结。一两天之内,大量的细菌进入血液,造成高烧、出血和血栓。自古以来人们就观察到,瘟疫期间老鼠大批死亡,但是直到一八九八年,才有一位名叫 P. L. 西蒙德(P. L. Simond)的科学家在《巴斯德研究所年报》(Annales d'Institute Pasteur)中报告说,他发现,人类百分之九十的鼠疫病例,都是由在染病老鼠身上吸血的跳蚤传播的。(少数情况下,杆菌进入患者肺部,然后通过悬浮于空气中的飞沫传给他人。而拿死耗子时,经由划伤而直接感染鼠疫,则极为少见。)在一六六六年的英格兰,饱受磨难的人们错误地相信,猫和狗可能传播这一疾病。结果对这些动物大肆捕杀,反而消灭了老鼠的天敌,大

---

① 原文为"Thou shalt do my wonders"。对应的是以色列人首领梅瑟接受上帝的召唤,解救同胞的故事。——编者注

概从而也扩大了疫病的流行。鼠疫现在仍然存在：世界卫生组织每年报告一千到三千例鼠疫。但由于有了抗生素，它不再是大范围的致命传染病了。

在我所参考的书和请教的人当中，我特别要感谢埃米·休伯曼（Amy Huberman）对十七世纪医书的辛勤发掘，安妮·阿什利·麦凯格（Anne Ashley McCaig）在羊羔出生方面和文学方面的真知灼见，以及雷蒙德·鲁什（Raymond Rush）的文集《乡村》（Countrywise）中极有意思的农耕知识。阿曼达·利维克（Amanda Levick）和拉拉·沃纳（Lara Warner）也给我提供了宝贵的帮助；菲利普·贝内迪克特（Philip Benedict）对十七世纪教牧人员的深入见解和资料，令我受益匪浅。我也要感谢我出色的代理人克里斯·达尔（Kris Dahl）。我的第一读者达琳·邦吉（Darleen Bungey），布赖恩·霍尔（Brian Hall），霍维茨（Horwitz）家的埃莉诺（Elinor）、乔舒亚（Joshua）、诺曼（Norman）、托尼（Tony）四姐弟，以及比尔·鲍尔斯（Bill Powers）、玛莎·谢里尔（Martha Sherrill）、格雷厄姆·索伯恩（Graham Thorburn），他们也均给我提出了从王政复辟到鼠疫杆菌等诸方面许许多多的宝贵见解。我感谢莉萨·R.莱斯特（Lisa R. Lester）精确的校订。我感谢我的英国编辑克莱夫·普里德尔（Clive Priddle）的独具慧眼和往返奔忙。苏珊·彼得森·肯尼迪（Susan Petersen Kennedy）相信本书的价值，莫莉·斯特恩（Molly Stern）帮助本书成型，我对她们欠着最大的人情。还有一辈子都关爱着我的母亲，格洛丽亚（Gloria）。感谢你们所有的人。

未来，属于终身学习者

我们正在亲历前所未有的变革——互联网改变了信息传递的方式，指数级技术快速发展并颠覆商业世界，人工智能正在侵占越来越多的人类领地。

面对这些变化，我们需要问自己：未来需要什么样的人才？

答案是，成为终身学习者。终身学习意味着具备全面的知识结构、强大的逻辑思考能力和敏锐的感知力。这是一套能够在不断变化中随时重建、更新认知体系的能力。阅读，无疑是帮助我们整合这些能力的最佳途径。

在充满不确定性的时代，答案并不总是简单地出现在书本之中。"读万卷书"不仅要亲自阅读、广泛阅读，也需要我们深入探索好书的内部世界，让知识不再局限于书本之中。

湛庐阅读 App: 与最聪明的人共同进化

我们现在推出全新的湛庐阅读 App，它将成为您在书本之外，践行终身学习的场所。

- 不用考虑"读什么"。这里汇集了湛庐所有纸质书、电子书、有声书和各种阅读服务。
- 可以学习"怎么读"。我们提供包括课程、精读班和讲书在内的全方位阅读解决方案。
- 谁来领读？您能最先了解到作者、译者、专家等大咖的前沿洞见，他们是高质量思想的源泉。
- 与谁共读？您将加入优秀的读者和终身学习者的行列，他们对阅读和学习具有持久的热情和源源不断的动力。

在湛庐阅读 App 首页，编辑为您精选了经典书目和优质音视频内容，每天早、中、晚更新，满足您不间断的阅读需求。

【特别专题】【主题书单】【人物特写】等原创专栏，提供专业、深度的解读和选书参考，回应社会议题，是您了解湛庐近千位重要作者思想的独家渠道。

在每本图书的详情页，您将通过深度导读栏目【专家视点】【深度访谈】和【书评】读懂、读透一本好书。

通过这个不设限的学习平台，您在任何时间、任何地点都能获得有价值的思想，并通过阅读实现终身学习。我们邀您共建一个与最聪明的人共同进化的社区，使其成为先进思想交汇的聚集地，这正是我们的使命和价值所在。

CHEERS

湛庐阅读 App
使用指南

读什么
- 纸质书
- 电子书
- 有声书

怎么读
- 课程
- 精读班
- 讲书
- 测一测
- 参考文献
- 图片资料

与谁共读
- 主题书单
- 特别专题
- 人物特写
- 日更专栏
- 编辑推荐

谁来领读
- 专家视点
- 深度访谈
- 书评
- 精彩视频

HERE COMES EVERYBODY

下载湛庐阅读 App
一站获取阅读服务

Year of Wonders by Geraldine Brooks

Copyright © Geraldine Brooks, 2001

All rights reserved including the right of reproduction in whole or in part in any form. This edition published by arrangement with Viking, an imprint of Penguin Publishing Group, a division of Penguin Random House LLC.

本书中文简体字版经授权在中华人民共和国境内独家出版发行。未经出版者书面许可，不得以任何方式抄袭、复制或节录本书中的任何部分。

版权所有，侵权必究。

图书在版编目（CIP）数据

奇迹之年 /（澳）杰拉尔丁·布鲁克斯（Geraldine Brooks）著；赵苏苏译. -- 杭州：浙江教育出版社，2023.10
 ISBN 978-7-5722-6553-2

Ⅰ. ①奇… Ⅱ. ①杰… ②赵… Ⅲ. ①长篇小说－澳大利亚－现代 Ⅳ. ①I611.45

中国国家版本馆CIP数据核字(2023)第176479号

浙江省版权局著作权合同登记号
图字：11-2023-242号

上架指导：文学 / 外国小说

版权所有，侵权必究
本书法律顾问　北京市盈科律师事务所　崔爽律师

奇迹之年
QIJI ZHI NIAN

[澳]杰拉尔丁·布鲁克斯（Geraldine Brooks）　著
赵苏苏　译

责任编辑： 李　剑
助理编辑： 刘亦璇
美术编辑： 韩　波
责任校对： 余理阳
责任印务： 陈　沁
封面设计： ablackcover.com

出版发行：	浙江教育出版社（杭州市天目山路40号）		
印　　刷：	石家庄继文印刷有限公司		
开　　本：	880mm×1230mm　1/32		
印　　张：	12	字　　数：	259千字
版　　次：	2023年10月第1版	印　　次：	2023年10月第1次印刷
书　　号：	ISBN 978-7-5722-6553-2	定　　价：	89.90元

如发现印装质量问题，影响阅读，请致电 010-56676359 联系调换。